Ramona, Zürcher
Beolania
Zwischen zwei Welten

Ramona Zürcher

Beolania

Zwischen zwei Welten

Urban Fantasy

Bibliografische Information der Deutschen Nationalbibliothek:
Die Deutsche Nationalbibliothek verzeichnet diese
Publikation in der Deutschen Nationalbibliografie;
detaillierte bibliografische Daten sind im Internet
über http://dnb.dnb.de abrufbar.

Die automatisierte Analyse des Werkes, um daraus
Informationen insbesondere über Muster, Trends und
Korrelationen gemäß §44b UrhG („Text und Data Mining")
zu gewinnen, ist untersagt.

© 2025 Ramona Zürcher

Coverdesign: Lilly C. Zwetsch
Lektorat & Korrektorat: Nicole Zürcher

Verlag: BoD · Books on Demand GmbH,
In de Tarpen 42, 22848 Norderstedt, bod@bod.de
Druck: Libri Plureos GmbH, Friedensallee 273,
22763 Hamburg

ISBN: 978-3-7693-2525-6

Danke, dass du dich für dieses Werk entschieden hast.
»Folge deinem Herzen.«

-

Ramona Zürcher

Prolog

Mandy setzte sich auf den Fußboden, blickte zur Decke und knabberte nervös an ihren Fingernägeln. Das tat sie immer, wenn sie angespannt war. Schweigend saß sie da und lauschte den Regentropfen, welche an die dünnen Fensterscheiben ihres Badezimmers prasselten. Erschrocken zuckte sie zusammen, als ein Grollen ertönte und das Zimmer kaum einen Wimpernschlag später durch das Einschlagen eines Blitzes erhellt wurde. Schatten zogen über den Boden und an den Wänden entlang – dann wurde es wieder dunkel.

Im Bauernhaus war wegen dem starken Gewitter der Strom ausgefallen, das passierte nicht zum ersten Mal. Mandy griff nach der kleinen, flackernden Kerze zu ihrer Linken und hielt diese einen Moment in ihren Händen. Sie beobachtete die schwache Flamme, die damit kämpfte, nicht zu erlöschen.

Zögerlich wandte Mandy ihren Kopf nach rechts und starrte auf den Schwangerschaftstest, der neben ihr auf dem Boden lag. *Ob es bei diesem Mal geklappt hat?* Dieser Gedanke ließ Hoffnung in ihr aufkommen. Für einen Augenblick schloss sie ihre Lider und atmete tief durch. Ihr Herz raste. *Du schaffst das,* sprach sie innerlich zu sich selbst. Zaghaft öffnete sie ihre Augen und griff nach dem Test.

Negativ.

Wie auf Knopfdruck schossen Tränen in ihre Augen und ihre Lippen begannen unkontrolliert zu zucken.

»Verdammt!«, schrie sie und schleuderte den Test mit voller Wucht gegen die Wand. Klappernd fiel er zu Boden. Ihre Schultern zuckten, sie zog ihre Beine nahe an den Körper und umschlang sie mit ihren Armen. Den Kopf legte sie seitlich auf die Knie. Ihr Körper schüttelte und Tränen flossen über die Wangen.

»Schatz, alles in Ordnung?« Brad klopfte an die Tür, öffnete diese langsam und spähte durch den schmalen Spalt ins Bad. Als er seine Frau weinend auf dem Fußboden entdeckte, wusste er bereits, wie die Antwort lautete. Ohne zu zögern eilte er zu Mandy und ließ sich mit dem Rücken zur Wand neben ihr zu Boden sinken.

Schon so lange hatten sie es versucht. Es war ihr größter Wunsch, gemeinsam eine Familie zu gründen. Mandy achtete seit Monaten auf eine gesunde, nährstoffreiche Ernährung, Brad tat alles dafür, dass sich seine Frau wohl fühlte und sie hatten wundervollen Sex. Doch aus irgendeinem Grund machte ihnen das Schicksal einen Strich durch die Rechnung.

Vorsichtig nahm Brad ihre weiche Hand in die seine und legte ihren Kopf sanft auf seine kräftige Schulter. Dicke Tränen flossen über ihre Wangen und die Augensäcke waren aufgequollen.

»Irgendwann wird es klappen«, flüsterte er beruhigend.

»Liegt es vielleicht an mir? Mache ich etwas falsch, Brad?«

»Wir dürfen uns keine Vorwürfe machen. Das ist weder deine noch meine Schuld. Es wird einen Grund geben, warum es für uns nicht so sein soll. Es kommt alles gut, glaub mir.«

»Aber wir wünschen uns doch nichts sehnlicher als eine Familie. Seit Jahren sprechen wir kaum mehr von etwas anderem.«

Brad seufzte. »Ich weiß.«

Was war denn wohl dieser Grund? Mandy fragte sich das oft, vor allem, ob sie irgendetwas im Leben getan hatte, wofür sie bestraft werden musste. Abgesehen vom Diebstahl in der Dorfbäckerei fiel ihr nichts ein. Jedoch war sie damals erst neun Jahre alt gewesen. Wenn ihr Schicksal so nachtragend war, hätte sie noch so einiges gründlicher hinterfragen müssen.

Sie lebte ein einfaches Leben, war dankbar für jeden Tag und für alles, was sie besaß: Ihren geliebten Mann, den Bauernhof mit all den wundervollen Tieren und ihre Arbeit. Wie konnte es sein, dass andere Menschen ungeplant schwanger wurden, ihr Kind vielleicht sogar verstießen, während sie und ihr Mann alles dafür taten, um ein gesundes Kind zur Welt zu bringen? Ein Kind, das sie lieben und ein ganzes Leben lang begleiten würden. Musste sie ihren Traum aufgeben? Sie spürte, dass dieses Thema täglich an ihr nagte – sie innerlich auffraß. Und jedes Mal, wenn sie auf diesen verfluchten Teststreifen schaute und erneut dieses ernüchternde Ergebnis ablas, ging ein weiterer Funke Hoffnung verloren. So konnte es nicht weitergehen. Es musste einen anderen Weg geben. Und vielleicht, dachte sie, würde sie eines Tages ein Kind in ihren Armen halten, für das sich all die enttäuschenden Jahre gelohnt haben.

Vielleicht.

Ava legte ihre goldenen Hände auf das warme Steingeländer und sah ihrem geliebten Planeten Beolania beim Erwachen zu. Wie jeden Morgen flog ein riesiger Vogel mit gelb gekrümmtem Schnabel und königsblau schimmernden Flügeln über die Wälder und zwitscherte den »Gesang der Götter«.

Sie ließ ihren Blick auf den Dächern der zylinderförmigen Häuser ruhen und wurde hie und da von vereinzelten Sonnenstrahlen geblendet, die von den Glaskuppeln reflektiert wurden. Jedes Haus der Bewohner dieses friedlichen Planeten sah anders aus. Eines war mit tausenden Mosaiksteinen beschmückt, während das Nachbarhaus mit unzähligen Lichtern übersät war, was in der Nacht wie ein Schwarm Glühwürmchen wirkte.

Beolas, so nannten sich die Bewohner von Beolania, lebten in Einklang mit der Natur und pflegten einen respektvollen Umgang mit allen Lebewesen. Die gesamte Energie, welche sie im Alltag bezogen, stammte aus natürlichen Quellen, wie dem Wind, Wasser und der Sonne.

Ava und ihrem Mann Aaron war es wichtig, diese Achtsamkeit und den Respekt ihrer Heimat gegenüber stets aufrecht zu erhalten. Das war einer ihrer wichtigsten Aufgaben als Götter von Beolania. Ihr Leben war für die Ewigkeit bestimmt und diese Ewigkeit widmeten sie der Liebe zu ihrem Planeten und dessen Bewohner.

Als göttliches Ehepaar lebten sie in einem riesigen, goldenen Palast inmitten der Hauptstadt von Beolania. Doch sie zeigten sich nicht distanziert oder abgehoben, wie es der Anschein hätte erwecken können, sondern sie liebten es, die Nähe zu ihrem Volk zu wahren.

Aaron hatte Ava alles über das Herrschen eines Planeten beigebracht. Im Gegensatz zu ihm, stammte sie nicht aus einer göttlichen Familie. Erst durch die gemeinsame Heirat und das Offenbaren der gegenseitigen Liebe, erlangte Ava die göttlichen Kräfte und die goldene Hautfarbe, welche nur reine Götter auf Beolania besaßen. Während einer Zeremonie hatte ihr Aaron einen Tropfen seines göttlichen Bluts geschenkt. Zuvor war sie eine Beola wie alle anderen gewesen.

Ava war Heilerin. Sie brauchte einen Beola nur zu berühren, um zu wissen, was ihm fehlte und konnte durch ihre göttliche Kraft Wunden heilen lassen. Viele Familien verdankten ihr das Leben – das war einer der Gründe, weshalb sie von ihrem Volk so sehr vergöttert wurde. Kinder liebten Avas fröhliche und verspielte Art. Nicht selten sah man kleine Beolas mit Ava Seilspringen oder Fangen spielen. Sie wusste, dass in den Händen der Kinder die Zukunft von Beolania lag, weshalb sie sich stets um sie kümmerte und immer ein offenes Ohr für die Kleinen hatte.

Eines schönen Tages saß Ava vor einer kleinen Beola im Moos und war dabei deren Wunde am Knie zu heilen. Sie betrachtete das Mädchen mit der violett schimmernden Hautfarbe, wie es bei weiblichen Beolas üblich war. Es hatte langes, dunkelblondes Haar, das ihr bis knapp zu den Schultern reichte, sodass die drei Erhebungen auf jeder Schulter wunderschön zur Geltung kamen. Ihre großen, haselnussbraunen

Augen himmelten Ava an. »Wenn ich erwachsen bin, möchte ich so schön und stark sein wie du.«

Ava lächelte und strich ihr sanft über den Handrücken. »Du bist bereits wunderschön. Und deine Stärke sehe ich in dir. Du bist etwas Besonderes, das Universum hat Großes mit dir vor. Lass dich von deinem Herzen leiten und du wirst sehen, du wirst so stark sein, dass dich nichts von deinem Weg abbringen wird.« Ava neigte ihren Kopf zur Seite. »Verrätst du mir wie du heißt?«

Das Mädchen nickte aufgeregt. Die zwei stumpfen Hörner, nahe dem Haaransatz, sahen bei ihr besonders süß aus. »Ich heiße Liv.«

»Liv, das ist ein sehr schöner Name. Ein starker Name.«

Die kleine Beola strahlte Ava an. Solch ein schönes Kompliment von ihrem Vorbild zu erhalten, ließ ihre sechs kleinen Kiemen, unterhalb jedes Schlüsselbeins, aufgeregt flattern. »Danke«, antwortete sie verlegen.

Ava richtete sich wieder auf, als die Wunde am Knie der Kleinen verheilt war. »Ich wünsche dir einen schönen Tag, Liv«, sagte Ava lächelnd und begab sich auf ihren geliebten Abendspaziergang.

Sie machte einen kleinen Abstecher zum Feld, nahe dem Haus der kleinen Liv, und ließ ihre Finger durch die hohen Grashalme gleiten. Das warme, orangefarbene Licht legte sich über die Landschaft – ließ Ruhe einkehren. Ava liebte es abends in der Natur zu sein. Dort konnte sie ungestört dem Wind lauschen, der die Grashalme sanft hin und her bewegte und sie zum Rauschen brachte. Es hörte sich fast so an, als würde der Wind mit Ava kommunizieren wollen.

Sie lächelte zufrieden, schloss ihre Augen und atmete die energetische Luft tief ein. Sie fühlte sich mit der Natur verbunden. Ihre nackten Füße gruben sich in die kühle Erde, während sie ihre Arme zur Seite ausstreckte und sich vom Wind treiben ließ, wie die Pflanzen. Ihr Seidengewand flatterte über die Haut und ihr langes, blondes Haar, das ihr bis zu den Knien reichte, wehte in weichen Bewegungen hin und her.

Als es allmählich etwas kühler wurde und die Sonne schon sehr tief stand, öffnete sie ihre Augen und machte sich auf den Nachhauseweg.

Auf ihrem Balkon im Palast angekommen, begann sie ihr tägliches Abendlied zu singen. Die Beolas lauschten ihrer sanften Stimme und ließen sich von ihr in den Schlaf begleiten.

»Du bist wunderschön«, hauchte eine warme, männliche Stimme, als Ava den letzten Ton zu Ende gesungen hatte. Sie wandte sich um und blickte verliebt in die braunen Augen ihres Mannes. Die goldene Haut schimmerte durch das weiße Seidenhemd, das er leicht aufgeknöpft hatte. Sanft strich sie ihm eine braune Strähne aus dem Gesicht, die ihm bis zum Kieferknochen reichte, und ließ ihre Hand in seinen Nacken gleiten.

»Du bist wieder zurück«, flüsterte sie in sein Ohr. Aaron war einige Tage auf Reisen gewesen, um zu sehen, ob es seinem Volk gut ging.

Er legte seine großen Hände behutsam auf Avas Hüften und zog sie sanft an sich heran. »Du hast mir gefehlt, mein Miovit.« Ihr Herz machte einen Sprung, denn so nannte er sie immer dann, wenn er ihr zeigen wollte, wieviel sie ihm bedeutete.

Der Miovit war ein sehr wertvoller, gelber Stein, auf welchem im Sonnenlicht ein goldenes Herz zu erkennen war. Er symbolisierte die Kraft der Liebe. Aaron hatte aus diesem Stein zu ihrer Hochzeit eine Halskette anfertigen lassen, welche Ava stets um ihren zarten Hals trug.

Er blickte tief in ihre glasklaren, blauen Augen, bevor er seine langsam schloss und sie zärtlich auf ihre weichen Lippen küsste. Die Sonne verschwand am Horizont und die Nacht brach herein.

Aaron und Ava erwachten in ihrem Himmelbett. Im Wasserbett fühlte es sich an, als würden sie auf Wolken schlafen. Wenn sie die durchschimmernden Tücher über ihnen am Bettrahmen zur Seite schoben, konnten sie direkt durch die große Glaskuppel in den Himmel hinaufschauen. Von weitem hörten sie den *Gesang der Götter* des blauen Vogels und entlang der gegenüberliegenden Wand ihres Zimmers rauschte leise Wasser herunter.

Aaron richtete sich auf und küsste seine Frau behutsam.

Sie lächelte. »Guten Morgen, wie hast du geschlafen?«

Seine Haare waren zerzaust, sein Oberkörper lag frei und sie streichelte über seinen Bauch.

Aaron lächelte, als er antwortete: »Ich habe von uns geträumt, mein Miovit.«

Sie hob ihren Kopf und schaute ihm tief in die Augen. »Wirklich? Jetzt bin ich gespannt.«

Er lachte und schüttelte verlegen den Kopf. »Ich … habe geträumt, dass wir ein Kind bekommen.«

Sie strahlte. »Wirklich? Das ist ein sehr schöner Traum. Wie hat es sich als Vater angefühlt?«

Aaron ließ seinen Kopf ins Kissen sinken und richtete den Blick zur Decke. »Es hat sich sehr gut angefühlt. Ich hatte das Gefühl eine richtige Aufgabe zu haben.« Er wandte sein Gesicht wieder Ava zu, die ihre Finger noch immer über seinen Bauch kreisen ließ.

Sie lachte. »Und bis jetzt hattest du noch keine Aufgabe als Gott von Beolania?«

Nun musste auch Aaron lachen. »Hör auf. Du weißt, was ich meine.«

Sie sahen sich schweigend an - bis Ava nickte. »Natürlich weiß ich, was du meinst. Denkst du denn wir wären so weit?«

Aaron hielt einen Moment inne und schaute Ava dabei tief in ihre wundervollen, blauen Augen. Wenn er sie ansah, konnte er sich in ihnen verlieren und sein Herz begann wie wild zu pochen. Er fühlte sich in ihrer Gegenwart geborgen und zuhause.

Entschlossen sagte er: »Ich denke es nicht nur, ich weiß es.« Ava entspannte ihren Gesichtsausdruck und lächelte. Sie hatte gehofft, dass er dies sagen würde. Langsam setzte sie sich auf, legte ein Bein behutsam über Aarons Hüften und ließ ihr dünnes Schlafgewand über ihre Schultern gleiten, um es danach auf den Boden fallen zu lassen. Aaron atmete tief und seine Kiemen bewegten sich langsamer. Sanft legte er seine warmen Hände auf ihre Beine. Vorsichtig beugte sie sich zu seinem Gesicht vor und küsste ihn zärtlich.

»Ich weiß es auch«, hauchte sie. Aaron schlug das Herz bis zum Hals und ihm wurde am ganzen Körper warm.

Das war der Tag, an dem im Bauch von Ava neues Leben heranzuwachsen begann. Jeden Tag wurde ihr goldener Bauch runder und größer. Ava und Aaron waren glücklicher denn je und die Bewohner von Beolania freuten sich auf einen neuen göttlichen Nachkommen. Aaron trug ein Dauergrinsen auf den Lippen. Sein gesamtes Wesen war voller Liebe und Vorfreude auf das Kind. Endlich wurde sein größter Traum, der einer eigenen Familie, wahr. Jedes Mal, wenn er über den Babybauch seiner geliebten Frau strich, konnte er diese unbeschreibliche Energie seines Kindes spüren. Aaron sah bereits vor seinem inneren Auge, wie er es in den Armen halten und niemals wieder loslassen würde. Er konnte sich nicht erklären, wie man etwas bereits so sehr lieben konnte, ohne es je zuvor gesehen zu haben.

»Die Liebe kann man nicht sehen, doch trotzdem ist sie da. Sie ist die stärkste Kraft im Universum«, hatte ihm Ava zu sagen gepflegt. Er liebte die Art und Weise wie sie die Dinge sah. Sie schenkte ihm bedingungslose Liebe und dieses unfassbar schöne Gefühl, jemand ganz Besonderes zu sein.

Während der Schwangerschaft verbrachte Ava noch viel mehr Zeit in der Natur, als sie es ohnehin schon tat. Oft ließ sie sich auf einem großen, violetten Blütenblatt im See treiben und

16

badete ihre goldenen Füße im kühlen Wasser. Der Seetang bewegte sich fließend hin und her und die farbigen Fische knabberten genüsslich daran. Der See war umgeben von hohen Bäumen mit farbigen Blättern und Blumen. Hinter den Wäldern konnte sie die hohen, saftig grünen Hügel sehen, von denen man über das ganze Land blicken konnte.

Ava schaute auf das Feld, nahe dem Seeufer. Sie entdeckte eine kleine Beola, die lebendig zwischen den grünen, hohen Grashalmen hindurch tanzte. Ihr rotes Haar war zu zwei Zöpfen geflochten, welche an den Spitzen mit einer violetten Blütenschleife locker zusammengebunden waren.

Als ein kleiner, regenbogenfarbiger Käfer mit langen, gelben Fühlern an ihr vorbeiflatterte, stand sie für einen Moment still und bestaunte das schöne Tier. Kurz darauf tanzte das Kind ihm hinterher und kicherte fröhlich. Ein anderer, kleiner Beolajunge tauchte plötzlich aus dem hohen Gras auf und sprang ihr hinterher. Auch er war begeistert von dem Käfer und wollte schneller bei ihm sein, als die Beola. Als er die Beola überholt hatte, streckte er ihr frech seine blaue Zunge entgegen, die dieselbe Farbe wie seine Haut trug, und beschleunigte. Sie rannte so schnell sie konnte und sprang auf den Beola, sodass sie ihn zu Boden riss. Beide lachten und kitzelten sich mit den Grashalmen in den Ohren.

In welch schöner Welt wir leben dürfen. Dieser Gedanke ließ Ava zufrieden lächeln. Sie schloss ihre Augen und richtete ihren Kopf so aus, dass ihr die Sonnenstrahlen direkt ins Gesicht schienen. Eine angenehme Wärme durchströmte ihren ganzen Körper. Sie hörte das Wasser leise plätschern und gelegentlich blubberte es unter ihr, wenn ein Fisch kurz auftauchte. Behutsam legte sie die Hände auf ihren runden Babybauch und begann leise eine sanfte Melodie zu summen.

Der Schritt in die zweite Hälfte der Schwangerschaft wurde auf Beolania mit einem Ritual gefeiert. Und weil es sich bei Ava und Aaron um das göttliche Paar handelte, wurde hierzu eine prächtige Zeremonie veranstaltet. Jeder einzelne Beola war aufgeregt und bereitete sich darauf vor.

Die Frauen zogen mit Ava in den Wald, um Dekorationen für das Fest zu sammeln. Sie suchten Blumen, Moos und Blätter sowie Holz für ein großes Feuer.

Währenddessen bereitete sich Aaron im Palast auf das Fest vor. Er kämmte sein Haar, kleidete sich in seinem besten, weißen Gewand aus Baumseide und band sich eine goldene Kordel um die Hüften. Er betrachtete sich gerade im großen Wandspiegel, als es an der Tür zum Ankleidezimmer klopfte.

»Wer ist da?«, fragte er verwundert und runzelte die Stirn.

»Darf ich hereinkommen oder muss sich die Gottheit zuerst noch etwas anziehen?«, sagte die Stimme ironisch.

»Clemens?« Aaron war überwältigt und drehte sich zur Tür um, wo ein hellblauer Kopf mit rotem Haar und grünen Augen zum Vorschein kam. Um Clemens' Pupillen war ein feiner, goldener Ring zu erkennen. »Gott sei Dank, du bist schon eingekleidet.« Clemens lachte und schritt auf ihn zu.

»Clemens!«, rief Aaron erfreut und breitete seine Arme aus. »Mein Bruder, was führt dich denn zu uns?« Die beiden Beolas lachten lauthals und fielen sich herzlich in die Arme.

»Ich verpasse doch nicht die Feier meines künftigen Neffen.«

»Lass dich ansehen. Wie lange haben wir uns nicht mehr gesehen?«, fragte Aaron, während sich die beiden aus der Umarmung lösten.

»Viel zu lange, mein Bruder. Ich habe aufgehört die Jahre zu zählen.«

»Unfassbar, wie gut du aussiehst. Keinen Tag älter«, sagte Aaron ironisch zu seinem jüngeren Bruder, der genau wie er aus der göttlichen Familie stammte und ab dreißig Jahren aufgehört hatte zu altern. Da Clemens der jüngere Bruder war, war ihm nicht die ganze Kraft übertragen worden. Er war ein Halbgott, lebte aber genau wie Aaron und Ava auf alle Ewigkeit und war verpflichtet, im Sinne des Friedens, für Beolania zu sorgen.

»Ich gebe mir Mühe«, spaßte Clemens und zwinkerte seinem Bruder zu. Beide waren noch immer außer sich vor Freude, sich zu sehen. »Wo hast du deine wunderschöne Frau versteckt?«

»Sie wollte unbedingt mit in den Wald. Langsam sollte sie sich wegen der Schwangerschaft etwas schonen, aber du kennst sie ja, sie will immer allen helfen.« Clemens stimmte ihm nickend zu. »Und du, mein Bruder, hast du die Richtige schon gefunden?«

»Nein, mein Guter. Ich warte noch. Vielleicht ist sie noch nicht einmal geboren, wer weiß.« Clemens lachte und steckte Aaron damit an.

»Das kommt schon, keine Sorge.«

Clemens zuckte mit den Schultern und winkte ab. »Ach, Hauptsache meiner Familie geht es gut. Alles andere kommt von allein.«

»Da hast du recht«, sagte Aaron und klopfte Clemens auf die linke Schulter, neben den Erhebungen.

In der Zwischenzeit hatten die weiblichen Beolas schon einige Blüten und Äste gesammelt. Sie standen in einer Lichtung, hörten das friedliche Plätschern des Flusses und Vögel lebendig zwitschern. Bäume mit gekringelten Stämmen und orangen, herzförmigen Blättern ragten aus dem mit Blumen bewachsenen Boden. Jede Blume hatte eine andere Farbe. Die einen hatten magentafarbene Blütenblätter, andere waren rot oder grün. Die weißen Pflänzchen waren am faszinierendsten, denn diese sogen den ganzen Tag über das Sonnenlicht in sich auf, um nachts leuchten zu können. Obwohl diese Blumen tagsüber alle dieselben Blütenfarben hatten, leuchteten sie nachts in unzählig verschiedenen Farben. Einige von ihnen waren sogar getupft oder gestreift, was bei Tageslicht aber nicht zu erkennen war.

Ava sprach gerade mit einer Beola, als sich ein Schmetterling auf einer ihrer Erhebungen der linken Schulter niederließ. Er hatte orangefarbene Flügel mit kleinen, roten Ringen. Ava zuckte zusammen, weil der Schmetterling sie kitzelte. Sofort entfaltete er seine Flügel, welche doppelt so groß wurden wie zuvor und dabei eine rote Farbe annahmen. Die kleinen Beolas starrten den Schmetterling fasziniert an und stießen einen erstaunten Laut aus.

»Das ist ein Orangenäugler. Ist er nicht bezaubernd?« Die kleinen Beolas starrten Ava mit funkelnden Augen an und nickten eifrig. Ava lächelte und schaute dem Orangenäugler verträumt hinterher, wie er mit langen, kräftigen Flügelschlägen in Richtung Sonne schwebte.

Als sich die Beolas auf den Rückweg zum Palast machen wollten, kam auf einmal eine kleine Beola ganz aufgeregt auf Ava zu gerannt. »Ich habe etwas gefunden!«, rief die zierliche Beola, welche ein hellblaues Seidengewand trug. Keuchend blieb sie vor Ava stehen und streckte ihr eine Blume entgegen. »Hier, für dich«, sagte die Kleine stolz.

Ava bückte sich zu ihr hinunter und begutachtete die Blume.

»Wow, die ist ja wunderschön. Wo hast du sie gefunden?«
Ava nahm die Blume behutsam in ihre rechte Hand und roch
daran. Sie duftete süßlich und frisch.

»Nahe dem Wasser.«

Die Blume hatte unzählige große, rosafarbene Blütenblätter,
die an den Enden von Flaum bewachsen waren. Der Stiel der
Blume war ungewöhnlich lang und strahlend blau.

Ava war beeindruckt, denn sie liebte es, ihr unbekannte
Pflanzen zu erkunden. Jedes Mal, wenn sie eine neue Art entdeckte, notierte sie diese in ihrem Pflanzenbuch.

»So eine schöne Blume habe ich in meinem ganzen Leben
noch nicht gesehen. Danke. Magst du für mich auf sie aufpassen? Sie bekommt bei der Zeremonie einen Ehrenplatz, versprochen.«

Auf dem Gesicht der kleinen Beola breitete sich ein riesiges
Grinsen aus und sie nickte erfreut. Ava gab ihr die Blume zurück - kurz bevor sie den Stiel losließ, stach sie etwas.

Ava erschrak und schaute sich ihren Daumen an. Es war lediglich ein kleiner Schnitt zu sehen. »Ach, halb so schlimm.
Pass mit den Stacheln auf, ja?«, sagte sie zur Kleinen und leckte
die Wunde mit ihrer Zunge ab. Das Mädchen nickte erneut und
machte sich an der Seite von Ava und den anderen Frauen auf
den Rückweg in die Stadt.

»Clemens?«, rief Ava erfreut, als sie zuhause ankam und ihn
zusammen mit ihrem Mann auf dem Deck für die Raumschiffe
antraf. Dies war ein überdachtes Deck in einer Höhe von dreißig Metern, das aus einem der Türme des Palastes herausragte.
Dort waren alle Raumschiffe untergebracht, die sie und Aaron
für Reisen um den Planeten benutzten.

Clemens drehte sich um und strahlte über das ganze Gesicht. »Hallo Ava, schön dich wieder zu sehen!« Er schloss sie in eine herzliche Umarmung.

»Das ist ja eine schöne Überraschung. Wusstest du davon, Aaron?«

»Nein, ich wusste auch nichts. Er ist vor ein paar Stunden eingetroffen. Schau dir sein neues Raumschiff an. Ein G500er, so einen wollten wir uns doch auch anschaffen.«

Ava lächelte. »Der ist ja noch viel schöner als erwartet. Nun haben wir einen guten Grund, um uns ein größeres Raumschiff anzuschaffen. Unserem Nachwuchs sei Dank.«

Der G500er war das neuste Raumschiff. Es war dunkelblau mit einem weißen Streifen unterhalb der Seitentüren, hatte eine schnellere Beschleunigungszeit als alle bisherigen Modelle und extra Stauraum. Er wurde in einer anderen Stadt auf Beolania in einer großen Raumschifffabrik hergestellt. Der G500er war sehr praktisch für längere Reisen um den Planeten. Er sah wie eine große, eierförmige Kapsel aus, hatte zwei mächtige Düsen auf jeder Seite und einen breiten Antrieb ganz hinten. Die Frontscheibe war gewölbt und für eine einwandfreie Sicht sogar kontraststeigernd.

Clemens lachte. »Da hast du wohl recht. Ihr dürft gerne einen Rundflug damit machen, wenn ihr solches Interesse habt.«

»Wirklich?« Aaron hatte ein Funkeln in den Augen. »Clemens, du kannst meine Gedanken lesen, das wollte ich dich schon die ganze Zeit fragen.«

Ava lachte. »Männer und Raumschiffe. Ich lasse euch mal wieder allein, ich muss mich noch für die Zeremonie einkleiden.«

»Mach das, mein Miovit. Ich schaue mir solange dieses Prachtstück noch etwas genauer an«, sagte Aaron und drückte ihr einen Kuss auf die Stirn.

Es dämmerte allmählich und die Beolas versammelten sich auf dem weitläufigen Hof vor dem Palast. Überall leuchteten kleine Laternen und Kerzen. Vor dem Eingang des Palasts war ein riesiger Bogen aus Blüten und Moos errichtet worden. Überall waren riesengroße Blumensträuße aufgestellt und in der Mitte des Hofs brannte in einer breiten Schale aus Kupfer ein großes Lagerfeuer, welches die kühle Abendluft wärmte.

Es war so weit - alle Einwohner der Hauptstadt von Beolania standen mit Kerzen, die noch nicht angezündet waren, vor dem Palast und warteten aufgeregt auf das göttliche Paar.

Als erstes schritt Clemens durch das mächtige Eingangstor des Palasts, unter dem Blumenbogen hindurch, in den Hof. Dort war ein Podest hergerichtet, mit einem Tisch, auf dem diese wunderschöne, rosafarbene Blume mit dem blauen Stiel stand, welche die kleine Beola im Wald gefunden hatte.

Clemens stieg auf das Podest und kündete an, dass jeder seine eigene Kerze am Lagerfeuer anzünden dürfe. Dies symbolisierte, dass aus der Kraft des göttlichen Paares ein neuer Gott hervorgebracht wird, der für alle leuchten werde.

Als die Kerzen der Beolas angezündet waren, bat Clemens das göttliche Paar aus dem Palast herauszukommen. Das Tor ging auf und das Paar schritt Hand in Hand in den Hof zu dem Podest hinauf, wo Clemens bereits stand. Ava hatte ihre rechte Hand auf ihren Babybauch gelegt und lächelte zufrieden.

»Meine geliebten Beolas«, begann Aaron seine Rede. »Wie ihr alle bereits wisst, sind wir in Erwartung unseres ersten Kindes. Wir schätzen dieses Geschenk ungemein und möchten auch euch unseren Dank dafür aussprechen, dass ihr stets hinter uns steht.« Die Menge verneigte sich als Zeichen des Respekts und blieb auf den Knien.

»Wir sind eine Familie und wollen dies für euch alle sein«, sprach Ava weiter. »Gemeinsam sind wir stark und was auch immer die Zukunft für uns bereithalten möge, gemeinsam können wir alles erreichen, was wir wollen.«

Die Beolas sagten im Chor: »Gemeinsam!« Als Zeichen der Gemeinschaft streckten sie den Arm mit der Kerze in der Hand in die Luft.

Nun erfasste Clemens das Wort: »Ich bin sehr stolz, bald einen Neffen zu erhalten. Ich verehre meinen Bruder und Ava. Auch ich verspreche euch, stets für euch da zu sein - komme was wolle. Lasst uns diesen besonderen Abend gemeinsam feiern. Auf unsere Ava, unseren Aaron und unseren Nachwuchs, der uns bald mit neuer, göttlicher Weisheit lehren wird.«

Aaron klopfte ihm auf die Schulter und bedankte sich für die schönen Worte. Kurz darauf ertönte festliche Musik, die zum Tanzen animierte.

Die Stimmung war ausgelassen. Beolas tanzten und ihre farbenfrohen Seidenkleider wehten im Wind. Die Beolas hielten ihre Liebespartner liebevoll an den Hüften fest und drehten sich mit ihnen zusammen im Kreis. Die Kinder tanzten wild in der Menge umher und spielten Fangen. Das war witzig, denn für den Fänger war es ziemlich schwierig, zwischen den unzähligen Beolas die anderen Kinder zu finden.

»Du musst uns jetzt fangen, Ava!«, sagte eine kleine Beola mit großen, braunen Augen kichernd, nachdem sie Ava in den Rücken gestupst hatte.

Ava musste herzlich lachen und kniete sich zu ihr hinunter. »Na, wen haben wir denn da? Hallo Liv, schön dich wieder zu sehen. Jetzt hast du mich aber überrascht. Du hast gleich zwei auf einmal gefangen.« Sie deutete mit ihrem Finger auf den Babybauch. Liv strahlte.

»Ich darf mich nicht mehr zu sehr anstrengen, weißt du? Das ist eine Anweisung meines Mannes«, sagte Ava und rollte ihre Augen, weshalb Liv kicherte.

»Jetzt bin ich der Böse, was?«, sagte Aaron und kniete sich neben Ava hin. »Wer ist denn dieses zauberhafte Wesen?« Er schmolz beim Anblick von Liv dahin. Ihre kugelrunden Augen funkelten und himmelten ihn an. Er hatte das Gefühl, durch ihre Augen bis auf ihr reines Herz sehen zu können.

»Das ist Liv. Wir haben uns vor ein paar Monaten kennengelernt. Sie hat ein wundervolles Herz. Siehst du es auch?« Ava blickte zu ihrem Mann auf.

Er nickte und strich Liv sanft über ihre zarten Wangen. Ihre Kiemen flatterten aufgeregt. »Das sehe ich sofort.«

»Stimmt es, dass du Pflanzen wachsen lassen kannst?«, fragte Liv schüchtern.

Aaron lächelte sie an und legte seine Hand auf den Boden. »Was ist deine Lieblingsblume?«

»Die Solilia«, nuschelte Liv.

»Das ist auch die Lieblingsblume meiner Frau, was für ein Zufall«, sagte Aaron und zwinkerte ihr zu.

Liv kicherte.

Aaron schloss seine Augen und konzentrierte sich auf die Stelle zwischen den Steinplatten, wo ein kleiner Spalt brauner Erde zu sehen war. Auf einmal sah Liv, wie sich ein Pflänzchen an die Oberfläche kämpfte und immer größer wurde. Es wuchs und wuchs, Blätter sprießten aus dem immer länger werdenden Stiel und der Blütenkopf öffnete sich majestätisch weit. Unzählige, gelbe Blütenblätter mit violetter Spitze entfalteten sich in alle Richtungen.

»Wow.« Der kleine Mund von Liv stand weit offen.

Aaron pflückte die Blume und steckte sie Liv ins Haar. »Hier, für dich, liebe Liv. Sie ist genauso einzigartig wie du.«

Livs Kiemen flatterten erfreut. »Danke, Aaron.« Er zwinkerte ihr zu und richtete sich auf. Einen Wimpernschlag später wurde er von Clemens angetanzt, der unheimlich witzige Tanzbewegungen ausprobierte, die Aaron noch nie zuvor gesehen hatte. Er konnte nicht anders als laut zu lachen.

Liv lenkte ihren Blick auf den Babybauch.

»Möchtest du ihn berühren?«, fragte Ava und deutete auf den Bauch.

Die kleine Beola verschränkte ihre Arme hinter dem Rücken und schaute sie schüchtern an. »Darf ich denn?«, nuschelte sie.

»Aber natürlich, Liebes. Leg deine Handfläche auf.«

Zögerlich streckte Liv ihre kleine, zarte Hand aus und legte diese behutsam auf den Babybauch. Kaum berührte sie ihn, spürte sie ein leichtes Treten. Sie riss ihre Augen begeistert auf und sah Ava an. »Es hat sich bewegt!«, jauchzte sie aufgeregt.

»Das Baby mag dich.« Ava schmunzelte. Für die kleine Liv war das ein magischer Moment. Noch nie zuvor hatte sie eine so wundervolle Energie spüren dürfen. Am liebsten hätte sie den Bauch nie mehr losgelassen.

»Liv, du musst uns schon fangen, wenn du gewinnen möchtest!«, rief ihr ein kleiner Beola zu, der seinen blauen Kopf hinter einem Seidengewand hervorstreckte.

Sie horchte auf und wandte ihm den Blick zu. »Ich komme ja schon!« Entschuldigend blickte sie zu Ava hoch.

Diese lächelte bloß und sagte: »Na geh schon, Liebes. Sie warten auf dich.« Liv sprang auf und winkte Ava beim Davonrennen zu.

Was für eine wundervolle Seele. Ava schaute ihr noch eine Weile hinterher, bis sie sich erhob und sich an den kräftigen Rücken von Aaron schmiegte.

»Da ist ja meine schöne Frau. Ich wurde schon ganz neidisch.« Sanft ließ er seine Hände ihrem Rücken entlang hinuntergleiten und tanzte eng umschlungen mit ihr.

»Ich sehe schon, ich werde hier nicht mehr gebraucht«, spottete Clemens, klopfte Aaron auf den Rücken und tanzte mit den anderen Beolas. Er war eine Stimmungskanone und jeder in seiner Nähe bekam einen Funken seiner guten Laune ab.

Es wurde bis tief in die Nacht hineingetanzt. Der Himmel war sternenklar und es wehte ein erfrischend kühler Wind. Von weitem sah man einen Schwarm Glühwürmchen aus dem Wald in den Himmel emporsteigen und auf die Stadt zufliegen. Sie verteilten sich über den Köpfen der Beolas und es sah aus, als würden unzählige, kleine Laternen über ihnen schweben.

3.

Mitten in der Nacht erwachte Ava. Ihr war übel. Sie schlich aus dem Bett ins Bad und musste sich übergeben. Sie fühlte sich danach etwas besser und kroch wieder zurück unter die Decke zu Aaron.

»Ist alles in Ordnung, mein Miovit?«, fragte er müde.

»Ja, alles gut. Mir war nur übel. Wahrscheinlich wegen der Schwangerschaft.« Aaron sah sie besorgt an, zog sie an sich und legte seinen Arm beschützend um ihre Schultern. Gemeinsam schliefen sie wieder ein.

»Ava, magst du aufstehen? Das Frühstück ist fertig«, flüsterte ihr Aaron ins Ohr, während sie noch immer im Bett lag.

Sie drehte ihren Kopf zu ihm und kniff die Augen zusammen. »Ich habe Kopfschmerzen, ich mag noch nicht aufstehen. Beginnt ohne mich. Ich komme gleich nach«, knurrte sie.

»Wirklich?«, fragte Aaron besorgt. »Geht es dir gut?« Sie nickte, drehte sich wieder zur Seite und schlief weiter.

Na gut, dachte sich Aaron, *wir sind gestern ja auch lange wach geblieben und sie braucht bestimmt nur ihre Ruhe.*

Aaron und Clemens saßen am langen, gläsernen Tisch im Saal, welcher reichlich mit frischen Früchten bedeckt war. Aaron löffelte sein Wurzelflocken-Müsli mit Pflanzensaft aus und

Clemens schlürfte an einem heißen Kräutertee. Über dem Tisch hing ein großer Kronleuchter mit unzähligen, glitzernden Kristallen. Um den Tisch herum reihten sich kupferfarbene Stühle, die mit hellen Kissen gepolstert waren. Die Brüder unterhielten sich lebhaft über die Feier vom Vorabend und erzählten von den letzten Jahren, in denen sie ungewollt aneinander vorbeigelebt hatten.

Als sie mit dem Frühstück fertig waren, grübelte Aaron am Zwischenfall in der Nacht herum. Ihm wurde mulmig im Magen. Deshalb entschuldigte er sich bei Clemens und verließ den Tisch.

Leise schlich er ins Schlafgemach. Sie schlief noch immer.

»Ava?« behutsam legte er seine Hand auf ihren Arm.

»Bin ich wieder eingeschlafen?« Sie richtete sich auf und griff sich mit ihrer rechten Hand an den Kopf. »Mir brummt der Schädel und mir ist übel. Was ist heute nur los mit mir?«

Aaron betrachtete sie besorgt. »Mein Miovit, du siehst nicht gut aus. Deinem Gesicht fehlt der Glanz. Hast du gestern etwas Schlechtes gegessen?« Ava bewegte den Kopf sachte hin und her, was schmerzte. Aaron legte seine Hand auf ihre Stirn - sie glühte. »Du scheinst Fieber zu haben. Lege dir deine Hand auf, um dich zu heilen. Dann geht es dir bald wieder besser.«

Ava stotterte: »Das habe ich schon versucht, es wird nicht besser. Meine göttliche Kraft reicht nicht aus.«

Aaron wurde von Sekunde zu Sekunde unruhiger, als sein Blick auf ihre Hand fiel. Ihr Daumen war blau verfärbt und stark geschwollen. Er erschrak. »Hast du dich verletzt?«

Ava betrachtete ihren Finger, worauf ihr gleich wieder übel wurde und sie ins Bad torkelte. Aaron stützte sie.

»Ist bei euch alles in Ordnung?«, fragte Clemens und schritt ins Schlafgemach. Aaron rief ihm aus dem Bad zu, dass er sofort hineinkommen solle.

Ava war über die goldene Kloschüssel gebeugt und keuchte: »Ich habe mich gestern an einer Blume geschnitten. Ich weiß nicht, was für eine Blume das war. Ich habe sie noch nie zuvor gesehen.«

»Eine Blume?« Aaron war irritiert. »Wo ist diese Blume?«

»Sie war gestern Abend auf dem Podest, vielleicht ist sie noch dort. Sie ist rosa und hat einen blauen Stiel«, erklärte Ava, bevor sie sich ein weiteres Mal schmerzerfüllt übergab.

»Clemens, such bitte diese Blume, damit wir aus unserem Arzneimittelkorb das passende Heilmittel finden können.« Clemens machte sich ohne zu zögern auf den Weg.

»Alles wird wieder gut, mein Miovit.« Aaron versuchte Ava zu beruhigen, während sein Herz doppelt so schnell wie üblich schlug. Er hatte Angst um seine Frau – wusste nicht, was mit ihr geschah.

Einige Minuten später kam Clemens mit einer Blume in der Hand zurück. »Ich habe nur die hier gefunden. Diese hat aber keinen blauen Stiel. Der ist golden.« Ava starrte auf die Blume. »Was ist?«, fragte Clemens.

»Aaron … erkennst du diese Blume?«, keuchte sie.

Er überlegte kurz. »Nein, du etwa schon?«

Ava klang verzweifelt, als sie sagte: »Ich bin mir nicht sicher. Bring mir bitte mein Heilpflanzenbuch.« Aaron sprang sofort auf und kam mit einem großen, schweren Buch zurück, das er auf den Badezimmerboden vor seine Frau legte. Ava blätterte mit zitternden Fingern die Buchseiten um und hoffte nicht auf das zu stoßen, was sie befürchtete zu finden - doch da war sie. Sie zeigte mit ihrem goldenen Zeigefinger darauf. Aaron verschlug es den Atem.

»Das kann nicht sein Ava, du musst dich irren. Das würde ja heißen …« Er hatte einen trockenen Mund und sein Hals fühlte sich an wie zugeschnürt.

Es war sie.

Diese Blume wurde *Patunia* genannt. Eine sehr seltene Pflanze und sie war das Einzige, was ein Gott von Beolania fürchten musste. Die Blume wuchs auf Beolania nur einmal in einem Jahrtausend auf beliebigem Grund. Diese Pflanze konnte sich ihrem Umfeld anpassen, eine andere Gestalt annehmen und verwandelte sich nach dem Kontakt mit einem Gott zurück in die ursprüngliche, goldene Farbe.

Die Patunia wurde umgangssprachlich *Das göttliche Gift* genannt - und das hatte auch seinen Grund. Bereits Aarons Eltern hatten ihr Leben durch diese Pflanze verloren. Sie wurden damals vorsätzlich vergiftet, als sie unwissentlich ein Getränk mit dem Saft dieser Pflanze verabreicht bekamen.

Aaron schossen tausende Gedanken durch den Kopf, denn seine Eltern waren kurz nach dem Trinken des Pflanzensaftes gestorben. *Könnte es sein, dass Ava für eine Vergiftung zu wenig Pflanzensaft im Blut hat? Könnte sie es überstehen?* Denn die Pflanze war noch nicht vollständig golden und seine Frau war am Leben.

»Ava«, stotterte er und schaute sie verzweifelt an. »Gibt es ein Gegengift?«

Ava schaute ihn mit Tränen in den Augen an und sagte mit zittriger Stimme: »Ich weiß es nicht … Ich glaube, da mal etwas gehort zu haben. Ich dachte immer es sei ein Mythos. Die Wurzeln dieser Pflanze sollen einer Legende nach tief in den Boden hineinwachsen. Wenn wir diese Wurzeln finden und ich diese als Medizin trinken könnte, würde dies allenfalls seine heilende Wirkung zeigen.«

Aaron blickte zu seinem Bruder. »Clemens, du hast es gehört, finde diese Wurzeln. Sofort. Wir dürfen keine Zeit verlieren!«

»Natürlich«, antwortete Clemens entschlossen. »Ava, wo hast du diese Blume her?«

Sie wurde immer schwächer und nuschelte: »Eine kleine Beola hat sie mir gebracht. Du musst sie finden.«

»Welche Beola? Ava, kennst du ihren Namen?«, fragte Clemens. Ava sank zu Boden, Aaron setzte sich hinter sie und legte ihren Kopf sanft in seinen Schoß.

»Nein«, flüsterte Ava kraftlos. »Ich kenne ihren Namen nicht. Sie …«, bevor sie weitersprechen konnte, fielen ihr langsam die Augen zu - sie war in Ohnmacht gefallen. Aaron versuchte sie zu wecken, doch es nützte nichts. Er hob sie auf, trug sie zum Bett, legte sie behutsam auf die weiche Matratze und deckte sie liebevoll mit der Decke zu. Clemens legte die Blume auf den Nachttisch und verließ anschließend das Zimmer.

Er stürmte zum Balkon hinauf. »Bitte hört alle her!«, rief er über die Dächer der Stadt. »Wir haben einen Notfall. Ava schwebt in Lebensgefahr!« Hunderte Beolas kamen aus ihren Häusern gestürmt und hörten, was Clemens zu sagen hatte. »Wir sind auf der Suche nach einer kleinen Beola, die Ava gestern eine Blume geschenkt hat. Wir müssen wissen, wo diese Blume gewachsen ist. Nur so können wir das Leben von Ava retten. Ich muss wissen wo diese Beola ist!« Er blickte verzweifelt auf unzählige Beolas hinunter, die hektisch hin und her schauten. Niemand wusste, wer diese Beola war.

Clemens wartete noch einen Moment, doch als sich niemand meldete, verließ er den Balkon, trommelte das Personal des Palasts zusammen und beschloss, in der Stadt nach der Beola zu suchen.

Aaron war verzweifelt. Was konnte er nur tun? Er verfügte nicht über die Kraft zu heilen. Er konnte Welten und Leben erschaffen, doch seine Frau und sein Kind retten - das konnte er nicht. Er blieb im Palast, um bei seiner Frau zu sein, falls sich ihr Zustand verschlechtern würde. Stunden fühlten sich für ihn wie Tage an und zu wissen, dass er hilflos war, zerriss ihn innerlich. Immer wieder sprach er zu seiner Ava, dass sie stark sein sollte und alles wieder gut würde, doch sie regte sich nicht. Ihr wunderschöner, goldener Körper lag regungslos im Himmelbett. Es war ein trauriger Anblick.

Fünf Stunden waren vergangen, als plötzlich jemand mit Fäusten an das Tor des Palasts hämmerte. Die Wachen öffneten es, worauf sie eine weibliche Beola mit ihrem Kind an der Hand vor sich stehen sahen.

Die Mutter sprach sofort los: »Das ist meine Tochter. Sie weiß, wo die Blume wuchs.« Die schwarz gekleideten Wachen, mit goldenen Schwertern um die Hüften geschnallt, ließen sie herein. Die Beola hielt ihre Tochter, welche sich hinter ihr versteckte, noch immer an der Hand. Mutter und Tochter standen überwältigt auf dem weißen Marmorboden in der riesigen Eingangshalle. Goldene Steinsäulen säumten die mächtige Treppe, die in die obere Etage führte.

Aaron kam die lange Treppe hinuntergerannt. »Habt ihr gute Neuigkeiten?«, fragte er schon von Weitem.

»Ja, das haben wir«, antwortete die Beola, während ihre Tochter schüchtern hinter ihr hervorschaute. »Es tut uns leid, dass wir nicht eher da waren, doch ich musste sie zuerst aus ihrem Versteck locken. Sie schämt sich und hat ein schlechtes

Gewissen, weil sie Ava in diese Lage gebracht hat.« Die kleine Beola verschwand erneut hinter dem Rücken ihrer Mutter.

Aaron war nun bei ihnen. Er überragte die Mutter um zwei Köpfe und schaute auf die beiden hinunter. »Ich verstehe«, sagte er und streckte seine Hand nach dem Mädchen aus. Zögerlich näherte sie sich ihm und reichte ihm die Hand. »Es tut mir leid«, schluchzte sie. »Ich wollte das nicht.« Es kullerten dicke Tränen über ihre zarten Wangen.

Aaron kniete sich zu ihr hinunter, strich sanft über ihren Handrücken und sprach ruhig zu ihr: »Mach dir keine Vorwürfe. Du wusstest nicht, welche Kraft diese Blume besitzt. Niemand konnte das wissen. Du musst uns nun aber sagen, woher du diese Blume hast.«

»Gut«, antwortete das Mädchen und strich sich die Tränen aus dem Gesicht. »Die Blume war beim Fluss im Wald.«

»Ich danke dir für deine Hilfe. Und nun, nichts wie los!« Wenige Augenblicke später traf Clemens im Palast ein und eilte mit der kleinen Beola los, um im Wald nach den Wurzeln der Patunia zu suchen.

Es dämmerte bereits, als Clemens zurück in den Palast kam und ins Schlafgemach von Ava stürzte. Er sah, wie Aaron auf der Bettkante neben Ava saß und sanft über ihren Arm streichelte. Sie war wieder bei Bewusstsein, sah aber sehr schwach aus. Die Kiemen auf ihrem Brustkorb öffneten sich nur mühevoll und schlossen sich beim Ausatmen sofort wieder. Die Blume, welche auf dem Nachttisch lag, hatte bereits einige goldene Blätter, was kein gutes Zeichen war.

»Hier«, sagte Clemens. »Ich habe die Wurzeln.«

Ava lächelte schwach und Aaron sprang direkt auf. »Ich danke dir, mein Bruder.« Die Sorgen waren ihm ins Gesicht geschrieben.

Wie im Buch der Heilkräuter beschrieben, hatte Clemens die Wurzeln sorgfältig zerkleinert und in einer kühlen Flüssigkeit mit den anderen Heilkräutern vermischt. In einem beigen Krug reichte er Aaron die Medizin.

Durch die vielen weichen Kissen, die Aaron seiner Frau unter den Rücken gelegt hatte, war ihr Oberkörper aufgerichtet. Langsam reichte ihr Aaron den Krug, doch sie hatte solch zitternde Hände, dass sie nicht ohne Hilfe trinken konnte. Aaron setzte ihr den Krug sanft an ihre trockene, goldene Unterlippe und kippte ihn leicht. Die Flüssigkeit floss langsam in ihren Mund. Stück für Stück trank sie die Medizin aus.

Als sie fertig war, flüsterte sie müde: »Ich danke euch.« Ihre Augen wurden schwerer und schlossen sich langsam. Sie war vor Erschöpfung wieder eingeschlafen.

Am nächsten Morgen fühlte sich Ava um einiges besser. Die stechenden Kopfschmerzen waren verschwunden und sie konnte sich wieder selbstständig im Bett aufrichten. Aaron war erleichtert, eine Besserung der Gesundheit seiner Frau zu sehen und auch Clemens war froh darüber, dass die Medizin wirkte.

»Kann ich euch irgendwie helfen?«, fragte Ava ihren Mann, als er ihr das Frühstück ans Bett brachte. »Nein, mein Miovit«, antwortete er sanft. »Du musst dich weiter ausruhen.«

»Womit habe ich das nur verdient?«, sagte sie mit weicher Stimme.

Aaron setze sich neben sie ins Bett und strich mit seiner Hand liebevoll über ihr langes Haar. »Womit habe ich *dich* verdient?« Sie lächelten und schauten sich gegenseitig tief in die Augen.

»Fühl mal«, flüsterte Ava. »Das Baby bewegt sich.«

Aaron strahlte über das ganze Gesicht und beugte sich zum Bauch vor. »Du bist ein tapferer Junge. Schon bald bist du bei uns«, sprach er zum Bauch und gab ihm anschließend einen Kuss.

»Du weißt doch gar nicht, ob es ein Junge wird.«

»Natürlich wird es ein Junge. Sowas weiß man als Vater.«

Ava schmunzelte.

Nach dem Frühstück trug er sie auf den Balkon, damit sie frische Luft schnappen und die Aussicht genießen konnte. Ava ließ ihren Blick über die Wälder schweifen und hörte von weitem den Wasserfall leise rauschen. Die Sonne stand hoch am Himmel und die Strahlen schienen ihr direkt ins Gesicht. Sie schloss ihre Augen und atmete tief die frische Luft ein. Ihre Kiemen öffneten sich weit. Sie spürte, wie sich ihre Lungen füllten. Sie nahm die Geräusche der Vögel wahr und hörte von weitem Beolas lachen. Es war eine friedliche Stimmung.

Plötzlich stockte ihr Atem.

»Aaron«, keuchte sie. »Ich krieg keine Luft.«

Er erschrak und klopfte auf ihren Rücken. »Geht es wieder?«, fragte er verzweifelt.

»Nein.« Es pfiff, als sie einatmen wollte. Ihre Atemwege waren zugeschnürt.

Ava griff nach seiner Hand und ließ sich langsam zu Boden sinken. »Ich liebe dich«, flüsterte sie kraftlos und nach Luft schnappend. Ihre Kiemen flimmerten unkontrolliert auf und ab.

»Ava!«, rief er. Sie legte sich hin und rang nach Luft. »Bleib bei mir, bitte mein Miovit! Hiilfe, so helft uns doch!«, schrie er verzweifelt.

Ava lag auf dem Boden und ihr Brustkorb bewegte sich rasant auf und ab. Sie keuchte und rang noch immer nach frischer Luft.

Langsam verließ sie die Kraft - ihre Hand glitt aus der von Aaron. »Bleib bei mir, mein Miovit, bleib bei mir. Ich liebe dich!« Er schrie, seine Stimme überschlug sich. »Hiilfe!« Er hoffte, dass ihn jemand hören würde.

Ava sah ihm tief in die Augen, ihr Blick war glasig und sie driftete zwischenzeitlich immer wieder kurz weg, worauf Aaron sie an den Schultern rüttelte, um sie ins Hier und Jetzt zurückzuholen.

»Ich … liebe … dich … auch«, keuchte sie. Kurz darauf fielen ihre Augen langsam zu.

Aaron schüttelte sie erneut an den Schultern und wartete auf eine Antwort, doch sie reagierte nicht mehr. Er begann sie zu beatmen. Clemens und unzählige Wachen stürmten auf den Balkon und sahen, was sich abspielte. Sein Bruder rannte ohne zu zögern in den Palast zurück und holte eine Luftblase in einer dünnen Membran, die er Ava auf den Mund setzte. Diese Luftblase stieß konstant frische Luft in ihre Atemwege und ersetzte eine Mund-zu-Mund Beatmung.

Die Kiemen auf ihrem Brustkorb blieben reglos. Aaron hielt ihre Hand und sah sie wie versteinert an. Clemens fasste sich an die Stirn und lief nervös im Kreis umher. Die Wachen standen hinter ihm und sahen wie erstarrt auf Ava. Es schien, als würden alle die Luft anhalten und darauf warten, bis Ava wieder nach Luft schnappte. Doch die Hoffnung war umsonst.

Einige Minuten und lange Beatmungssequenzen später, gab sich Aaron einen Ruck und legte zwei Finger an den Hals seiner

Frau. Sein Herz pochte und er hoffte, dass das ihre das Gleiche tun würde. Eine ganze Weile verharrte er in dieser Stellung - bis er sich eingestehen musste, dass Ava nicht mehr am Leben war.

Aaron wusste nicht, was er in diesem Moment fühlen sollte. Gerade eben hatte er noch neben Ava auf dem Balkon gesessen und ihr zugesehen wie sie friedlich in die Ferne geblickt und ihren Babybauch gestreichelt hatte. Sie hatte gelächelt und alles schien wieder gut zu werden - und dann, von einem Moment auf den anderen, war alles vorbei.

Seine Hände sanken zu Boden. Er ballte sie zu Fäusten und schlug auf den harten Stein. Er schrie, sein Herz brannte und Tränen schossen ihm in die Augen. Noch nie zuvor hatte er einen solch starken Schmerz in seiner Brust verspürt. Clemens stürzte sich neben ihn zu Boden und auch ihm flossen Tränen über das Gesicht.

»Wieso?«, schrie Aaron. »Wieso sie?« Er weinte so stark wie nie zuvor in seinem Leben. Nicht nur seine Frau hatte er verloren, sondern auch sein Kind würde er nie kennenlernen. In diesem Moment brach für ihn die gesamte Welt zusammen.

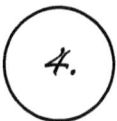

4.

Die Zeremonie für die Verabschiedung von Ava war am nächsten Tag. Vom ganzen Planeten flogen Raumschiffe in die Hauptstadt von Beolania. Die Zeremonie fand auf einem Feld unter einer riesigen Trauerweide mit saftig grünen Blättern und weißen Blüten statt. Ava hatte es geliebt, unter diesem Baum im kühlen Schatten zu sitzen und vor sich hin zu träumen. Aaron war oft mit ihr dort gewesen, wenn sie für sich sein und die Natur genießen wollten.

Hunderte Beolas standen in Weiß gekleidet und mit Solilias in den Händen, kreisförmig um ihr Grab herum - umgeben von den hohen, saftigen Grashalmen, die ihnen bis zu den Hüften reichten. Ava lag mit geschlossenen Augen friedlich auf dem großen, violetten Blütenblatt, auf welchem sie sich früher im See hatte treiben lassen. Ihre Hände lagen auf ihrem runden Babybauch und der Miovit, welcher auf ihrem Brustkorb ruhte, funkelte im Sonnenlicht.

Ein Beola nach dem anderen legte seine Solilia behutsam neben Avas Körper. »Du wirst uns fehlen«, schluchzte eine Beola. Nach und nach türmten sich die Blumen. Ava war schon bald in ein Meer aus Solilias gebettet.

Mit Tränen in den Augen trat Aaron als Letzter zu Ava heran, kniete sich neben ihr hin und legte seine Blume behutsam dicht an ihre Hände. Er strich sanft über den Babybauch und schaute auf seine geliebte Frau hinab. »Warum bist du gegangen?«, er schluchzte. »Ich brauche dich doch. Was soll nun ohne dich aus mir werden?« Lange schaute er sie regungslos an. Sie lag da, als würde sie schlafen. Ihr blondes Haar schmiegte sich dem Körper entlang und ihre goldene Haut reflektierte die Sonnenstrahlen.

Ihr weißes Kleid war schulterfrei, wodurch die Erhebungen auf jeder Schulter zu sehen waren. Ihr Mund war so zart, dass man hätte meinen können, dass sie lächelte.

Aaron fühlte eine Hand auf seiner Schulter. »Willst du etwas über sie erzählen?«, fragte Clemens sanft. Aaron liefen dicke Tränen über die Wangen, als er sich daran erinnerte, wo er Ava zum ersten Mal gesehen hatte.

Zweitausend Jahre zuvor hatte auf Beolania Krieg geherrscht. Dunkle Mächte hatten den Planeten verwüstet und die Herrschaft übernommen, nachdem sie die Eltern von Aaron und Clemens vergiftet hatten. Die Ur-Götter hätten die Macht besessen die dunklen Mächte zu vertreiben, doch nach deren Tod war Beolania ein ungeschützter Ort gewesen und ein leichtes Ziel für die dunklen Mächte.

Diese Wesen hatten keine Gestalt, konnten aber einen beliebigen Körper für sich beanspruchen. Lange war es Aaron nicht möglich gewesen, die dunklen Mächte von seinen Artgenossen zu unterscheiden – bis zu diesem Tag, als er Ava getroffen hatte.

Aaron war auf der Suche nach den dunklen Wesen gewesen, hatte einen Seidenmantel über das Gesicht gezogen, um nicht erkannt zu werden und huschte durch die zertrümmerte Stadt. Glasscherben und Hausfassaden hatten auf dem Boden gelegen. Unzählige Beolas waren von den dunklen Wesen ermordet oder in Besitz genommen worden. Diese Wesen hatten das Streben nach Macht und Dunkelheit besessen – alles verwüstet und darin ihre Bestimmung gesehen.

Plötzlich war Aaron über einen Ast gestolpert und zu Boden gefallen. Er hatte sich gerade noch mit seinen Händen abstützen können, sonst wäre sein Gesicht auf den harten Boden geprallt.

»Bleib liegen. Bewege dich nicht«, hatte eine leise Stimme gesagt. Zögerlich hatte Aaron seinen Kopf gehoben und in zwei glasklare, blaue Augen geschaut. Kaum ein halber Meter hatten ihn von der Beola getrennt, die sich unter einer umgestürzten Hauswand versteckt hatte.

»Weshalb?«, hatte Aaron irritiert gefragt.

»Da vorne ist ein dunkles Wesen«, hatte die Beola mit den langen, blonden Haaren geflüstert. Ihre violette Haut war mit Erde bestrichen gewesen, wahrscheinlich, um sich zu tarnen.

Aaron hatte den Kopf zur Seite gewandt und einige Meter entfernt von ihnen eine blaue Gestalt gesehen, die sich durch die Trümmer gekämpft hatte. »Weshalb denkst du, dass dieser Beola von den dunklen Mächten befallen ist?«, hatte Aaron gefragt.

»Ich habe es gespürt.«

»Gespürt? Wie meinst du das?«

»Als es an mir vorbeigezogen ist, nahm ich dieses leere Gefühl in meinem Herzen wahr. Es fühlte sich kalt und düster an. Spürst du das nicht auch?«

»Nein, das … habe ich noch nie gespürt. Wer bist du?«

»Ich bin Ava.« Sie hatte schwach gelächelt. Aaron hatte ihr eine ganze Weile schweigend in die Augen gesehen. Er war fasziniert von ihrem Wesen gewesen – voller Liebe, Unschuld und gleichzeitig erschien sie ihm so stark.

»Es kommt näher«, hatte Ava plötzlich gesagt. Aaron war zusammengezuckt und hatte sich von ihren Augen losgerissen.

Ohne zu zögern war er aufgestanden, hatte sich die Kapuze vom Kopf gestreift und mit kräftiger Stimme gerufen: »Was machst du hier draußen?«

Der Beola war ihm nähergekommen, hatte seine Schultern gesenkt. Aaron hatte die Augen zusammengekniffen und versucht den traurigen Ausdruck im Gesicht des Beolas zu deuten. Er hatte nicht das Gefühl gehabt, dass dieser Beola von den dunklen Mächten beherrscht wurde – so kraftlos wie dieser ausgesehen hatte. Die dunklen Mächte hatten meist gleich angegriffen und nicht lange gezögert.

»Vorsicht!«, hatte Ava aus ihrem Versteck geschrien, als sich die Gestalt des Beolas plötzlich veränderte. Ein grässlicher, schriller Schrei war aus dem weit aufgerissenen Mund des Beolas ertönt und die Haut hatte zu bröckeln begonnen. Wo noch einige Sekunden zuvor ein Beola gestanden hatte, war nun ein dichter, schwarzer Schatten zu sehen. Sofort hatte sich Aaron breitbeinig hingestellt und aus seiner rechten Hand einen breiten, gelben Lichtstrom abgefeuert. Das Licht war durch den Schatten hindurchgeschossen, ohne ihn zu zerstören.

»Du musst mehr Licht erzeugen!«, hatte Ava geschrien. Reflexartig hatte sie die Arme über ihren Kopf gehalten, wohl wissend, dass sie sich nicht schützen konnte. Der Schatten war zum Himmel emporgestiegen und hatte dann einen Moment innegehalten. Einige Sekunden später war der ganze Himmel voller dunkler Schleier gewesen, die mit enormer Geschwindigkeit auf Ava und Aaron hinunter gerast waren.

Aaron hatte gebrüllt, die Fäuste auf seine Brust geschlagen, alle Kraft gesammelt und dann seine Arme kraftvoll zur Seite gestreckt. Eine Lichtflut war über das Land gerast, hatte die dunklen Mächte geblendet und es ihnen unmöglich gemacht, dagegen anzukämpfen. Plötzlich waren die Schatten in der Luft explodiert und Licht hatte sich um den gesamten Planeten gehüllt.

Ungläubig hatte Aaron zu Ava geblickt. »Warum hast du gewusst, dass Licht ihre Schwäche ist?«

Ava war langsam auf ihn zu gegangen. »Gegen Licht hat die Dunkelheit keine Chance.«

Es war dieser Moment gewesen, in dem Aaron klargeworden war, dass diese wunderschöne Beola seine Frau werden würde. Und er hatte recht behalten. Bereits ein Jahr später hatten sie ihre Hochzeit gefeiert. Aaron hatte nie vergessen, mit welch funkelnden Augen sie ihn angestrahlt hatte, als sie vor dem Traualtar gestanden und sich ihre violette Haut langsam in die goldene Farbe - die Farbe der Götter - gewandelt hatte.

Aaron nahm alles um ihn herum kaum wahr. Der Moment schien wie in Zeitlupe zu vergehen. Wie ein Film zogen alle Erlebnisse, die er mit Ava geteilt hatte, vor seinem inneren Auge vorüber. Sein Herz raste, ihm wurde heiß und seine Knie waren weich wie Pudding. Langsam drehte er sich um und sah sein Volk vor sich stehen. Alle hatten Tränen in den Augen.

»Ava war mein Licht - unser aller Licht ...«, seine Stimme überschlug sich, machte es ihm unmöglich zu sprechen. »Ich kann nicht ... es tut mir leid«, stotterte er kraftlos und lief durch die Menge. Auf dem Weg hörte er, wie Clemens seine Rede begann. Es musste hart für ihn gewesen sein, seinen Bruder nicht zur Seite zu haben, das war Aaron bewusst. Doch ihm selbst fehlte die Kraft.

»Ava war wundervoll. Ihr habt sie alle gekannt und geliebt. Sie hatte eine reine Seele und das größte Herz von ganz Beolania. Sie war stets für uns da und es schmerzt, dass sie uns genommen wurde. Sie wird immer bei uns sein. In unseren Erinnerungen und Herzen wird sie weiterleben. Wir alle können sie unsterblich machen, indem wir jeden Tag an sie denken werden und indem wir dankbar für alles sind, was sie für uns getan hat.«

Aaron entfernte sich immer weiter, Tränen flossen über sein Gesicht, während er der Rede aus der Ferne lauschte. Irgendwann hörte er nur noch die Vögel zwitschern und den Wind wehen.

Als es dämmerte, versammelten sich unzählige Beolas vor dem Palast. Jeder einzelne von ihnen hielt eine kegelförmige Laterne in den Händen, welche mit einer goldenen, schimmernden Membran umgeben war. Im Inneren dieser Membran schwebte eine kleine Lichtkugel. Während die Beolas die Laternen in die Höhe hielten und sie langsam losließen, summten sie das ruhige Lied, welches Ava jeden Abend auf ihrem Balkon gesungen hatte. Trotz tiefer Trauer herrschte in der Hauptstadt von Beolania eine lichtvolle und friedliche Energie.

Die Zeremonie war wunderschön. Aaron saß zusammen mit Clemens auf dem Balkon und beobachtete, wie die Laternen immer höher stiegen und sich allmählich über dem Land verteilten. Aaron starrte die Lichter an, welche sich in seinen wässrigen Augen spiegelten. Er dachte daran, wie sehr Ava diesen Anblick genossen hätte. Sie hätte sich in seine Arme geschmiegt, mit ihrer sanften Stimme leise mitgesungen und dabei ein zufriedenes Lächeln auf ihren wunderschönen, zarten Lippen gehabt. Doch sie war nicht mehr hier.

Aaron saß noch eine Weile schweigend da, entschuldigte sich dann bei Clemens und verschwand im Palast. Er torkelte durch die Gänge und suchte an den dicken Steinsäulen Halt. Die Kraft verließ ihn, er sank zu Boden und begann zu weinen.

Tage fühlten sich für ihn wie Jahre an. Er setzte keinen Fuß mehr vor den Palast und starrte stundenlang aus dem großen Fenster in seinem Schlafgemach. Jeden Morgen, wenn er erwachte, strich er sanft über das Kopfkissen seiner Frau und begann zu weinen. Dicke Tränen kullerten über die goldenen Wangen und seine Schultern zuckten auf und ab. Er konnte nicht verstehen, dass er seine Ava verloren hatte und ein Teil von ihm hoffte noch immer, dass dies alles ein böser Traum war und er jeden Moment erwachen würde, seine Frau neben ihm läge und sie ihn anlächeln würde.

Oft verbrachte er die Zeit in Avas Lieblingsraum. Ein wunderschöner, heller Raum mit weiten Fenstern, durch die man auf den riesigen Garten hinter dem Palast blicken konnte. Weitläufige Wiesen voller Solilias und unzähligen Bäumen mit gekringelten Stämmen verliehen dem Garten Farbe. Buschige, rosafarbene Bäume reihten sich im Kreis, in dessen Mitte sich ein Brunnen befand, der das Wasser meterhoch in die Luft spritzte.

Eine ganze Weile saß Aaron nur da, auf einem Hocker, der mit grünem Samt überzogen war, und schaute dem Wasser zu, wie es in das runde Becken plätscherte. Irgendwann wandte er seinen Blick zu dem kleinen, goldenen Schreibtisch, der ebenfalls zum Fenster ausgerichtet war. Ava hatte es geliebt, sich von der Natur inspirieren zu lassen und ihre Gedanken niederzuschreiben. Zögerlich öffnete er die Schublade unterhalb der Schreibfläche und zog ein Bündel Papier heraus. Er atmete einmal tief durch, bevor er Blatt für Blatt zu lesen begann.

So unscheinbar bist du und doch von so großer Bedeutung für mich. Vielleicht denkst du, dass du für mich selbstverständlich bist, doch so ist es nicht. Du machst mich reich – reich an Freude, Liebe, Glück. Du beschenkst mich mit Blumen, spendest mir Schutz in deinen Wäldern und lässt mich treiben in glasklaren Seen. Ich höre dich im Wind, spüre dich in der Sonne und sehe dich überall wohin ich schaue. Du bist einfach alles. Du allein hast uns alle geboren, wir verdanken dir unser Leben. Ich werde dich beschützen, dich pflegen, dir meinen Segen geben. Vergiss nie, ich bin immer für dich da – mein geliebtes Beolania.

Aaron musste schwach lächeln und tupfte eine Träne trocken, die ihm auf das Papier gekullert war. Er wusste, dass sie wundervoll schreiben konnte, doch noch nie hatte er ihre Texte, die sie hier untergebracht hatte, gelesen. Er hörte ihre Stimme in jedem Wort das er las, sah sie vor sich, wie sie mit zur Seite geneigtem Kopf diese Zeilen niederschrieb und dabei zufrieden lächelte. Die blaue Schrift roch nach Himmelbeere. Das war ihre Lieblingsbeere, die sie ins Holzröhrchen führte, das vorne angespitzt war. Von hinten konnte sie mit einem Holzstäbchen die Beere zerquetschen, worauf der dickflüssige Saft aus der Spitze quoll und sich optimal zum Schreiben eignete.

Der nächste Brief traf Aaron mitten ins Herz.

Nichts ist so beständig, nichts so stark. Man kann nicht nach ihr greifen, sie nicht sehen oder hören – doch trotzdem ist sie da. Sie ist einfach überall. Man muss sie bloß zulassen. Ich danke ihr, dass ich sie in jedem Lächeln meines Mannes sehen, in jedem seiner Küsse spüren und durch jeden seiner Atemzüge in mich aufsaugen darf. Ich danke ihr, dass ich so verwöhnt von ihr bin – verwöhnt mit Liebe.

Die Kraft verließ ihn. Zuerst hatte er schwach gelächelt, da die Liebe seiner Frau so greifbar war. Doch dann, als er realisierte, dass sie nicht mehr bei ihm war, brach es aus ihm heraus. Er sank zu Boden, schrie und weinte zugleich. Er kratzte seine Brust blutig, in der Hoffnung, dass dieser Schmerz aus seiner Brust entweichen könnte. Doch es half nichts.

Zurück blieb bloß diese Leere.

Es fühlte sich an, als wäre sein Herz mit einem Hammer in unzählig kleine Scherben zerschlagen worden – unmöglich, sie jemals wieder zusammenzusetzen. Alles was er sich aufgebaut und erträumt hatte, verblasste vor seinen Augen. Niemals würde er eine Familie haben, niemals das Lachen seines Kindes hören und niemals mehr die Liebe seiner Frau spüren können. Alles schien sinnlos.

Weshalb war er noch hier?

Warum hatte sich der Tod nicht für ihn entschieden?

Ava war schon immer die Stärkere von beiden gewesen. Sie hätte gewusst, was zu tun gewesen wäre. Doch er stand bloß vor einer leeren Leinwand, ohne zu wissen, wie er sie gestalten sollte.

Wofür auch?

Vor dem Eingangstor des goldenen Palastes wurden unzählige Blumensträuße und Kerzen in Gedenken an Ava hingelegt. Viele Bewohner wollten Aaron in dieser Zeit sehen, um ihm zu sagen, dass er mit seiner Trauer nicht allein war, doch er zog sich zurück. Was hätte er auch sagen sollen? Dass alles wieder gut werden würde? Wie hätte er dies sagen können, ohne sich selbst zu belügen? Denn ihm war klar, dass es niemals wieder wie zuvor werden konnte. Nichts hätte diese Leere in seinem Herzen füllen können. Nichts.

»Er braucht bloß etwas Zeit«, hatte Clemens den Beolas versichert, als diese sich vor dem Palast zu einer Kolonne angesammelt hatten. »Kommt zu mir, wenn ihr ein Anliegen habt. Ich bin für euch da.«

»Wie geht es ihm?«, fragte die Beola, welche in der Kolonne ganz vorne stand, besorgt und schlang dabei ihre langen, violetten Arme um ihren Körper. Sie suchte Halt, das war Clemens aufgrund ihrer Körpersprache sofort aufgefallen.

»Nicht besonders gut. Aber das wird schon wieder. Bald ist er wieder für euch da.«

»Versprichst du es?« Tränen sammelten sich in ihren Augen an.

Clemens strich mit seiner Hand sanft über ihre Schulter. »Du hast mein Versprechen. Er muss all das zuerst verarbeiten. Wir alle bedeuten ihm sehr viel.«

»Ich danke dir für deine Worte, Clemens.« Die Beola sniffte und verabschiedete sich von ihm.

»Du darfst trauern, mein Bruder«, flüsterte er Aaron an jenem Abend zu. »Aber irgendwann musst du wieder für dein Volk da sein. Sie brauchen dich.«

Aaron sah Clemens tief in die Augen, mit einem Blick, der sagte, dass er ihn in Ruhe lassen solle. Durch seine Isolation kehrte Aaron mit der Zeit vollständig in sich selbst. Er verstand den Sinn seines Lebens nicht mehr und von Tag zu Tag verschlechterte sich sein Zustand. Er wurde wütend auf alles. Er war wütend auf das Mädchen, welches Ava die Blume gebracht hatte. Er war wütend auf Clemens, der das Mädchen schneller hätte finden sollen und er war wütend, dass ihm sein ungeborenes Kind genommen worden war.

»Du hättest Ava die Medizin früher bringen sollen, Clemens!«, schrie Aaron seinen Bruder an. »Dann wäre sie noch am Leben!«

»Wie kannst du es wagen, mir solch einen Vorwurf zu machen!«, schrie Clemens zurück. »Ich habe die ganze Stadt abgesucht, während du im Palast geblieben bist. Also wag es nicht, mich zu beschuldigen!«

»Wie bitte?«, erwiderte Aaron empört. »Ich bin im Palast bei meiner kranken Frau geblieben. Stell dir vor, sie wäre gestorben als ich nicht bei ihr war. Wie hättest du das gefunden?«

Clemens entspannte seinen Gesichtsausdruck und sagte ruhig: »Du hast recht, es tut mir leid. Das habe ich nicht so gemeint.«

»Warum sagst du es dann«, zischte Aaron. Clemens weitete seine Arme aus und wollte Aaron umarmen, doch dieser stieß ihn zur Seite und verschwand im Schlafgemach.

Eines Nachts träumte er von Ava. Sie sagte ihm, dass er wieder zu seinem Wesen zurückfinden solle, dass sie immer bei ihm sein würde und dass er auf die Liebe vertrauen soll. »Die Liebe überdauert alles«, hauchte sie in sein Ohr.

»Du bist nicht mehr hier!«, schrie er weinend, als er erwachte und sich im Bett aufsetzte. Er atmete schnell, schüttelte seinen Kopf und schlug mit der Faust auf die Matratze. Sein Herz brannte vor Schmerz. Ihm war nun klar, dass sie nie wieder zurückkommen würde. »Das ist nicht real. Verschwinde aus meinen Träumen, ich ertrage diesen Schmerz nicht mehr«, flüsterte er erschöpft.

Von diesem Tag an träumte er nie wieder von seiner Frau.

Eines Morgens ging Aaron auf den Balkon und blickte über sein Reich. Er sah junge Beolas seit langem wieder lachend auf den Straßen spielen und Erwachsene, wie sie singend ihre nasse Kleidung im aufgefangenen Regenwasser wuschen. Es waren nun drei Monate vergangen, seit seine Frau verstorben war und es schien, als versuchten die Beolas aus ihrer Trauer das Beste zu machen. Schließlich hätte sich Ava nie gewünscht, dass ihr Volk traurig war.

Noch immer hatte Aaron keinen Fuß vor seinen Palast gesetzt. Immerzu hatte er sich in der Dunkelheit verkrochen und wollte niemanden sehen. Clemens war noch immer im Palast und wollte ihn stets aus seinem Loch herausziehen, doch ohne Erfolg. Tränen hatte Aaron seit Wochen keine mehr vergossen. Gefühle wurden ihm fremd. Er trug eine tiefe Leere in seinem Herzen. Ein Zustand, ohne jegliche Emotion. Weinen konnte er genau so wenig wie schreien und lachen war erst recht nicht möglich. Und als er sah, wie glücklich andere sein konnten, während er seine Frau und sein Kind - seinen Grund zu leben - verloren hatte, konnte er nichts mehr begreifen.

Sein Blick war leer, als Clemens neben ihn stand und fragte: »Wie geht es dir?« Er lächelte Aaron tröstend an.

»Wie kannst du nur lachen, wenn es mir so schlecht geht«, brummte Aaron.

Clemens erschrak, denn so etwas hatte er aus seinem Mund noch nie gehört. »Mein Bruder, du musst wieder unter das Volk. Du bist seit Wochen fast ausschließlich im Dunkeln. Ich weiß, das ist eine schwere Zeit für dich, aber das Leben geht weiter.«

»Pff, du hast leicht reden. Das Leben geht weiter«, äffte er ihn nach. »Einen Scheiß geht es weiter. Alle lachen, als wäre nichts passiert.«

»Aaron, du weißt genau, dass das nicht stimmt«, sagte Clemens mit Nachdruck im Tonfall. »Jetzt hör auf mit dieser depressiven Stimmung. Ich verstehe deine Trauer, wirklich, das musst du mir glauben. Ava war auch für mich eine ganz besondere Beola in meinem Leben, doch jeder geht mit seiner Trauer anders um. Ein bisschen Ablenkung würde dir guttun.«

»Mir wird es nie wieder gut gehen. Du weißt ja nicht, wie ich mich fühle«, brummte Aaron.

»Doch, das weiß ich, mein Bruder.«

»Ach ja?«, schrie Aaron. »Ich glaube nicht, dass du das weißt. Niemand kann das verstehen! Niemand steckt in meiner Haut. Alle sind wieder fröhlich. Damit ist jetzt Schluss!«

»Was meinst du damit?«, fragte Clemens empört. Aaron schaute ihn an, ohne ihm eine Antwort zu geben, ballte seine Hände zu Fäusten und schlug sich damit mächtig auf die Brust. Wie ein Donner schallte es durch den ganzen Palast, als sich ein oranger Lichtkreis um ihn ausbreitete. »Hör auf!«, schrie Clemens verzweifelt. »Was auch immer du vorhast, hör sofort auf! Missbrauche deine Kräfte nicht!«

Aaron ignorierte seinen Bruder und schlug sich ein zweites Mal mit den Fäusten auf die Brust. Er schrie und sein Gesicht strotzte vor Zorn. Ein zweiter Kreis bildete sich um Aaron herum. Clemens wurde von der Wucht des Lichtkreises an die Wand geschleudert, so kraftvoll war dessen Energie.

»Du wirst schon noch erfahren wie ich mich fühle!«, schrie Aaron und breitete seine kräftigen Arme aus, wodurch sich die Lichtkreise in grauen Sand verwandelten und wie eine Flut über das Land rasten. Beolas schrien und suchten Schutz in ihren Häusern. Ihnen gefror das Blut in den Adern - ein Gefühl, das sie nicht kannten. Sie hatten Angst und wussten nicht, was mit ihrem geliebten, friedlichen Planeten passieren würde.

»Stopp das sofort!«, schrie Clemens in den tobenden Wind. »Wir bringen das alles wieder in Ordnung, ich gebe dir mein Versprechen!« Er flehte seinen Bruder an, hatte Tränen der Verzweiflung in den Augen, doch es half nichts. Er sprang auf ihn und schlug Aaron mit seinen Fäusten auf den Kiefer ein. Doch Aaron schlug mit seiner Faust zurück und traf Clemens mitten ins Gesicht. Clemens fiel zu Boden. Seine roten Haare verdeckten ihm die Sicht, als er sich wieder aufrappelte. In diesem Moment schlug Aaron ein letztes Mal auf seine eigene Brust. Die graue Sandwolke raste weit über Beolania hinaus. Selbst die entferntesten Planeten wurden von der Sandwolke erfasst. Im ganzen Universum donnerte und knallte es.

Aaron schrie, seine Halsadern drückten die Haut nach außen und sein Körper war so angespannt, dass alle Muskeln zu sehen waren. Ein Gefühl von dunkler Macht durchströmte ihn - und dann war es plötzlich ruhig.

Die Stadt war von grauem Sand bedeckt, die Bäume trugen keine Blätter mehr an den Ästen und die Vögel waren verstummt.

Es herrschte absolute Stille.

Aarons Puls beruhigte sich allmählich und die Kiemen auf seinem Brustkorb bewegten sich wieder langsamer. Er atmete ruhig und blickte über sein Land. »Nun wisst ihr wie ich mich fühle«, knurrte er.

Clemens stand vor ihm und schaute ihm in die Augen. »Du bist so egoistisch«, zischte er und wartete darauf eine Emotion in seinem Körper zu spüren. Doch er fühlte weder Hass noch Zorn und auch keine Trauer. Er war emotionslos.

Das Leben auf Beolania hatte sich verändert. Morgens hörte man weder den *Gesang der Götter* noch jemanden lachen. Alle hatten denselben monotonen, fahlen Gesichtsausdruck. Die Beolas konnten sich zwar unterhalten, doch ohne Emotionen zu zeigen.

Über den Feldern und Wäldern lag eine dicke Nebelschicht, die Sonnenstrahlen kaum durchbrechen konnten. Niemand war zur Stelle, wenn ein Beola krank wurde. Viele Beolas erlagen in dieser Zeit an ihren Erkrankungen und Verletzungen, doch um sie trauern konnte niemand.

Clemens war schon lange aus dem Palast ausgezogen. Er konnte seinem Bruder seit diesem Ereignis nicht mehr in die Augen sehen. Er flog um den Planeten und half wo er konnte. Doch viel bewirken konnte er nicht und Emotionen hatte er genauso keine, wie die restlichen Beolas.

»Ich danke dir für deine wichtige Arbeit«, sagte er dem Besitzer eines Heilkräuterladens. Auf jedem Regal standen andersfarbige Flaschen mit Kräuterflüssigkeiten als Inhalt. Getrocknete Blumen hingen von der Decke und gedörrte Früchte lagen in einem Korb neben der Theke.

Es war einer der wenigen Orte, wo die Beolas ihr Essen beziehen konnten. Die Wälder waren arm an Früchten und die Felder vertrocknet. Jeden Tag erhielten Beolas, die einen Laden besaßen, eine begrenzte Anzahl an Nahrungsmittel zugestellt. Clemens hatte dieses Versorgungssystem ins Leben gerufen, nachdem ihm klar wurde, dass viele Beolas hungern mussten. Es konnte von Glück gesprochen werden, dass sich Ava für Pflanzen interessiert hatte und aus vielen Früchten und Gräsern hatte Säfte herstellen lassen, die mehrere Jahrhunderte gelagert werden konnten. Aaron hatte dies nie für nötig gehalten, da er sich sicher war, dass sie gemeinsam den Planeten stets beschützen würden, doch Ava war sich bewusst gewesen, dass nichts unendlich war – auch ihr Dasein nicht.

»Das ist meine Pflicht«, sagte der Beola emotionslos, welcher eine Schürze aus Baumseide um seine Hüften gebunden hatte und eine Flüssigkeit in eine braune Flasche füllte. Seine Körperhaltung war schlaff, er trug kein Lächeln und selbst als er sich mit Clemens eine Weile unterhielt, regte sich keine Emotion in dessen Gesicht.

Es war nicht schön so zu leben. Und auch wenn Clemens nun einerseits verstand, wie es seinem Bruder erging, konnte er noch immer nicht glauben, dass er dies seinem einst so geliebten Volk antun konnte. Schließlich hatte er gemeinsam mit Ava all das Schlechte von diesem Planeten vertrieben. Immerzu hatte Aaron gepredigt, dass alle an einem Strang ziehen sollen und sie gemeinsam alles erreichen können. Aber nun war er selbst der Grund für all das Unheil.

Aaron zog ab und an wieder durch die Straßen seiner Stadt. Er hatte die Wege stets für sich allein, denn alle wichen ihm aus. Auch wenn niemand Abschätzung ihm gegenüber verspüren konnte, hatten die Beolas mit der Zeit gelernt, ihn zu ignorieren. Aaron war dies gleichgültig. Sein Volk bedeutete ihm nichts mehr. Ihm war einzig und allein wichtig, dass nun alle an seinem Leid teilhatten. Es war ihm nicht bewusst, was für Konsequenzen seine Taten mit sich zogen. Der Hunger, die Verletzungen, die verborgene Trauer, die jeder in sich trug aber nicht ausdrücken konnte, sogar der Tod – nichts von all dem konnte ihn erreichen. Er lebte in einer Blase gefüllt mit Selbstmitleid und realisierte nicht, dass dies niemandem etwas brachte – nicht einmal ihm selbst. Er hatte eine emotionale Mauer erbaut, die niemand durchbrechen konnte.

»Aaron, bitte erlöse uns von dem Fluch. Gemeinsam schaffen wir alles, weißt du noch?«, hatte eine Beola gesagt, die sich vor ihn in den Weg stellte, als er auf den Hof des Palastes schreiten wollte. Sie trug ein rotes Seidengewand und ihr weißes Haar reichte ihr bis zu den Ohrläppchen.

»Wir schaffen nicht alles. Wir haben es nicht einmal geschafft, Ava vor dem Tod zu bewahren«, knurrte Aaron.

»Du weißt, dass wir dafür keine Schuld tragen. Wir alle haben Ava geliebt.«

»Ihr habt ihr die Patunia gereicht. Ihr habt sie vergiftet. Sehr wohl tragt ihr die Schuld für ihren Tod.«

»Das war ein Kind. Du kannst uns nicht alle für die Taten eines unwissenden Kindes bestrafen. Das hätte jedem von uns passieren können – sogar dir, Aaron«, die Beola versuchte zu ihm durchzudringen.

»Du bist respektlos, so etwas zu behaupten. Und nenne mich nie wieder Aaron. Ich bin eure Gottheit. Respektiere mich, oder ich verbanne dich!«, brüllte er. Seine kraftvolle Stimme hallte durch die ganze Stadt. Er allein hätte Zugang zu allen Gefühlen gehabt, da er den Fluch ausgesprochen hatte. Doch die einzigen Gefühle, die sich mit den Jahren entwickelten, waren Zorn und Hass.

Die Beola starrte ihm noch eine Weile in die Augen, doch als sie bemerkte, dass sie nicht zu ihm durchdringen konnte, wandte sie ihm den Rücken zu und zog davon.

Fünf Jahre waren vergangen, als Clemens eines Nachts einen Traum hatte, in dem ihm plötzlich Ava begegnete. Es fühlte sich so real an, als sie lächelnd auf ihn zu schritt und vor ihm stehen blieb.

»Hallo Clemens«, sagte sie mit ihrer warmen Stimme. Schon lange hatte Clemens nicht mehr so viel Wärme verspürt, doch in der Traumwelt schien dies zu funktionieren.

»Hallo Ava, es tut so gut dich zu sehen. Ich vermisse dich«, sagte er.

»Ich weiß. Ich vermisse dich und mein Beolania auch.« Obwohl ihr eine Träne über die Wange kullerte, lächelte sie. Ava war umgeben von gelben Lichtkugeln. Die einen wurden heller, während andere dabei waren zu verblassen. »Ich weiß, dass ich dir vertrauen kann Clemens«, sprach sie weiter. »Ich habe einen Weg gefunden, um all das Übel, was euch momentan widerfährt, zu beenden.«

Clemens schauderte es am ganzen Körper. »Wirklich? Was hast du herausgefunden?«

Ava nahm seine Hände in ihre und antwortete: »Es gibt einen Ort im Universum, an dem der Fluch von Aaron nicht existiert. Dieser Ort nennt sich Erde. Die Zeit steht günstig.«

Clemens starrte sie verdattert an. »Günstig wofür?«

»Ich habe nicht die Zeit, um dir alles zu erklären. Du musst den Blütenblättern folgen. Sie werden dich zu zwei Beolas führen, die den Bann brechen können. Du musst sie durch das

Portal beim Wasserfall vor unserer Hauptstadt schicken. Heute noch, sobald die Sonne untergegangen ist. Bitte, verliert keine Zeit. So gelangen sie auf die Erde. Sie werden sich an nichts erinnern können. Aber du musst mir vertrauen.«

Clemens verstand nicht, wovon Ava sprach, und fragte hilflos: »Was soll ich ihnen denn sagen, was müssen sie auf der Erde machen?«

Ava lächelte und sagte sanft: »Zu viele Worte, die nichts bedeuten. Du musst nichts wissen. Sag ihnen bloß, dass sie ihren Herzen folgen sollen und sie werden von selbst herausfinden, was sie machen müssen.«

»Aber wie finde ich diese Beolas?«, fragte er verzweifelt.

Ava lächelte und verblasste langsam vor seinen Augen. »Folge den Blütenblättern«, hörte er sie erneut sagen, bevor sie verschwunden war und einzig noch die gelben Lichtkugeln vor seinen Augen flimmerten.

Clemens zuckte zusammen und erwachte.

Was war das? Nur ein Traum? Aber was, wenn es real war? Müsste ich dann nicht alles daransetzen, Beolania zu retten? Er hatte sich zumindest dazu verpflichtet, den Beolas stets zu helfen.

Clemens rieb sich die Augen und richtete sich in seinem Bett auf. Neben ihm lag etwas auf der Bettdecke. Er rieb sich erneut die Augen und nahm es in seine Hände. Es war eine große Blume mit gelben Staubfäden in der Mitte und fünfzig weißen Blütenblättern, die symmetrisch im Kreis angeordnet waren, wobei sich jedes zweite überlappte. Es war eine Blume, die an der Trauerweide wuchs, unter der Ava beerdigt worden war. Clemens konnte seinen Augen kaum trauen, doch in diesem Moment wurde ihm klar, dass sein Traum real gewesen war.

Sofort sprang er aus dem Bett und kleidete sich an, denn er wollte keine Zeit verlieren. Schließlich musste er bis Einbruch der Dunkelheit die zwei Beolas gefunden haben, welche den

Bann brechen konnten. Und er konnte sich vorstellen, dass dies nicht so einfach werden würde, wie es sich bei Ava angehört hatte.

Clemens lebte in einem kleinen Haus, keinem Palast wie Aaron. Es war einstöckig und hatte, wie alle anderen auch, eine gläserne Kuppel als Dach. Er lebte bescheiden und allein. Früher sah er direkt auf das atemberaubende, blaue Meer, mit dem weißen Sand und den buschig roten Palmen. Doch seit dem Fluch war das Wasser dunkel, der Sand nass und die roten Palmenblätter hingen schlaff nach unten, wenn die Palmen überhaupt noch Blätter trugen. Die meisten hatten sie ganz verloren. Früher konnte er aus der Natur Kraft schöpfen, doch in jener Zeit spürte er bloß diese Leere in seinem Körper. Das Einzige, was ihn antrieb, war das Wissen, seinen Planeten retten zu können.

Er stand auf der Veranda und blickte auf die Blume in seinen hellblauen Händen. Er fragte sich, wie sie ihm weiterhelfen konnte. Wie erstarrt schaute er sie an und wartete darauf, dass sie ihm irgendein Zeichen gab.

»Halte sie in die Luft«, sagte eine leise Stimme in seinem Kopf. Clemens hob die Blume zögerlich an und ließ den Blick nicht von ihr los. Er war überrascht, als sich langsam eine der äußersten Blütenblätter von der Blume löste und entgegen der Windrichtung losflog. Er rannte zu seinem Raumschiff, welches neben seinem Haus untergebracht war, und flog dem Blütenblatt, das immer schneller wurde, hinterher.

Auf einmal löste sich das Blütenblatt in Luft auf und ein zweites lockerte sich von der Blume. Clemens öffnete das Fenster neben ihm, sodass dieses aus dem Raumschiff fliegen konnte. Es änderte die Richtung nach links und Clemens folgte ihm weiter. Ein Blütenblatt nach dem anderen löste sich und wies ihm den Weg. Das zwanzigste Blatt wurde langsamer als die bisherigen und sank schon bald tiefer.

Clemens verringerte die Flughöhe, bis er wieder Häuser sah. Immer tiefer sank er, bis sein Raumschiff den Boden berührte, wo das Blütenblatt lag. Er stieg aus seiner Maschine und blickte um sich. Es waren kaum Beolas zu sehen. Über der Stadt hing, wie überall, eine dicke Nebeldecke. Das Plätschern des Flusses, welcher sich einige Meter neben ihm zwischen den Häusern hindurchschlängelte, war das einzige Geräusch, das die gespenstische Stille durchbrach.

Clemens hielt die Blume erneut in die Luft und das Blatt lockte ihn zu einem etwas kleineren, gelben Haus, weiter abseits. Es hatte kleine, runde Fenster und durch die Glaskuppel schien ein Licht in den Himmel hinauf. Vor dem Haus war ein großer, kahler Garten zu sehen, der früher bestimmt atemberaubend schön gewesen sein musste. Das Blütenblatt löste sich in Luft auf und es folgte kein weiteres mehr.

Hier müsste also einer dieser Beolas wohnen. Vorsichtig öffnete Clemens das quietschende, blaue Gartentor und schritt langsam über den gepflasterten Weg, welcher zur Haustür führte. Vor der Tür blieb er stehen, zögerte kurz und klingelte. Eine wunderschöne Melodie durchbrach die Stille, doch es regte sich nichts im Haus. Er klingelte erneut, doch noch immer herrschte Stille.

»Ist jemand zu Hause?«, rief Clemens in der Hoffnung, eine Antwort zu erhalten.

Einen Moment hielt er inne, bis eine junge Stimme hinter ihm fragte: »Suchst du jemanden?«

Clemens wandte sich sofort um und blickte einem ungefähr zehnjährigen Beola, mit lockigem, blondem Haar direkt in seine strahlend grünen Augen. »Hallo mein Junge«, sagte Clemens. »Weißt du, wer hier wohnt?«

»Ja«, antwortete der Junge. »Hier wohnt meine Familie.«

Clemens war irritiert, denn als er das Wort *Familie* gesagt hatte, passierte etwas Eigenartiges im Gesicht des Jungen. »Kannst du lächeln?«

Der Junge schüttelte seinen Kopf und sagte hektisch: »Nein, da … hat mich wohl was gejuckt.« Er kratzte sich am Kopf.

Clemens hakte nach: »Du musst keine Angst vor mir haben. Verspürst du Emotionen?«

Der Beola zog seine Schultern ein. »Nur manchmal. Meine Eltern sagten mir, ich dürfe dies … niemandem erzählen, weil mich Aaron sonst verbannen würde. Bitte verrate mich nicht, Clemens.« Er beobachtete, wie sich ein weiteres Blütenblatt von der Blume löste und zu dem jungen Beola hinflog, um sich sachte auf dessen Schulter niederzulassen. Der Junge starrte auf seine Schulter und fragte Clemens, was dies zu bedeuten habe.

Dieser ging langsam auf ihn zu. »Darf ich fragen, wie dein Name lautet, Junge?«

Der Beola, welcher halb so groß wie Clemens war, schaute zu ihm hoch. »Mein Name ist Otis.«

»Otis, du kannst Beolania von dem Fluch befreien. Du musst mit mir mitkommen. Jetzt.«

Otis zögerte und fragte: »Was? Ich? Wie soll ich denn bitte Beolania retten? Ich weiß doch nicht wie.«

Clemens fasste ihm an die Schulter. »Ich erklär dir alles später.«

»Aber meine Familie? Sie ist derzeit nicht hier, ich kann mich nicht von ihr verabschieden, so kann ich nicht los.«

»Ich verstehe dich, aber das ist die einzige Möglichkeit, auch deiner Familie wieder Emotionen zurückzugeben. Du kannst uns alle retten.«

»Das sagst du so einfach … aber du bist der Bruder von Aaron. Ich habe nicht besonders viel Vertrauen in eure Familie, das wirst du wohl verstehen, oder? So viel Schaden wie er angerichtet hat …« Er verschränkte seine Arme.

»Otis, ich schwöre dir bei meinem Leben, dass ich das ernst meine. Ich verabscheue meinen Bruder für das, was er getan hat. Und ich wünsche mir für alle Bewohner von Beolania, dass wieder alles so wie früher wird. Aber das können wir nur erreichen, indem du mir vertraust.«

Otis wandte sich von ihm ab und griff in sein lockiges Haar. Er wusste nicht was er tun sollte und ob er Clemens wirklich vertrauen konnte.

»Bitte Otis. Du bist unsere einzige Hoffnung.«

Otis atmete tief durch, bevor er sich Clemens wieder zuwandte. »Na gut. Aber ich sage dir eines: Solltest du mich ausnutzen oder meine Familie in Schwierigkeiten bringen, dann wirst du das büßen.«

Clemens sah ihm mit einem intensiven Blick tief in die Augen und sagte bestimmt: »Du hast mein Versprechen.«

»Wenn das so ist, bin ich dabei.«

Clemens wollte lächeln, doch er konnte nicht. Deshalb nickte er lediglich und dankte ihm.

Gemeinsam gingen sie zu Clemens' Raumschiff. Die Gedanken von Otis kreisten. Er hoffte, dass er keinen Fehler begangen hatte. Er dachte an seine Eltern. Wie es für sie wohl sein würde, wenn er auf einmal verschwunden war? Doch falls Clemens die Wahrheit sagte - und er wollte wirklich glauben, dass er dies tat -, dann wurden sie stolz auf ihn sein.

Bevor Clemens in sein Raumschiff einstieg, hielt er die Blume in die Luft. »Was hat es eigentlich damit auf sich?«, fragte Otis mit gerunzelter Stirn.

»Wir suchen noch einen zweiten Beola. Die Blütenblätter führen uns zu ihm.«

61

»Vorhin sagtest du noch, ich könne diesen Fluch allein beheben. Warum hast du mir nicht die Wahrheit gesagt? Ich muss
wissen was hier vor sich geht. Nur so kann ich dir vertrauen.«

Clemens blickte zu ihm hinüber. »Du hast recht, es tut mir
leid. Wir suchen bloß noch einen anderen Beola. Den Rest erkläre ich euch, wenn wir ihn gefunden haben. Vertraust du
mir?«

Otis wandte den Blick von ihm ab. »Muss ich wohl. Spiel bloß
nicht mit mir. Ich bin zwar kleiner und vielleicht schwächer als
du, aber ich bin deshalb noch lange nicht dumm.«

»Natürlich bist du das nicht. Und jetzt fokussieren wir uns
auf unsere Mission. Einverstanden?« Otis nickte schwach. Clemens nahm dies als Bestätigung und startete die Maschine.

Als sie abhoben, schaute Otis aus dem Fenster. Außer Wolken konnte er nichts sehen, so hoch flogen sie. Ein Blütenblatt
nach dem anderen löste sich von der Blume – immer karger
wurde sie. Clemens dachte darüber nach, ob die Blätter wohl
ausreichen würden, um den anderen Beola zu finden und
schob den Gedanken dann gleich wieder zur Seite.

Plötzlich rumpelte es.

»Was war das?«, fragte Otis sofort. Er wusste, dass dies ein
modernes Raumschiff wie dieses nicht machen dürfte. Er interessierte sich für die Maschinen, kannte jedes einzelne Modell,
das existierte.

»Ich … weiß es nicht. Das ist noch nie zuvor passiert«, sagte
Clemens und drückte verschiedene Knöpfe neben der Steuerzentrale. Es rumpelte erneut. Diesmal sackten sie tiefer nach
unten. Sie verloren an Geschwindigkeit und Clemens hatte
keine Kontrolle mehr über die Steuerung – so sehr er auch am
Steuerknüppel herumrüttelte.

»Wir werden abstürzen. Drück sofort den Notfallknopf!«,
schrie Otis und starrte durch die Frontscheibe. Die Maschine

war nach vorne gekippt und raste im Sturzflug dem Boden entgegen.

»Der Fallschirm reagiert nicht!«, rief Clemens. »Halt dich fest!«

»Nein!« In solchen Situationen war es hilfreich, keine Emotionen zu verspüren. Das Einzige, worauf sich Otis konzentrierte, war eine Lösung für dieses Problem zu finden, anstelle von Todesangst eingenommen zu sein. »Wir müssen nach hinten klettern. Dort ist der Aufprall weniger massiv!«

Clemens nickte. »Du hast recht!« Sofort löste Otis den Gurt von seinem Körper und zwang sich mühevoll zwischen den beiden Sitzen hindurch. Es erforderte enorm viel Kraft, obwohl ihn Clemens von hinten anstieß.

Geschafft.

Ohne zu zögern, streckte Otis seine Hand nach vorne aus, damit Clemens nach ihr greifen konnte. Mit aller Kraft zog er an dessen Arm, während Clemens sich nach hinten warf. Kaum ließ er sich auf die hintere Sitzreihe fallen, prallte das Raumschiff auf. Die beiden wurden umhergeschleudert. Clemens prallte mit dem Kopf an die Fensterscheibe.

Otis wusste nicht, wie lange sie da gelegen hatten. Vielleicht nur ein paar Sekunden - es hätten aber auch Stunden sein können. Benommen richtete er sich auf und fasste sich an seinen schmerzenden Kopf. Ihm war übel und kurz darauf stieß Säure in seinem Mund hoch. Reflexartig stürmte er auf die Tür zu und drückte auf den Knopf, sodass sie sich seitlich öffnen konnte. Kaum war ein Spalt offen, streckte er seinen Kopf aus der Maschine und übergab sich. Es war ein erleichterndes Gefühl. Mit zittrigen Händen wischte er sich den Mund ab. Erst da fiel ihm auf, wo sie gelandet waren.

In einem See.

Einige Meter neben ihnen war das Ufer zu sehen. Er wollte sich nicht vorstellen, wie sich die Landung an Land angefühlt hätte. Wahrscheinlich hätte ihm dies das Leben gekostet.

Abrupt wandte er sich um und rannte zu Clemens, der regungslos und zur Seite gekippt im silbernen Sitz lag. Seine Stirn war aufgeplatzt und aus seiner Nase rann weißes Blut.

»Clemens, kannst du mich hören?«, rief Otis in sein Ohr. Er rüttelte an den Schultern und hoffte, eine Regung zu verspüren. Doch ohne Erfolg. Er legte drei Finger an den Hals von Clemens, um zu spüren, ob er noch Puls hatte. Erleichtert atmete Otis aus, als er schwache, aber regelmäßige Impulse verspürte. Auch die Kiemen hoben sich, jedoch nur in sehr großen Abständen.

Hilfesuchend schaute sich Otis im Raumschiff um. Er kletterte zur Steuerzentrale vor und suchte sie nach einem Notfallset ab. Er wusste, dass dieses griffbereit sein musste. Entweder unter dem Stuhl oder – er drückte gegen die Decke. Ein Fach öffnete sich und ein gelber Beutel fiel ihm in den Schoß. Hastig knöpfte er ihn auf und begutachtete den Inhalt: Zwei Sauerstoffkugeln, Seetang, um Wunden zu verbinden, eine Heilpflanze und ein Messer, um diese aufschneiden zu können.

Er schnappte sich den Beutel und ließ ihn auf den Sitz neben Clemens fallen. Als erstes setzte er ihm die Sauerstoffkugel an den Mund. Diese sog sich fest und beatmete ihn mit regelmäßigen Luftstößen. Als nächstes griff er nach dem Seetang, bückte sich aus der Seitentür und schwenkte diesen einige Male im Wasser. Seine Mutter hatte ihn schon oft verarzten müssen, da er bereits mehrfach von einem Baum gestürzt war oder sich

Schürfwunden beim Spielen mit anderen Kindern zugezogen hatte. Er hatte sich einige Tricks abgeschaut.

Als der Seetang triefend nass war, kämpfte er sich wieder zu Clemens zurück. Das Bild vor seinen Augen schwankte. Er wusste nicht, ob es am Wasser lag, auf dem sich die Maschine hin und her bewegte oder ob ihm sein Hirn etwas vorgaukelte.

Bei Clemens angekommen, band er ihm den Seetang vorsichtig um die Stirn. Wasser floss über dessen Gesicht. Otis hatte gehofft, dass er dadurch aufwachen würde. Er selbst konnte es nämlich nicht ausstehen, wenn man ihm Wasser über das Gesicht schüttete, während er schlief. Damit hatten ihm einige Kinder einen Streich gespielt, als er bei einem nächtlichen Ausflug im Wald versehentlich auf einem Baumstumpf eingenickt war. Damals war sein erster Gedanke gewesen, dass ein Vogel auf ihn herunter gekackt hatte. Kein schönes Gefühl. Aber Clemens schlief nicht, er war ohnmächtig. Es war also eine ganz andere Ausgangslage, das war Otis bewusst.

Wo ist die Blume, schoss es Otis wie ein Blitz durch den Kopf. Er malte sich schon aus, dass die Blume in alle Teile zerfetzt und die ganze Mission hoffnungslos gescheitert war, als sein Blick auf die linke Hand von Clemens fiel. Die Hand, welche hinter seinem Oberschenkel lag.

Erleichtert atmete Otis aus, denn da lag die Blume. *Wie kann das nur sein? Was ist das für eine Blume?* Vorsichtig griff er nach ihr und nahm sie behutsam in seine Hände. Sie blieb unversehrt. Jedes einzelne Blatt war noch genauso glatt wie zuvor. Kein einziger Knick war auf ihr zu erkennen.

»Gute Blume«, flüsterte er und legte sie Clemens in den Schoß. Kurz darauf hüpfte er aus der Maschine ins Wasser. Er wollte einen Weg finden, um das Raumschiff an Land zu befördern.

Es war ein belebendes Gefühl, in das kühle Wasser zu springen. Genau das, was er in diesem Augenblick brauchte. Nur einige Schwimmzüge musste er aufwenden, bis seine Füße den Grund berühren konnten. Er liebte das Gefühl, wenn sich der feine Sand zwischen seinen Zehen hindurchschlängelte. Es kitzelte ihn leicht. Otis ging an Land. Eine unberührte Landschaft erstreckte sich vor ihm. Kein Beola war weit und breit zu sehen, geschweige denn Häuser. Unter anderen Umständen hätte ihn dies gefreut, doch in der aktuellen Situation war dies nicht besonders hilfreich. Steinige Gebirge grenzten an den See und hohe Holzstämme ragten in die Höhe. Früher mussten sie bestimmt mit unzähligen farbigen Blättern bewachsen gewesen sein. Ein kühler Wind wehte und über der Landschaft lag eine dicke Nebelschicht. Trotzdem kämpften sich einzelne Sonnenstrahlen hindurch und schienen an eine Felswand. Es musste Mittagszeit sein, denn zu dieser Tageszeit hatte die Sonne am meisten Kraft.

Einen Moment lang malte er sich die Landschaft aus, wie sie einst ausgesehen haben musste. Wie die Sonne über die Wälder geschienen hatte und Vögel singend um die Gebirge gekreist waren. Das Wasser musste so klar gewesen sein, wie in allen anderen Seen, die er vor der Zeit des Fluches gesehen hatte. Nicht so trüb wie dieses Gewässer. Und der Boden war bestimmt nicht so matschig gewesen.

Otis musste sein Wunschdenken verlassen und der harten Realität in die Augen blicken. Er wandte seinen Blick zum Raumschiff und stellte mit Erstaunen fest, dass es, abgesehen von ein paar Dellen, nicht wirklich beschädigt war. Dies musste dem Aufprall auf Wasser zu verdanken gewesen sein.

Eine Weile starrte er die Maschine an. Sein Verstand war messerscharf, wie er vermutete, aufgrund der fehlenden Emotionen. *Kann ein Raumschiff auf Wasser starten? Hmm ... müsste es eigentlich können. Außer der Antrieb ist zu schwach. Warum könnte der Antrieb zu schwach sein? Aufgrund fehlender Energie.* Otis schoss eine Erinnerung durch den Kopf.

»*Als erstes musst du immer darauf achten, dass die Energie aus der richtigen Quelle stammt*«, hatte ihm sein Vater eingetrichtert. Er war Ingenieur und arbeitete in der größten Raumschifffabrik auf Beolania. Daher wusste Otis auch so vieles über die Maschinen. »*Es bringt nichts, wenn die Einstellungen auf Windenergie eingestellt sind, wenn ein windstiller Tag ist. Die Maschine kann zwar durch Reserveenergie angetrieben werden, doch wie du weißt, ist diese nur für kurze Zeit verfügbar.*« Otis hatte sich damals gefragt, weshalb ihm dies sein Vater überhaupt erzählte. *Ist ja logisch*, hatte er damals gedacht. Doch was, wenn nicht? Er stürmte zurück ins Wasser, schwamm zur Maschine und hievte sich mit aller Kraft hoch. Ein schneller Blick auf Clemens, der noch immer regungslos da lag, dann kletterte er wieder nach vorne in die Steuerzentrale und nahm die Einstellungen genauer unter die Lupe. Die Anzeige wurde auf das Armaturenbrett projiziert. Grüne Schriften leuchteten auf:

Energielevel: 0%
Solarenergie: an
Wasserkraft: aus
Windkraft: aus

Otis fasste sich an die Stirn. Schon klar, dass es die Maschine nicht weit gebracht hatte. Die einzige Energiequelle, die Clemens eingestellt hatte, war die Sonnenenergie. Das war etwas schwierig, wenn keine Sonne schien. Und diese vereinzelten Strahlen, die die Maschine womöglich in kleinen Mengen einfangen konnte, reichten natürlich nicht aus. *Ist ja logisch.*

Ohne zu zögern, nahm er Änderungen an den Einstellungen vor, indem er mit seinem Finger vor der Anzeige umherfuhr, ohne diese berühren zu müssen.

Energielevel: lädt
Solarenergie: aus
Wasserkraft: ein
Windkraft: ein

Ein Brummen ertönte, als die Propeller ins Wasser und in die Luft ausgefahren wurden. Diese wurden durch die Kraft des Wassers und des Windes ins Rotieren gebracht. »Ich habe es geschafft!«, jauchzte Otis erfreut auf und lachte erleichtert. *Ein schönes Gefühl, für einen Moment Emotionen fühlen zu können.*

»Was ... hast du ... geschafft?«, hörte er plötzlich eine schwache, trockene Stimme sagen. Abrupt wandte er seinen Blick nach hinten und entdeckte Clemens, der die Luftblase vom Mund genommen hatte.

»Clemens! Wie geht es dir?«, fragte Otis erleichtert und setzte sich neben ihn.

»Ich habe ... Schmerzen«, keuchte er und hustete. Weißes Blut triefte aus seinem Mund. Seine Lippen waren trocken und rissig. Ohne zu zögern griff Otis nach der Pflanze im Notfallset und trennte mit dem Messer die Spitze ab. Es war eine orangene, schlauchförmige Frucht, die mit einem schwarzen, dickflüssigen Saft gefüllt war.

»Trink. Das wird dir guttun«, forderte Otis ihn auf. Vorsichtig setzte er ihm die Pflanze an den Mund, worauf Clemens daran zu saugen begann. Er trank die ganze Flüssigkeit aus. So grässlich der Saft aussah, so ekelhaft schmeckte er auch. Doch dessen heilende Wirkung war auf ganz Beolania bekannt. Bei

Kopfschmerzen verdünnte sie das Blut und förderte den Sauerstofftransport, bei Übelkeit wirkte sie lindernd auf den Magen, sie regte den Heilungsprozess von Wunden an und half neue Blutkörperchen zu produzieren. Eine echte Geheimwaffe für fast jeden Notfall. Jedoch musste sie rechtzeitig angewandt werden. Wären die Wunden schon zu groß oder bereits zu viel Blut verloren, hätte auch diese Wunderpflanze keine Wunder mehr vollbringen können. Dies hätte bloß noch Ava gekonnt - damals.

»Ich danke dir«, sagte Clemens erschöpft und ließ sich in den Sitz sinken. »Wo sind wir gelandet?«

»Wir hatten Glück im Unglück. Ein paar Meter weiter südlich und wir wären wohl nicht mehr am Leben.«

»Was meinst du damit?«, fragte Clemens.

»Wir haben eine Wasserlandung hinter uns. Zum Glück. Ich weiß zwar nicht, wo wir sind, aber ich vermute zu wissen, wie wir hier wegkommen«, erklärte ihm Otis.

»Und wie genau sieht dein Plan aus?«

»Du Idiot hattest die Solarenergie aktiviert, während Wasser- und Windkraft ausgeschaltet waren. Schon klar sind wir hier abgestürzt. Ist also irgendwie deine Schuld. Nur dass das mal so gesagt wurde. Von wegen ich soll dir vertrauen. Ich wollte nur mal deinen Verstand auffrischen«, sagte Otis forsch.

Clemens fasste sich an die Stirn, seine Wunde schien zu schmerzen. »So ein Mist. Gestern ist das System abgestürzt. Ich musste alles neu starten. Hat wohl alle Einstellungen über den Haufen geworfen – daran habe ich wohl nicht gedacht. Du hast recht. Das war meine Schuld. Tut mir leid, kommt nicht wieder vor.«

»Dafür habe ich gesorgt. Ich habe ein paar Änderungen an den Einstellungen vorgenommen. Nun müssen wir lediglich abwarten, bis das Energielevel mindestens auf 70% angestiegen ist.«

»Und … wie lange dauert das?«, fragte Clemens sofort.

»Bestimmt ein paar Stunden.«

»Stunden? Wie spät ist es denn?«

Otis warf einen Blick auf die Anzeige. »Ein Uhr.«

»Wir dürfen keine Zeit verlieren, kannst du das irgendwie beschleunigen?«

»Hast du es eilig? Sonst noch Wünsche? Ich würde da einen Weg kennen, der das Ganze hier beschleunigt hätte.«

»Ach ja, und willst du ihn mir vielleicht verraten?«, fragte Clemens.

Otis flitzte ein freches Grinsen über die Lippen. »Es wäre ganz einfach gewesen, hättest du die Einstellungen noch vor dem Abflug überprüft und darauf geachtet, dass du für deine Reise um den Planeten etwas mehr Energie als 20% der Reserveenergie zur Verfügung hast.«

»Jaja. Ich habe es verdient. Du hast ja recht, Otis.«

»Natürlich habe ich recht.«

»Wir müssen einfach vor Sonnenuntergang den anderen Beola gefunden haben. Dann können wir es noch schaffen.«

»Puste doch noch ein bisschen gegen das Windrad, dann sind wir vielleicht schneller startklar«, sagte Otis und ließ seine Augen rollen. Danach verließen ihn seine Emotionen wieder und er saß schweigend neben Clemens.

»Für einen zehnjährigen Beola bist du ganz schön clever, weißt du das?«, murmelte Clemens nach einer Weile.

»Danke. Ich weiß das Kompliment zu schätzen.«

Die Zeit vertrieben sie sich damit, sich im Wasser zu waschen, vergebens nach Nahrung zu suchen und ins Leere zu blicken. Clemens kam die Idee, das Fruchtfleisch der Heilpflanze zu essen. Sie zogen mit Hilfe des Messers die Schale ab und trennten die Frucht in zwei Hälften. Im Gegensatz zum bitteren Saft, schmeckte das Fruchtfleisch süßlich und war somit ganz lecker.

Plötzlich, als die beiden gerade eingenickt waren, ertönte ein piependes Geräusch. Otis horchte auf und rüttelte Clemens aufgeregt an den Schultern. »Wir können los!« Clemens rappelte sich auf und kämpfte sich zur Steuerzentrale vor.

»Und du bist dir ganz sicher, dass du in der Lage bist die Maschine zu lenken? Ich habe nämlich keine Lust auf einen erneuten Todestrip«, sagte Otis mit hochgezogenen Augenbrauen.

»Das geht schon. Ich bin ein Halbgott, weißt du?«

»Klar, dass mir das nicht schon früher aufgefallen ist.«

Clemens nahm die letzten Einstellungen vor und brachte die Maschine dann zum Starten. Es brauchte einen Moment, bis sie aus dem Wasser abheben konnten, doch es gelang ihnen. Otis klatschte erfreut in seine Hände und grinste Clemens an.

»Nicht so ernst, mein lieber Halbgott«, spaßte er im Wissen, dass dieser nun mal nicht lachen konnte. Wie gerne Clemens doch auch gejubelt hätte. Otis mochte es, ihn zu necken. So eine Art Hass-Liebe hatte sich zwischen den beiden entwickelt.

Sie waren um den halben Planeten geflogen, als das Blütenblatt immer tiefer sank. Es befanden sich nur noch fünf Blätter an der Blume. Weit entfernt konnten sie von dem anderen Beola also nicht mehr sein. Je tiefer sie sanken, umso besser konnten sie erkennen, wo sie landen würden. Clemens kannte den Ort, denn es war die Hauptstadt von Beolania.

Das Blütenblatt landete nicht weit vom Palast entfernt. Clemens kam ins Grübeln. Er konnte nicht vor dem Palast landen, denn sonst würde ihn Aaron sehen. Er flog also einen großen Bogen um die Stadt und landete neben dem Waldrand.

»Otis, ich kann nicht mit dir mitkommen.« Die Sonne stand schon sehr tief – so viel wertvolle Zeit hatten sie durch den Absturz verloren. »Du musst zum Blütenblatt gehen und die Blume in die Luft halten. Von da an wird dich ein neues Blatt zum anderen Beola führen. Ich kann es nicht riskieren, dass mich Aaron oder sonst jemand erkennt. Geschweige denn in diesem Zustand. Unsere gesamte Mission wäre gefährdet. Verstehst du, was du machen musst?«

Otis zuckte mit den Schultern und sah ihm in die Augen. »Ich habe ja wohl keine andere Wahl. Schon die ganze Zeit über nicht. Es interessiert mich schon brennend, was ich alles auf mich nehmen muss, um den Fluch zu beheben, wenn dies erst der Anfang ist.«

Clemens räusperte sich, bevor er sagte: »Kommt einfach so schnell wie möglich zurück. Du musst dich wirklich beeilen. Ihr müsst zwingend vor Sonnenuntergang wieder bei mir sein.«

»Klar. Es ist mir eine Ehre, Herr Halbgott.« Otis schnappte die Blume, sprang aus der Maschine und machte sich auf den Weg in die Stadt.

Ob das wohl gut geht? dachte Clemens, als sich Otis auf den Weg machte.

6.

Otis war noch nie in der Hauptstadt von Beolania gewesen, doch er hatte sich den Weg zur Blume gut eingeprägt. Er fand es schade nicht zu wissen, wie die Stadt früher ausgesehen hatte. Denn so karg und kühl hatte er sie sich nicht vorgestellt. Er lief zügig durch die Gassen und begegnete ab und an einem Beola, der ihn grüßte. *Schade, dass niemand mehr lächeln kann,* dachte er sich. Otis war beeindruckt von den hohen Häusern, denn in seiner Stadt waren sie niemals so hoch wie diese.

Er näherte sich dem mächtigen, goldenen Palast und sah schon von weitem das Blatt auf einer gläsernen Bank liegen. Gerade wollte er auf sie zugehen, als ihm ein goldener Beola entgegenkam. Es war Aaron.

Otis schaute instinktiv zu Boden und versteckte die Blume hinter seinem Rücken.

»Bist du von hier?«, fragte Aaron mit rauer Stimme.

Otis zuckte innerlich zusammen und musste sich beherrschen, dass Aaron ihm seine Emotionen nicht anmerkte. »Ja, eure Gottheit«, log er.

Aaron kam ihm näher und blickte ihm eine gefühlte Ewigkeit tief in die Augen. »Tatsächlich«, sagte er gleichgültig. »Wie heißt du?«

»Otis«, nuschelte er und schluckte den riesigen Kloß in seinem Hals herunter.

Aaron rümpfte die Nase. Der Name war ihm nicht bekannt. »Du bist nicht von hier, habe ich recht?« Das Herz von Otis pochte, doch sein Gesicht war kahl. Emotionslos. Gerne hätte er gewusst, wie er die Emotionen hätte steuern können, doch diese kamen und gingen, wie es ihnen gerade recht war. Er hoffte bloß, dass seine Emotionslosigkeit noch eine Weile anhielt.

»Doch. Wir sind uns nur noch nie begegnet.«

Aaron kniff seine Augen prüfend zusammen, was aussah, als hätte er ihm ein Loch durch den Schädel bohren können. »Hattest du einen Unfall?«, fragte Aaron, als ihm die weiß unterlaufenen Platzwunden am Kopf von Otis auffielen. Außerdem war dessen Seidengewand löchrig, was nicht üblich war bei Beolas in dieser Gegend.

»Ja ... Ich war im Wald. Bin hingefallen.«

»Hingefallen. Und wohin gehst du jetzt?«

»Nach Hause. Zu meinen Eltern.«

»Na dann ... geh. Verschwinde aus meinem Blickfeld.«

Otis nickte hastig und nuschelte: »Natürlich, eure Gottheit. Ich wünsche Ihnen einen schönen Tag.«

»Pff, einen schönen Tag«, brummte Aaron. Er schüttelte den Kopf und ging ohne ein weiteres Wort zu sagen an ihm vorbei. Otis lief zügig weiter.

»Ach und Otis«, rief Aaron streng.

Erschrocken drehte er sich um. »Ja?«

»Das nächste Mal, wenn wir uns sehen, trägst du bitte ein sauberes Gewand. So dulde ich das nicht! Verstanden?«

»Natürlich. Kommt nicht wieder vor.« Aaron nickte und wandte ihm den Rücken zu. Otis atmete erleichtert aus und schaute kurz über seine Schulter. Aaron konnte ihn nicht mehr sehen. Zum Glück. Otis nutzte die Gelegenheit, lief schnell auf die Bank zu, wo das Blütenblatt ruhte, und hielt die Blume in die Luft. Ein Blütenblatt löste sich und flog im Wind flatternd vor ihm her.

Er sah sich hastig um, während er immer weiter die Straße runter ging und sich die Blütenblätter immer schneller ablösten, bis nur noch eines übrig blieb. Die Sonne drohte hinter den Wäldern zu verschwinden und er hoffte, dass er den auserwählten Beola noch rechtzeitig finden würde.

Das letzte Blatt löste sich und steuerte auf ein leeres Haus, nahe dem Feld mit der Trauerweide, zu. Die Tür stand offen. Kurz vor dem Hauseingang blieb das Blatt liegen und löste sich in Luft auf. Otis stand mit leeren Händen da und hoffte, dass er die ganze Mission nicht vermasselt hatte - als er plötzlich etwas hörte. Jemand weinte.

»Hallo?«, fragte er zögerlich und schritt über die Türschwelle ins Haus. Ein modriger Geruch stieg ihm in die Nase. Vorsichtig setzte er einen Fuß vor den anderen. Jeder Schritt erzeugte ein matschiges Geräusch, da er mit seinen nackten Füßen über einen durchnässten Teppich aus Moos lief. Links von ihm floss an der Wand entlang kühles Wasser herunter, das vom Moos auf dem Boden aufgesogen wurde.

Er schaute sich um, doch der schummrige Raum war abgesehen von ein paar alten, löchrigen Vorhängen, an denen sich viele kleine, gelb leuchtende Zitronenmotten zu schaffen machten, leer. Otis hob den Blick und schaute zur Glaskuppel hinauf, die fünf Meter über ihm zu sehen war. Abgesehen von einer dicken Nebelschicht, konnte er nicht viel erkennen.

»Hallo?«, rief Otis erneut. »Wer ist hier?« Das Schluchzen wurde leiser, als zwei Augen in einer dunklen Ecke aufleuchteten. »Hab keine Angst.«

Zögerlich kam die Gestalt aus dem Schatten und richtete sich auf. Es war eine kleine Beola mit langen, dunkelblonden Haaren. Sie war höchstens zwei Jahre jünger als Otis und einen Kopf kleiner. Sie wischte sich eine Träne aus dem Gesicht und schaute Otis an. »Du darfst das niemandem erzählen«, flüsterte sie.

»Werde ich nicht«, sagte er und lächelte, um ihr zu zeigen, dass es ihm gleich ging.

Die Beola zuckte zusammen. »Du kannst auch Emotionen wahrnehmen?«

Otis nickte. »Clemens sagt, wir seien auserwählt, um Beolania vom Fluch zu befreien. Frag mich nicht, wie das gehen soll … aber er wartet auf uns und er sagte, dass wir keine Zeit verlieren dürfen. Also komm!«

Otis wollte gerade gehen, als die kleine Beola fragte: »Was spielst du mir für einen Streich? Wie sollen wir beide denn diesen Planeten retten?«

Otis blieb stehen und drehte sich zu ihr um. Er rannte zu ihr und nahm ihre Hand in die seine. Er lachte verzweifelt. »Ganz ehrlich, das habe ich ihn auch gefragt und er hat mir bislang noch keine Antwort gegeben. Aber Clemens hat mir versprochen, uns alles zu erklären, wenn wir bei ihm sind.«

»Ich weiß nicht …« Sie wirkte hin und hergerissen.

»Bitte. Ich habe einen wirklich grässlichen Tag hinter mir. Ich möchte bloß endlich wissen, was wir machen müssen. In der Theorie hört sich das Vorhaben doch schon mal recht gut an, oder? Was, wenn wir Beolania tatsächlich retten können?«

»Du meinst das richtig ernst, was?«, fragte sie und schaute ihn mit ihren großen Augen an. Otis nickte schwach, worauf sie sich mit einer Hand die Tränen aus dem Gesicht wischte. Zögerlich setzte sie einen Fuß vor den anderen und verließ zusammen mit Otis das Haus.

»Wie heißt du eigentlich?«, fragte er, als sie gemeinsam durch das Feld Richtung Waldrand rannten. Die hohen Grashalme waren trocken und wurden vom Wind hin und her gerissen.

»Ich heiße Liv«, antwortete sie keuchend. Es war anstrengend zu sprechen und gleichzeitig zu rennen. »Und du?«

»Ich bin Otis.« Er lächelte kurz und verfiel dann wieder einem emotionslosen Gesichtsausdruck.

»Schön dich kennenzulernen, Otis«, sagte sie und reichte ihm ihre Hand. Einige Male verfehlte er sie.

»Das finde ich auch. Wieso hast du vorhin geweint?«

»Ich bin in letzter Zeit oft traurig, ohne zu wissen weshalb. Also eigentlich weiß ich es schon.« Liv hielt kurz inne, um nach Luft zu schnappen. »Ich vermisse das alte Beolania, weißt du? Als Ava noch bei uns war, verlief alles wie im Märchen. Es macht mich traurig zu sehen, was aus unserem Planeten geworden ist.«

Sie erinnerte sich an damals, wie sie in dem breiten Fluss im Wald gestanden hatte, Orangenäugler um sie herumgeflattert waren und sie sich einen Spaß daraus gemacht hatte, die Divingos zu erschrecken. Divingos waren Tiere, die sich von der Wasserströmung treiben ließen. Wer sie nicht kannte, hätte meinen können, dass es sich um Steine handelte. Divingos waren grau und nur beim genauen Hinschauen konnte man die kleinen Federn erkennen, die bei direkter Sonneneinstrahlung zartviolett schimmerten. Wenn Liv diese Divingos mit ihrem Finger angetippt hatte, waren diese dermaßen erschrocken, dass sie in den Verteidigungsmodus wechselten. Ihr Unterkörper war dann jeweils unter Wasser verschwunden, während ihr langer Hals, der sonst immer untergetaucht war, abrupt nach oben gesprungen war. Die Divingos hatten durch ihren kleinen, spitzen, grünen Schnabel einen krächzenden Laut ausgestoßen, während sich um ihren kleinen Kopf herum ein riesiger,

oranger Fächer ausgebreitet hatte, der seine Feinde abschre-
cken sollte.

Statt Angst zu haben, hatte Liv jedoch bei diesem Anblick jedes Mal laut lachen müssen, worauf die Divingos sie mit ihren
kugeligen, gelben Augen verdattert angestarrt, ihren Kopf ge-
schüttelt hatten und beleidigt wieder unter Wasser abgetaucht
waren.

»Das kann ich verstehen«, sagte Otis und riss Liv damit aus
ihren Gedanken. »Ich kann nicht weinen. Ich kann lachen und
gewisse andere Emotionen für kurze Zeit spüren, aber sie sind
schnell wieder verloren. Ich möchte gerne weinen können. So
könnte ich endlich einmal etwas Druck rauslassen, weißt du?«

»Ich verstehe dich.«

»Aber besser als gar nichts mehr fühlen zu können«, sagte er
aufmunternd. Liv nickte und wurde nachdenklich.

»Was ist?«

»Mein Vater ist vor einem Jahr gestorben. Ava hätte ihn bestimmt heilen können. Er hatte einen Arbeitsunfall. Meine Mutter konnte nicht um ihn trauern, das war ganz schlimm für
mich. Im Haus, in welchem du mich vorhin gefunden hast, lebten wir früher als Familie.«

Otis legte seine Hand während dem Rennen so gut er konnte
auf ihre Schulter und sagte: »Das tut mir leid. Und wo ist deine
Mutter jetzt?«

»Sie ist nicht mehr oft zu Hause seit diesem Ereignis. Sie
braucht ihre Ruhe. Ich muss viel für mich allein sorgen. Ich
hoffe, dass wir wirklich etwas bewirken können, Otis.«

»Das hoffe ich auch.«

Von weitem sahen sie das Raumschiff von Clemens. »Kommt
her, schnell!«, rief er ihnen zu, als er die beiden Beolas entdeckte. »Uns bleibt nur noch sehr wenig Zeit!« Otis und Liv

sprinteten los und kamen keuchend bei ihm an. »Schön, dich kennenzulernen. Du bist …?«

»Ich bin Liv. Hallo Clemens. Was ist denn mit euch beiden passiert? Ihr seid mit Wunden übersät.«

Clemens reichte ihr zur Begrüßung die Hand. »Das ist eine lange Geschichte. Zerbrich dir deswegen nicht den Kopf. Uns geht es gut. Steigt ein. Na los.«

»Bitte dieses Mal ohne Absturz«, stichelte Otis.

»Absturz? Ist das etwa der Grund für eure Verletzungen?«, fragte Liv erschrocken und klammerte sich an ihrem Sitz fest.

»Keine Angst. Diese kurze Strecke werde ich gerade noch so hinkriegen«, knurrte Clemens.

Kurze Zeit später kamen sie beim Wasserfall an. Alle drei stiegen aus dem Raumschiff. Vor ihnen lag ein großer See, in den frisches Wasser rauschte. Der Wasserfall war umgeben von hohem Gebirge und Bäumen, die keine Blätter mehr trugen.

»Kommt«, forderte Clemens die beiden jungen Beolas auf und marschierte mit ihnen zügigen Schrittes zum Wasserfall. Im See lagen grüne Steine, über welche hinweg sie zum Wasserfall hüpfen konnten. Clemens kam als erster an und streckte den beiden beim letzten Sprung die Hand entgegen.

»So, da wären wir.«

»Gut, dann kannst du uns ja nun endlich erklären, was wir machen müssen«, sagte Otis erschöpft.

Clemens hielt einen Moment inne und stotterte dann: »Ja, da gibt es eine kleine Sache, die ich euch sagen muss. Ich weiß selbst nicht, was ihr machen müsst.«

»Was?«, fragte Liv fassungslos. »Was soll das bedeuten? Warum sind wir denn hier?«

»Diese Frage finde ich ziemlich berechtigt«, sagte Otis und verschränkte seine Arme vor der Brust.

»Ich weiß, ich weiß. Ich hatte einen Traum von Ava, in dem sie mir sagte, ich solle zwei Beolas finden, die auserwählt seien den Fluch beenden zu können, dass ihr durch ein Portal bei diesem Wasserfall nach Sonnenuntergang gehen müsst und dann zu einem anderen Planeten gelangen werdet. Mehr weiß ich auch nicht.«

»Na toll«, brummelte Otis. »Und hast du in diesem Traum auch Einhörner gesehen, die durch das Universum reiten? Genau das meinte ich schon den ganzen Tag über. So kann ich dir nicht vertrauen. Wir müssen schon etwas mehr wissen als das.«

»Otis, die Blütenblätter haben mich zu euch geführt. Das war kein normaler Traum. Ava hat Kontakt zu mir aufgenommen. Wenn ihr mir schon nicht vertraut, dann vertraut doch wenigstens ihr, bitte.«

Während Otis seinen Kopf schüttelte, fragte Liv: »Hat Ava wirklich nichts Weiteres gesagt?«

Clemens dachte nach. »Sie hat gesagt, dass ihr euch an nichts erinnern werdet und …, dass ihr euren Herzen folgen sollt. Mehr müsst ihr nicht wissen, meinte sie.«

»Mehr müssen wir nicht wissen? Ich finde sehr wohl, dass wir mehr wissen müssen. Nicht umsonst habe ich heute beinahe mein Leben verloren. Wer weiß, wozu er uns nun anstiftet. Weißt du was, Clemens? Ich bin raus«, schnauzte Otis, wandte ihm den Rücken zu und holte Anlauf, um auf den nächstgelegenen Stein zurückzuspringen.

»Otis, bitte bleib hier.« Liv liefen Tränen über die Wangen. »Wir machen das nicht nur für uns. Meine Mutter vegetiert nur noch vor sich hin. Ich möchte, dass sie wieder so lebendig und fröhlich wie früher wird. Du hast Eltern, aber ich momentan leider nicht. Das, was Clemens erzählt, klingt nach Ava. Ich habe zwar keine Ahnung wie das funktionieren soll, aber ich vertraue ihr. Sie ist mein Vorbild und wenn sie an mich glaubt, dann will ich ihr beweisen, was in mir steckt.« Liv dachte an damals, als ihr Ava gesagt hatte, dass sie etwas ganz Besonderes sei. Das machte ihr Mut. Otis blieb auf dem Stein stehen und drehte sich langsam um. Er schaute Liv direkt in ihre wässrigen, kugelrunden Augen.

»Das ist die richtige Einstellung meine Liebe«, flüsterte Clemens und schaute zu Otis hinüber. »Und was ist nun mit dir? Willst du weiter Trübsal blasen oder helfen?«

Einen Moment lang überlegte Otis. Die Blicke von Liv sprachen Bände. Sie sah so traurig aus. Wie hätte er da nur nein sagen können? »Okay. Ich werde auf Liv aufpassen«, sagte er und sprang zu ihnen zurück.

»Danke«, flüsterte sie erleichtert.

Clemens klatschte in die Hände. »Sehr gut meine Freunde.« Die letzten Sonnenstrahlen schweiften über das Land. Abgesehen vom ständigen Rauschen des Wasserfalls herrschte absolute Stille.

Es wurde immer dunkler und der Wind blies den Dreien eisiges Wasser ins Gesicht.

»Mir ist kalt«, flüsterte Liv mit zitternden Lippen. Otis zögerte kurz und legte ihr dann seine schwarze Seidenjacke über ihre zarten, violetten Schultern. Liv bedankte sich und er lächelte sie verlegen an.

Plötzlich - als die Sonne ganz am Horizont verschwunden war, öffnete sich im Wasserfall ein blaues Portal. Es leuchtete und das Licht wirbelte rasend schnell im Kreis umher.

»Es ist an der Zeit«, sagte Clemens und bat die beiden vor das Portal. »Viel Erfolg und auf das wir uns bald wiedersehen.«

Liv schaute zu ihm auf und nickte. Ihr war mulmig, weshalb sie nach der Hand von Otis griff. Sie hielten sich fest und schauten sich an.

»Ihr müsst jetzt gehen«, sagte Clemens. »Und denkt daran: Folgt euren Herzen!« Das war das Zeichen. Otis und Liv zählten bis drei und schritten durch das Portal hindurch. Als sie beide nicht mehr den Steinboden berührten, schloss sich das Portal hinter ihnen und tausende farbige Lichter rasten vor ihren Augen umher.

Es wurde dunkel.

Liv

»Schau sie dir an Tom. Ist sie nicht wunderschön?«, flüsterte eine junge Frau, zu ihrem Mann. Sie lag in einem großen Bett eines VIP-Zimmers im Krankenhaus.

»Du sagst es, Liz. Sie ist das Schönste, was ich je gesehen habe«, antwortete Tom.

Die Frau lächelte ihr Baby an, das friedlich schlafend in ihren Armen lag. »Wie sollen wir sie nennen?«, frage Liz.

»Wir waren uns doch einig, oder?«

»Ich wollte nur sicher gehen.« Liz blickte wieder zu ihrem Baby hinab und flüsterte mit einem Lächeln auf den Lippen: »Hallo meine Prinzessin, du bist Leona.« Das Baby bewegte sich kurz, schmatzte und schlief gleich wieder weiter.

»Ich glaube sie mag ihren Namen«, sagte Tom und streichelte seinem Neugeborenen behutsam über den warmen Kopf.

Niemand konnte wissen, dass dieses Baby Liv war. Nicht einmal sie selbst wusste, was für eine Aufgabe sie zu erfüllen hatte, denn all die Erinnerungen an ihr früheres Leben auf Beolania waren ausgelöscht. Niemand hätte auch nur erahnen können, dass dieses kleine Wesen eine Mission zu erfüllen hatte, um das Universum von einem mächtigen Fluch zu erlösen.

7.

Nach ein paar Tagen Krankenhausaufenthalt durften Tom und Liz endliche mit ihrer Leona nach Hause fahren. Leona war wohlauf und schlief tagsüber fast die ganze Zeit. In der Nacht weinte sie ab und an, doch es hielt sich in Maßen.

Sie lebten in einer riesigen, modernen Villa in Los Angeles mit einem weitläufigen Garten. Tom war Gründer der Luxus Automarke *Heaven* und Liz ein internationales Topmodel.

Leona war ihr erstes Kind. Zwei weitere Familienmitglieder waren die Golden Retriever namens Lucky und Funny, welche sofort schwanzwedelnd angerannt kamen, als Tom die Eingangstür öffnete. »Schaut wer da ist!«, sagte er, während er beide Hunde hinter den Ohren kraulte.

Liz kniete sich mit dem Baby vorsichtig zu den Hunden hinunter. »Seid lieb zu ihr.« Behutsam schnüffelten sie an Leona, die von den Haaren gekitzelt wurde. Mit ihren kleinen Händchen strich sie sich übers Gesicht und streckte dann das eine zu Lucky aus. Kurz darauf leckte seine nasse Zunge über ihre winzigen, zarten Finger. »Ach wie süß.« Liz stand mit Leona auf. »Komm, wir zeigen dir dein Zimmer.« Sie ging gemeinsam mit ihrem Mann in den oberen Stock.

Überall an den weißen Wänden waren Bilder von Liz und die Automodelle von Tom zu sehen. Sie zeigten gerne was sie hatten. Tom öffnete langsam die Tür zum Zimmer. Die Wände waren in einem zarten rosa Farbton gestrichen und von der Decke hing ein kleiner Kronleuchter. Rechts vom Eingang stand

Leonas Bettchen. Darüber hing eine goldene Krone, von der ein dünner Vorhang über die weiße Holzwand floss.

»Willst du deine Kleidchen ansehen, die Mama für dich ausgesucht hat?«, fragte Liz ihre Tochter entzückt und öffnete die Schranktür. Sie hatte schon alles vorbereitet. Von Bodys über Hosen, Kleidchen, Schuhe, Socken, Blüschen und Jacken - alles war in dem Kleiderschrank der kleinen Leona vorhanden. Natürlich handelte es sich um Markenklamotten, was für Liz selbstverständlich war. Viele der Kleidungsstücke hatte sie selbst in ihrem Kleiderschrank, schließlich freute sie sich bereits darauf, sich im Partnerlook mit ihrer Tochter in der Öffentlichkeit präsentieren zu können.

Auch Tom legte sehr viel Wert auf sein Äußeres. Für beide war ein gepflegtes Aussehen in ihren Berufen Gold wert. Tom und Liz hatten je ein eigenes Ankleidezimmer, mit direktem Zugang zum Bad. Liz liebte es, sich morgens unter ihre Regendusche zu stellen, und sich danach ihr Tagesoutfit auszusuchen. Jedes noch so kleine Detail war aufeinander abgestimmt. Ihre Schuhauswahl war riesig und über ihre Abendkleider hatte sie längst den Überblick verloren.

Leona wurde immer größer. Als sie einjährig war und allmählich laufen konnte, liebte sie es mit den Hunden im Garten zu toben und im riesigen Pool zu plantschen. Ihre Eltern waren oft beruflich unterwegs, weshalb sie ein Kindermädchen namens Rebecca eingestellt hatten.

Leona mochte die zwanzigjährige Studentin mit den langen, roten Haaren. Mit ihr konnte sie den ganzen Tag spielen. Manchmal kochte sie sogar für Leona Abendbrot, wenn ihre Eltern abends auf einem Event waren. Rebecca war eine gute

Köchin. Am liebsten mochte Leona ihre Spaghetti mit frischer Tomatensauce, die sie ihr feinsäuberlich in kleine Stücke schnitt. Sie war für Leona wie eine Freundin, doch trotzdem wünschte sie sich, dass ihre Eltern öfter bei ihr zu Hause sein würden.

Leona liebte ihre Eltern über alles. Ihre Mutter ging regelmäßig mit ihr shoppen und im Park spazieren. Ihr Vater drückte ihr morgens immer einen dicken Kuss auf die Stirn und sagte ihr, wie viel sie ihm bedeutete. Leider konnten sie nur selten alle gemeinsam als Familie etwas unternehmen, da der Job meist dazwischenkam.

Mit drei Jahren nahm Liz ihre Tochter das erste Mal zu einem Fotoshooting mit. Es war für das Titelbild eines bekannten Magazins über prominente Mütter. Liz hielt ihre Tochter in den Armen, während sie einen professionellen Gesichtsausdruck nach dem anderen aufsetzte. Leona war sichtlich wenig von der Kamera beeindruckt, bloß die goldene Halskette ihrer Mutter interessierte sie, an der sie die ganze Zeit herumzupfte. Setzte sie Liz für einen kurzen Moment auf den Boden, um ihr enges, schwarzes Kleid wieder in die richtige Form zu zupfen, rannte Leona sofort los, um das Set zu erforschen.

»Bleib bei Mommy, meine Süße«, sagte Liz jedes Mal mit heller Stimme und stöckelte auf ihren High-Heels hinterher, um sie wieder vor die Kamera zu holen.

Die grellen Lichter blendeten die empfindlichen Augen von Leona, weshalb sie diese auf den Bildern oft zusammengekniffen hatte. Bloß ab und zu, als der Fotograf einige Grimassen zog, musste sie kichern. Dies wurden bezaubernde und natürliche Schnappschüsse, welche sich auf dem Titelblatt hervorragend veröffentlichen ließen und Liz' Karriere pushte. Von da an wurde Leona öfters vor die Kamera gesetzt, um Kinderklamotten zu präsentieren. Liz meinte, dass ihre Tochter ein geborenes Model sei und dass sie es lieben würde, vor der Kamera zu stehen. Doch eigentlich wusste Leona gar nicht richtig was vor sich ging und machte bloß das, was ihre Mutter sagte. Schließlich würde ihre Mom ja nur das Beste für sie wollen. Oder?

Nach jedem Fotoshooting gingen sie jeweils gemeinsam eine (und laut Liz auch wirklich nur *eine*) Kugel Eis essen, worauf sich Leona stets freute. Die Eisdiele war mit kitschig pinken und blauen Farben eingerichtet, sodass man schon vom bloßen Anblick einen Zuckerschock erlitt. Aus den Lautsprechern ertönte ein Disney Song nach dem anderen und die Angestellten trugen Mickey Mouse Ohren als Haarreifen.

»Schön hast du ausgesehen in dem roten Kleid mit den weißen Punkten, findest du auch mein Schatz?«, fragte Liz, während beide von ihrem Eis naschten. Leona hatte sich für ein Blaubeereis entschieden, welches ihre Zunge färbte.

»Ja Mom, das war so schön!«, verkündete sie vor Freude und strahlte über ihr ganzes Gesicht.

Liz grinste und holte etwas aus einer Tüte. »Dann wird dir gefallen, was ich für dich habe, meine Prinzessin.« Liz reichte ihr ein Geschenk. Leona strahlte bis über beide Ohren und riss das Paket sofort auf.

»Vorsicht, nicht dass du es zerknitterst.«

Leona hupfte vor Freude auf, als sie das Kleid in ihren kleinen Händen hielt. »Danke Mom, du bist die Beste!«, rief sie und tanzte mit dem Kleid im Kreis, wodurch ihre langen, blonden Haare in der Luft schwebten.

»Für meine Prinzessin nur das Beste.« Liz küsste Leona auf die Wangen.

Schon bald lebte Leona in der Fashion-Welt. Liz hatte unzählige Freundinnen, die ebenfalls in der Modebranche tätig waren. Diese Freundinnen hatten auch Töchter – fast ausschließlich Töchter – mit denen sich Leona schnell angefreundet hatte. Bereits im Alter von süßen sechs Jahren liebte sie es, sich mit ihrer Mädchen-Clique quer durch die Mall zu shoppen, während sich die Mütter im Schönheitssalon die Nägel lackieren oder die Beine waxen ließen. Begleitet wurden die Kinder jeweils von einer Nanny.

Rebecca war auch schon dabei gewesen. Einmal. Sie hatte sich geschworen sich dies kein zweites Mal anzutun. Diese kleinen Biester schwirrten wie Bienen durch die ganze Mall und es war unmöglich alle gleichzeitig im Auge zu behalten. Niemals hätte sie sich verzeihen können, wenn ein Kind unter ihrer Aufsicht verloren gegangen wäre. Deshalb verzichtete sie dankend auf die Gehaltserhöhung und überließ den anderen Nannys den „Spaß".

Leona fühlte sich in der Mall wie zu Hause. Mindestens einmal im Monat war sie hier zu finden. Sie liebte das mehrstöckige Shopping-Paradies und die vielen Food-Corner, wo sie sich ab und zu ein Stück Pizza oder eine Portion Pommes gönnte. Es war eines der wenigen Male im Monat, in denen sie nicht unter der strengen Aufsicht ihrer Mutter litt, die jede einzelne Kalorie zählte, welche Leona zu sich nahm. Wenn sie mit Liz zusammen in der Mall war, trank sie jedes Mal brav ihren grünen Smoothie, den sie an der Saft-Bar bestellte.

»Oh mein Gott, Tracy, siehst du diese Handtasche?«, schrie Lynn, deren Mähne mit pinken Haarsträhnen geziert war und die ihre Lippen stets in rosa Lippenstift ertränkte. Mit ihrem blau lackierten Finger deutete sie auf die Schaufensterpuppe einer Designermarke. Tracy kreischte vor Freude. Das tat sie immer. Bei jeder Gelegenheit kreischte diese kleine Zicke. Rebecca hätte sie damals am liebsten erwürgt. Natürlich hatte sie dies nicht getan, doch in ihrer Fantasie hatte es sich ziemlich real angefühlt.

»Meinst du, die würde mir stehen?«, fragte Lynn hysterisch nach Luft schnappend.

»Dir? Ich dachte, du hast sie mir gezeigt.«

»Wie kommst du darauf?«

»Dass du überhaupt fragst … pfff … mit dieser blassen Haut? Eher nicht«, kläffte Tracy und warf ihr geflochtenes Haar über die Schultern.

»Wie bitte? Sagtest du gerade im Ernst, dass ich blass bin? Schau doch dich einmal an. An dir würde sie aussehen, als würde sie von einem schwarzen Loch aufgesogen werden!«

Endlich schritt die Nanny ein: »Ladies, jetzt ist aber mal Schluss! Verdammt, so spricht man nicht mit anderen Menschen. Und schon gar nicht mit Freundinnen, klar? Schämen sollt ihr euch.« Sie war wütend und packte die beiden Mädchen an den Schultern. Erschrocken blickten diese zu ihr hoch und nickten. Sie sahen aus wie kleine Chihuahuas, die ihr Herrchen angafften, nachdem sie unartig gewesen waren.

»Wird sie die beiden nun in ihre Handtasche stecken?«, flüsterte Leona zu Tiffany, dem Mädchen mit den braunen Bambi Augen. Schon seit langem fand sie Tiffany sympathisch, hatte aber noch nie länger als eine Minute mit ihr gesprochen.

Sofort prustete diese laut los. »Haha, Leona, du bist die Beste! Das macht man schließlich mit kleinen Kläffern!« Leona konnte nicht mehr, krümmte sich vor Lachen und hielt sich am Bauch fest.

»Was gackert ihr so doof?«, fuhr Tracy die beiden an. Einen Moment verstummten Tiffany und Leona. Mit aller Kraft hielten sie ihr Lachanfall zurück, pressten die Lippen zusammen und versuchten ruhig zu atmen.

Doch dann reichte bloß ein: »Wuff!« von Tiffany, dass das Gelächter nur so aus ihnen herausbrach. Tracy knurrte, was die beiden erneut an den kleinen Hund erinnerte. Kurzerhand wandte Tracy ihnen den Rücken zu und stolzierte in den Laden. Lynn watschelte ihr hinterher. Was sie da taten? Sie kauften sich einfach beide diese Tasche. Sie mussten bloß die Nanny um die Kreditkarte ihrer Eltern bitten und schon konnte munter eingekauft werden. Tja, so einfach konnte manche Lösung sein.

Den restlichen Tag mussten sich Tiffany und Leona nur Blicke zuwerfen, um zu wissen, was die andere gerade dachte. Eine dicke Freundschaft nahm da ihren Anfang.

Otis

Otis wurde im Gegensatz zu Liv nicht in eine reiche Familie geboren. Er hatte einen etwas schwierigen Start in das Leben auf der Erde.

Seine Mutter wollte ihn während der Schwangerschaft eigentlich abtreiben lassen, doch da es schon zu spät dafür gewesen war, hatte sie ihn kurz nach der Geburt zur Adoption freigegeben. Sie war erst siebzehn Jahre alt gewesen und wusste nicht wer der Vater des Kindes war. Sie war überfordert und stand selbst noch nicht auf eigenen Beinen im Leben.

Also landete Otis, welcher Alex genannt wurde, mit vielen anderen Kindern, die kein Zuhause hatten, in einem Pflegeheim. Er kannte das Bild einer klassischen Familie nicht. Die Kinderbetreuer waren freundlich aber überfordert mit so vielen Kindern, weshalb er keine richtige Bezugsperson hatte.

Das Pflegeheim war in einer alten Villa mit einem großen Garten, der nicht besonders gepflegt war. Er mochte den riesigen Baum, von dessen einem Ast eine Schaukel herunterhing, auf der Alex gerne seine Zeit verbrachte. Alex spielte selten mit den anderen Kindern, denn er war schüchtern und lebte meist in seiner eigenen Gedankenwelt.

Sein Zimmer musste er sich mit sechs weiteren Kindern teilen. In jedem Zimmer waren Stockbetten aufgestellt, in denen die Kinder schliefen. Das Holz knarrte, wenn Alex die Leiter zu seiner Matratze hinaufkletterte.

»Sei mal still«, schnauzte das Kind, welches unter ihm schlief, jedes Mal. Alex mochte diesen sechsjährigen Jungen nicht, denn er hackte ständig auf ihm herum. Ob beim Essen, wo er ihm sein Brötchen für die Suppe klaute oder im Garten, wo er demonstrativ auf die Schaukel sprang, so dass Alex nicht darauf sitzen konnte - dieser Junge, mit der blauen Metallbrille und den Sommersprossen im Gesicht, war immer da. Alex wusste nicht weshalb er es auf ihn abgesehen hatte, schließlich hatte er ihm nie etwas angetan. Alex wollte einfach nur weg von diesem Ort.

Eines Tages saß er auf dem Fenstersims in seinem Zimmer und blickte aus dem Fenster. Er beobachtete gerade wie sich ein rotes Blatt von dem großen Baum löste und langsam zu Boden glitt, als ein blauer Wagen vorfuhr. Ein Mann und eine Frau stiegen aus. Neugierig kniff Alex die Augen zusammen und drückte seine kleine Stupsnase an die kühle Fensterscheibe.

Der Mann nahm einen letzten Zug von seiner Zigarette, bevor er diese auf den Boden fallen ließ und mit seinem rechten Fuß darauf herum stampfte. Die Frau an seiner Seite hatte eine zerzauste Frisur und die Hälfte ihrer Bluse hing aus der weiten Jeanshose heraus.

»Was gibt es denn da zu glotzen?«, fragte der Junge mit der blauen Metallbrille, der wie aus dem Nichts plötzlich hinter ihm stand.

Alex zuckte vor Schreck zusammen und sah den Jungen mit großen Augen an. »Ähm, neue Pflegeeltern, nehme ich an.«

»Ähm, ähm, kannst du etwa nicht normal sprechen? Geh mal zur Seite, du Blödmann.«

»Ich will aber hier sitzen«, nuschelte Alex.

»Das ist mir egal.« Der Junge stieß Alex gewaltvoll vom Fenstersims herunter, sodass es rumpelte, als er auf dem Holzboden aufprallte. »Du wolltest ja nicht hören«, zischte der Junge.

Alex starrte den Jungen mit mürrischem Blick an und rieb mit seiner Hand über die linke Schulter, welche ihm schmerzte.

»In diesem Zimmer schläft ihr Kind«, hörte Alex eine weibliche Stimme aus dem Gang sagen. Es war die Leiterin des Kinderheims.

»Und er darf gleich heute mit uns mitkommen, ist das richtig?«, fragte der Mann.

»Selbstverständlich. Wir sind froh um jede Pflegestelle, die wir finden können. Sie können sich vorstellen, dass dies nicht unbedingt einfach ist, bei solchen Rabauken.«

Das Pflegeheim war dafür bekannt, dass sie ihre Kinder so schnell wie möglich vermitteln wollten, um schnelles Geld zu verdienen. Die Prüfung der Lebensumstände der Pflegeeltern war auf das Minimum reduziert.

»Den Kindern von heute muss der Respekt erst beigebracht werden, nicht wahr?«, sagte der Mann, worauf ihm die Pflegerin lachend zustimmte.

Alex wurde von Sekunde zu Sekunde unruhiger, weshalb er zügig die Leiter zu seinem Bett hochkletterte und sich unter der Decke verkroch. Die Stimmen aus dem Gang wurden immer lauter und durch jeden Schritt knarrte das morsche Holz.

»Da wären wir«, sagte die Leiterin und bat die beiden Erwachsenen in das Zimmer einzutreten.

»Du bist ein kleiner Angsthase, nicht wahr?« Die Frau mit den braunen, zerzausten Haaren stand direkt vor Alex und schaute ihm mit einem starren Blick in die Augen. Alex lief ein Schaudern über den Rücken.

»Dem werden wir Feuer unter dem Hintern machen müssen«, sagte der Mann, lachte und musste anschließend laut husten. Seine Stimme war rau und kratzig. Alex musste sich zusammenreißen, sich nicht zu übergeben, denn der Raum füllte sich mit einem Duftgemisch aus Zigarettenrauch und dem schweren Parfüm der Frau.

»Das ist Alex. Ein hoffnungsloser Fall. Er spricht kaum ein Wort. Der Junge, für den Sie sich entschieden haben, sitzt da drüben«, sagte die Leiterin, welche kaugummikauend an den Türrahmen gelehnt war und sich eine struppige, graue Strähne hinter ihr Ohr strich.

Das Herz von Alex machte einen Sprung. Er konnte sein Glück nicht fassen und atmete erleichtert aus. Er hatte sich seine Zukunft schon ausgemalt, wie er ständig von diesem grässlichen Geruch mit diesen grauenvollen Menschen umgeben wäre und sich irgendwie durch sein schlimmes Leben hätte kämpfen müssen. Stattdessen hatten sie sich für den Jungen entschieden, welcher ihm sein Leben im Pflegeheim zum reinsten Albtraum gemacht hatte. Auf eine gewisse Weise war er diesen Menschen sogar dankbar. Denn sie hatten ihm eine große Last von den Schultern genommen.

8.

Als Alex vier Jahre alt war, wurde er adoptiert. Seine Eltern lebten auf einem Bauernhof in England, dreißig Autominuten von der wunderschönen Stadt Cambridge entfernt. Sie hatten es bei unzähligen seriösen Adoptions-Firmen versucht gehabt, doch aufgrund ihres geringen Einkommens waren sie überall abgelehnt worden. Ihre einzige Chance, um sich ihren größten Wunsch eines Kindes zu erfüllen, war es, sich bei diesem Kinderheim zu melden.

Alex war zu Beginn sehr schüchtern und sprach kaum ein Wort. »Was ist deine Lieblingsfarbe, Alex?«, fragte ihn seine Pflegemutter liebevoll, während sie mit der Gabel in den Broccoli auf ihrem Teller stach und ihn mit dem Messer halbierte. Sie war ein herzensguter Mensch und wunderschön. Ihr schwarzes Haar war stets zu einem Pferdeschwanz zusammengebunden, wodurch ihr zartes Gesicht mit ihren vollen Lippen und den strahlend blauen Augen zur Geltung kam. Sie trug ein hellblaues Stoffkleid, das ihren weiblichen Rundungen schmeichelte.

»Ich weiß nicht«, murmelte Alex. »Ich finde alle Farben schön.«

Mandy schaute zu ihrem Mann und sagte entzückt: »Wie süß, nicht? Er mag alle Farben.« Brad lächelte, während er auf einer Ofenkartoffel herumkaute. Brad war groß, hatte einen breiten Nacken und muskulöse Arme. Alex hatte großen Respekt vor ihm. Doch die Angst war nicht begründet, denn Brad

95

sah zwar von außen hart aus, war aber ein sensibler und fürsorglicher Mensch.

Für Alex war es eine große Umstellung, bei einer Familie zu leben, die er kaum kannte. Obwohl er sich seit Beginn wohl fühlte, ließ ihn das Gefühl nicht los, nicht erwünscht zu sein oder, dass er etwas falsch machen könnte. Er hatte Angst, dass seine neuen Eltern enttäuscht von ihm sein könnten und ihn wieder ins Heim stecken würden. Dies hatte er schon einige Male bei anderen Kindern beobachtet. Diese waren so glücklich gewesen, endlich von einer Familie aufgenommen worden zu sein, und dann – ein paar Monate später - schliefen sie wieder im selben Bett wie zuvor.

Er war von Natur aus bereits schüchtern, doch da er kein Störfaktor in seinem neuen Zuhause sein wollte, sagte er nur dann etwas, wenn ihn seine Eltern etwas fragten. Er fühlte sich wie ein Alien und wusste nicht, wo er hingehörte. Mandy und Brad zeigten Verständnis. Zwar wussten sie nicht, was sich in seinen Gedanken abspielte, aber sie konnten sich vorstellen, dass er einfach etwas Zeit brauchte.

Mandy war überglücklich, endlich einen so liebevollen Sohn zu haben. Endlich hatten das jahrelange Warten und Bibbern ein Ende. Sie war sich sicher – für Alex hatte sich das Warten definitiv gelohnt. Sie liebte es, ihm Gutenachtgeschichten vorzulesen, mit ihm zu spielen, für ihn zu kochen und ihm aus Früchten und Gemüse Figuren zu schnitzen. Zwar traute sich Alex beim ersten Mal keinen Bissen davon zu nehmen, da sich Mandy so viel Mühe gegeben hatte, doch schon bald biss er genüsslich in das Karotten-Krokodil oder die Apfel-Schildkröte.

Je älter er wurde, umso stärker wurde er von der Leidenschaft seiner Eltern angesteckt. Die Musik. Mandy und Brad traten oft mit eigenen Songs auf dem jährlichen Dorffest auf und hatten auch sonst über das Jahr verteilt kleinere Auftritte. So konnten sie sich noch etwas dazuverdienen. Ihr Hauptumsatz machten sie durch den Verkauf ihres selbst angebauten Gemüses. Sie waren mit dem zufrieden, was sie hatten, und lebten für ihre zwei Leidenschaften, die Natur und die Musik.

Brad entdeckte bei Alex das Talent zu singen, als er sechs Jahre alt war. Alex half damals seinem Vater auf dem Feld bei der Kartoffelernte. Sie trugen gelbe Gummistiefel und blaue Latzhosen, die von der Erde schon einige braune Flecken hatten. Immer mit dabei war ein Radio. Eines Tages begann Alex leise mitzusingen. Brad schauderte es am ganzen Körper, so schön fand er die Stimme seines Sohnes. Wenn er sang, spürte Alex das Glück durch seine Adern strömen und seine Schüchternheit konnte er mit Hilfe seines Talents nach und nach seinen Eltern gegenüber bei Seite legen. Brad wuschelte seinem Sohn nach dem Lied durch sein braunes, lockiges Haar und lobte ihn für seine Leistung. Mandy beobachtete die Männer gerne durch das Küchenfenster, während sie den Abwasch tätigte, und lächelte zufrieden.

Schon bald sang Alex öfter und seine Eltern halfen ihm dabei, seine Technik zu verbessern. Er sang überall. Unter der Dusche, auf dem Feld und auf seinem grünen Fahrrad, mit dem er zur Schule fuhr. Wenn er sang, fühlte er sich frei und konnte in eine andere Welt eintauchen.

Je näher er seiner Schule kam, desto leiser wurde er jedoch, bis er nur noch leise summte und wenn er auf den Schulhof fuhr, hörte er ganz damit auf. Er wollte nicht, dass seine Mitschüler wussten, dass er singen konnte. Er war sich sicher, dass sie dies bestimmt nicht cool gefunden und einen weiteren Grund gehabt hätten, ihn damit aufzuziehen.

Alex hatte zwei gute Freunde, die jedoch nicht in seiner Klasse waren. Die restlichen Mitschüler ignorierten ihn entweder oder verspotteten ihn wegen seinen nach Bauernhof riechenden Klamotten und seinem alten Fahrrad. In der Schule fühlte sich Alex wie früher im Pflegeheim allein, nicht beachtet und wenn man ihn doch beachtete, dann nur um ihn zu mobben. Er flüchtete meist regelrecht in die Pausen, um seine Kumpels Claudio und Isaak zu sehen, die zu ihm hielten. Sie erzählten sich gegenseitig Witze und unterstützten einander bei den Hausaufgaben.

Claudio war etwas pummelig, liebte es Fußball zu spielen, und der Schabernack war ihm ins Gesicht geschrieben. Isaak hatte kurzes, rotes Haar und türkisfarbene Augen. Er war der intelligenteste von allen dreien und wohl der Grund dafür, dass Alex und Claudio in den Prüfungen einigermaßen gut abschnitten. Sie waren unzertrennlich.

In ihrer Freizeit unternahmen sie viele Ausflüge mit dem Fahrrad. Sie düsten gemeinsam durch das Dorf mit den vielen, charmanten Backsteinhäusern, die spitze Dächer trugen, und flitzten über schlecht präparierte Brücken. Schon bald waren sie auf einem Kiesweg angelangt, der sich durch eine weitläufige, grüne Landschaft schlängelte.

Ihr Lieblingsort war ein kleiner See, an dem nur selten Menschen zu sehen waren - bloß ein paar Senioren, die dort ihren täglichen Spaziergang machten. Ungefähr mit sieben Jahren hatten sie dort mit Hilfe des Vaters von Isaak gemeinsam ein Baumhaus erbaut. Jedes Mal, wenn sie mit ihren Fahrrädern angeflitzt kamen, legten sie eine Vollbremsung hin, wodurch sie zur Seite rutschten und dabei vom Fahrrad sprangen. Das war so eine Art Ritual. Wer zu Boden fiel hatte verloren und musste als Letztes zum Baumhaus raufklettern und die Holzleiter hochziehen, welche aus abgerundeten Holztritten und zwei dicken, langen Seilen bestand.

Am liebsten waren sie im Herbst an diesem Ort. Dann war dieser große Baum mit dem dicken Stamm so farbenprächtig, und über den See legte sich meist eine dünne Nebelschicht. Es herrschte eine beinahe mystische Stimmung, was die drei Abenteurer anzog. Sie erzählten sich Gruselgeschichten, während sie am heißen Punch nippten, den ihnen jeweils eine der Mütter in den Rucksack gepackt hatten. Auch nie fehlen durfte eine Packung Chips.

Das Baumhaus war der reinste Jungen-Traum. Auf dem Boden lag ein weicher, blauer Teppich, an den Wänden hingen Poster von Bands, die sie bewunderten und sie hatten sogar eine kleine Küche - wenn man das überhaupt Küche nennen konnte. Eigentlich war es einfach eine kleine Kommode, in der sie Geschirr, Besteck und Pappbecher untergebracht hatten. Aber sie liebten es zu sagen, dass sie eine Küche besaßen.

»Und dann tauchte der riesige Drache auf und spie durch seinen riesigen, dreckigen Mund Feuer über das Dorf. Die Menschen starrten zu ihm hoch, während ihr ganzer Körper brannte und sich langsam in Asche verwandelte. Der Killer-Drache hatte es mal wieder geschafft. ER allein war das mächtigste und stärkste Tier, das es gab.« Claudio war total in seinem Element. Er liebte es, lebendige Geschichten zu erzählen – sehr makabre Geschichten, doch Isaak und Alex liebten sie. Sie konnten sich den Drachen bildlich vorstellen, wie er auf dem Felsen saß, seine Krallen in den harten Stein bohrte und brüllte, sodass einem das Blut in den Adern gefror.

»Wow.« Alex staunte. »Und wie geht es weiter?«

»So weit bin ich leider noch nicht. Aber nächste Woche kommt eine Fortsetzung. Versprochen«, sagte er mit einem frechen Grinsen auf den Lippen und griff in die Chips-Tüte. Heraus zog er eine ganze Hand voll Paprika-Chips und verschlang sie mit einem Bissen. Zurück blieb eine dicke Schicht Paprikapulver um seinen schmalen Mund herum.

»Echt klasse, Mann. Wann können wir das alles im Kino anschauen gehen?«, fragte Isaak, lachte und schob sich seine runde, braune Kunststoffbrille auf dem Nasenrücken hoch. Er war noch ganz schweißgebadet, so mittendrin war er in der spannenden Geschichte gewesen und hatte mitgefiebert.

»Ich gebe euch dann Bescheid, wenn ich für einen Oskar nominiert werde«, sagte Claudio mit stolzer Brust und setzte seine schwarze Sonnenbrille auf. Er sah wirklich aus wie ein Star, da waren sich Alex und Isaak einig.

Sie hatten immens viel Spaß und waren sich sicher, dass ihre Freundschaft fürs Leben halten würde – bis zu diesem einen Tag im Winter, als sie gemeinsam über das Schulgelände spazierten.

Plötzlich, wie aus dem Nichts, stürmten fünf Jungs von hinten auf Alex zu, warfen mit Schneebällen auf ihn, stießen ihn, sodass er zu Boden fiel und stopften ihm Schnee in den Mund.

»Wasch dich mal, du stinkst!«, schrien ihm die Jungs ins Gesicht und schlugen auf ihn ein. Isaak und Claudio schrien der gewalttätigen Gruppe zu, dass sie ihn in Ruhe lassen sollen.

Darauf stand der Anführer namens Ruben auf, lief breitschultrig auf die beiden zu und zischte: »Ihr meint wohl, ihr macht mir Angst, was? Ich bin kein Schisser wie ihr. Verreist, oder ihr kommt auch noch dran. Ihr beginnt auch schon langsam zu müffeln in seiner Nähe!«

Claudio und Isaak sahen sich ängstlich an. Ruben machte provokativ einen Schritt auf sie zu und klatschte in die Hände, wodurch Schnee von seinen Handschuhen vor den Nasen der beiden aufstäubte.

Sie zuckten zusammen und rannten so schnell sie konnten davon.

Alex lag am Boden - spürte, wie die Schläge auf ihn einprasselten und wie seine Haut durch die Kälte des Schnees allmählich taub wurde. Sein Kopf sank zur Seite und er sah, wie seine beiden engsten Freunde davonrannten und ihn im Stich ließen.

»Um Himmels willen, was ist mit dir passiert, mein Schatz?«, schrie Mandy, als Alex an jenem Abend zuhause ankam. Es war später als sonst, denn er hatte sein Fahrrad den ganzen Weg nach Hause schieben müssen. Er hatte keine Kraft mehr gehabt, um zu fahren.

»Nichts Mom, mir geht es gut«, knurrte Alex müde. Mandy stürmte zu ihm und legte behutsam ihre Hände auf sein Gesicht.

»Du hast ja überall blaue Flecken!«, schrie sie erschrocken.

»Wer hat dir das angetan?«

Alex blickte beschämt zu Boden. »Niemand«, nuschelte er.

»Was ist hier los?«, fragte Brad, der in diesem Moment um die Ecke kam.

»Schau ihn dir an!«, schrie Mandy verzweifelt und mit Tränen in den Augen. »Schau, was die mit unserem Baby gemacht haben!« Mandy liefen Tränen über die Wangen.

Als Brad seinen Sohn vor sich stehen sah, wurde er wütend. »Alex, du musst mir sagen wer das war. Wirst du gemobbt in der Schule? Ist so etwas schon öfters passiert?«

Alex hatte bis zu diesem Zeitpunkt noch nie mit seinen Eltern über seine Probleme gesprochen. Er hatte sich geschämt und wollte ihnen keinen Grund geben, sich Sorgen um ihn machen zu müssen. »Ja«, schluchzte Alex und brach in Tränen aus. Er zitterte am ganzen Körper, ließ seine Schultasche zu Boden sinken und fiel seiner Mutter in die Arme.

Während Brad innerlich vor Wut kochte, weil sein Kind verletzt war, streichelte Mandy ihrem Sohn sanft über die Stirn und sagte mit ruhiger und warmer Stimme: »Alles wird gut, mein lieber Alex. Mach dir keinen Stress. Du bist ja ganz durchgefroren. Ich lasse dir ein warmes Bad ein, dann ziehst du dir etwas Trockenes an und wenn du magst, darfst du uns danach erzählen was passiert ist. Okay? Es ist wichtig, dass du mit uns über so etwas sprichst. Wir sind deine Eltern und sind für dich da.« Alex weinte noch immer, nickte aber. Brad kam nun auch auf die beiden zu und strich mit seiner großen, starken Hand über den Rücken seines Sohnes. Für Alex war dies trotz den schlimmen Umständen einer der schönsten Momente seines bisherigen Lebens. Denn in diesem Moment spürte er zum ersten Mal, dass er nicht auf sich allein gestellt war und eine richtige Familie hatte.

Liv

»Was wünschst du dir zu deinem Geburtstag, meine Prinzessin?«, fragte Liz ihre Tochter neugierig. Leona wurde in drei Monaten zehn Jahre alt und Liz war schon an der Planung für die Party, denn sie wollte ihrer Tochter wie jedes Jahr einen unvergesslichen Tag bescheren. Seit ihrem ersten Geburtstag waren jedes Mal unzählige Promis mit deren Kindern und Leonas Schulkameraden eingeladen. Für Liz war die ganze Mühe natürlich nicht nur für ihre Tochter, sondern sie nutzte es gleichzeitig als Eigenwerbung. Denn die Partys waren jeweils so pompös, dass die daraus entstandenen Bilder perfekt für die sozialen Medien geeignet waren. Auch die Presse berichtete jedes Jahr über diesen Tag, und dank der zahlreichen Promis hatte Liz die beste Publicity.

»Ich wünsche mir, dass Daddy, du und ich gemeinsam in einen Wasserpark fahren«, sagte Leona wie aus der Pistole geschossen.

»Das ist ja eine großartige Idee, mein Schatz. Eine Party im Wasserpark. Das hatten wir noch nie, das machen wir!«

Dein Ernst? Leona runzelte die Stirn und sagte zögerlich: »Mom, nein. Ich meinte wirklich nur du, Dad und ich. Nur wir drei.«

Liz legte ihren Kopf zur Seite und lächelte. »Mein Engel. Natürlich werden wir das einmal machen. Aber das ist doch dein zehnter Geburtstag, das muss gefeiert werden! Was möchtest du für ein Geschenk?«

Leona lächelte zwar, aber in diesem Moment war sie innerlich sehr traurig. Sie wünschte sich nichts sehnlicher, als einfach nur Zeit mit ihrer Familie zu verbringen. Doch da sie wusste, dass ihre Mutter nicht verstehen würde, was sie wirklich wollte, sagte sie: »Diese Handtasche, die du mir gezeigt hast. Die ist schön.« Leona strahlte nicht mehr so, wie als sie von dem Wasserpark erzählt hatte. Doch sie lächelte, um ihre Mutter nicht zu enttäuschen.

»Das ist mein Mädchen. Wir sind uns so ähnlich!«, quietschte sie und drückte Leona einen Kuss auf die Wange.

»Weißt du schon, was das Motto deiner diesjährigen Geburtstagsfeier sein wird?«, fragte Tiffany, als sie gemeinsam auf dem Weg zum Klassenzimmer waren. Sie waren unterdessen beste Freundinnen geworden.

Trotz ihrer berühmten Eltern ging Leona auf eine öffentliche Schule, was sie sehr zu schätzen wusste. »Ich glaube wir gehen in einen Wasserpark«, sagte sie nicht besonders euphorisch.

»Ach wie cool!«, schrie Tiffany begeistert auf. »Dann kann ich allen meinen neuen Bikini präsentieren. Ist Mike auch eingeladen? Oh mein Gott, er wird Augen machen!«

»Ja, wahrscheinlich schon. Wie jedes Jahr«, brummte Leona.

»Was hast du, Süße?«, fragte Tiffany, als sie bemerkte, dass sich ihre Freundin gar nicht freute.

»Nichts«, sagte Leona, winkte ab und lächelte.

»Ach komm schon. Ich sehe doch, wenn es meiner Leo nicht gut geht. Spuck es schon aus.« Tiffany sah sie mit ihren erwartungsvollen, riesigen, braunen Bambi-Augen an. Wenn sie blinzelte, klimperten ihre langen, schwarzen Wimpern.

Leona zögerte kurz, ließ ihre Augen rollen und erklärte ihr dann: »Na gut. Weißt du, ich wollte dieses Jahr an meinem Geburtstag einfach nur Zeit mit meiner Familie verbringen. Aber meine Mom will nicht begreifen, dass dies mein einziger Wunsch ist. Immer organisiert sie diese riesigen Partys, die doch schlussendlich nur für sie selbst sind.«

»Ich sehe das Problem nicht, Leo. Ich wäre froh, wenn mir meine Mom solch eine Party herzaubern könnte. Ich meine, *hallo*, auf deiner letzten Party war John Legend aufgetreten. Wer kann das schon von sich behaupten?« Sie lachte.

»Du verstehst das nicht.« Leona winkte ab und lief davon.

»Ach sei mal nicht so, Leo!«, rief ihr Tiffany hinterher. Leona reagierte nicht auf ihre Freundin und begab sich ins Klassenzimmer.

Leona war an ihrer Schule beliebt, denn jeder wollte zu ihren Geburtstagspartys eingeladen werden, um Teil ihres luxuriösen Lebens zu sein. Typische Lynn und Tracy Mädchen eben. Solche, die nur für den Schein lebten. Doch einige ignorierten Leona auch oder waren neidisch auf ihr Leben. Wenn sie ein Problem hatte, meinten viele, sie wolle sich einfach nur in den Vordergrund drängen, um noch mehr Aufmerksamkeit zu erhalten. Andere wiederum vertraten die Meinung, dass sie gar keine Probleme haben konnte, da sie ja ohnehin alles besaß, was man sich wünschte. Leona lachte stets in der Öffentlichkeit und zeigte allen, wie glücklich sie war. Würde sie dies nicht tun, hieße das, dass sie undankbar für das sei, was sie hatte. Doch im Gegensatz zu dem, was sie nach außen zeigte, war sie im Herzen oft traurig und wünschte sich, ein ganz normales Leben zu führen. Natürlich bewunderte sie ihre Eltern für das, was sie alles erreicht hatten, und liebte sie auch über alles - doch sie hatten kaum gemeinsame Zeit.

Sie liebte ihr Haus, ihren großen Garten und die Tatsache, dass jeden Tag etwas Frisches für sie gekocht wurde. Doch sie wusste auch, dass andere Menschen auf der Welt hungern mussten, während sie das exklusivste Essen bekam. Oft schämte sie sich für das, was sie alles hatte und konnte dies nach außen nicht zeigen, da ihr sowieso niemand geglaubt hätte. Oft plagte sie diese innere Zerrissenheit sehr.

In jenem Monat hatte Leona einen vollen Terminkalender. Jede Woche lief sie auf mindestens einer Modenschau und hatte mehrere Fotoshootings. Liz pushte sie, wo sie nur konnte und ließ ihre Beziehungen in der Modebranche spielen. Ob für Designerkleider, Haarprodukte oder Make-Up, Liz nahm alle Angebote für Leona an. Sie war sich sicher, dass sich Leona nur so einen Namen in der Modebranche aneignen konnte.

»Von nichts kommt nichts«, hatte Liz gepflegt zu sagen. Und ein: »Ich habe heute aber keine Lust« von Leona, duldete sie nicht. Leona hatte gelernt, dass jeder Widerstand zwecklos war. Ihre Mutter hatte die volle Kontrolle über ihr Leben.

»Dad.« Leona sah eines Abends zu Tom auf, als sie gemeinsam in ihrem Heimkino saßen und sich eine Actionkomödie reinzogen.

Leona hatte in diesem Raum schon oft Mädelsabende veranstaltet. Das Heimkino hatte drei Sitzreihen, die mit gemütlichen, roten Doppelsesseln ausgestattet waren. Die Leinwand erstreckte sich über die gesamte Breite des Raumes. Liz war an diesem Abend auf einer Gala und amüsierte sich mit den Stars und Sternchen, während Leona endlich wieder einmal Zeit mit ihrem Vater allein verbringen konnte. »Ich hasse mein Leben«, brach es aus ihr heraus.

Erschrocken schaute Tom seine Tochter an und unterbrach den Film. »Wie meinst du das, mein Liebling? Hassen ist ein hartes Wort.«

»Aber ich hasse es wirklich. Ich will diese ganzen Jobs gar nicht. Mom denkt immer nur an sich und denkt keine Sekunde daran, wie es in mir drin aussieht«, schluchzte Leona. Tom nahm sie in seine beschützenden Arme und küsste sie auf ihren Kopf.

»Ich wusste ja gar nicht, dass es dir dabei so schlecht geht. Ich dachte immer, es macht dir Spaß. Es schmerzt, dich so sehen zu müssen. Hast du mit Liz darüber gesprochen?«

»Sie will das alles nicht hören. Sie sagt, dass ich noch nicht wissen kann, was ich will. Mom meint, sie will nur das Beste für mich und dass ich ihr eines Tages dankbar sein würde.« Wie ein Wasserfall flossen Tränen über ihre Wangen und durchtränkten den Hoodie ihres Vaters. Sie drückte ihren Kopf an seine starke Brust und atmete seinen vertrauten Duft ein. Sie liebte es, dass sie bei ihm so sein konnte, wie sie war. Mit ihm konnte sie ehrlich sein und sie wusste, dass er sich ihre Probleme zu Herzen nahm.

»Das sagt sie dir?«, fragte Tom überrascht. Er war empört. *Wie kann dies eine Mutter ihrer neunjährigen Tochter sagen?* »Soll ich mit ihr sprechen?«

»Nein. Ich will nicht, dass ihr euch streitet. Das ist meine Sache. Nicht deine.«

»Das sollte aber nicht die Sache eines neunjährigen Mädchens sein.«

In diesem Moment wurde die Tür zum Heimkino geöffnet und Liz stand im Türrahmen. Ihre Arme hatte sie vor ihrer Brust verschränkt und sie fauchte: »Warum ist Leona noch auf? Tom, du weißt doch, dass sie morgen früh ein Fotoshooting hat. Sie braucht ihren Schönheitsschlaf. Und was um alles in der

Welt ist das?« Wütend stampfte sie auf ihren High-Heels auf Leona zu und riss ihr die Chips-Tüte aus der Hand. »Du sollst so einen Mist nicht essen, Leona! Verdammt, nicht umsonst zahle ich die Ernährungsberaterin, um dir einen Plan zusammenzustellen. Du musst dich schon daranhalten. Und hast du heute schon Sport gemacht? Wahrscheinlich nicht, was?« Leona blieben die Worte im Hals stecken, ihre Augensäcke waren geschwollen und Tränen trieften über ihr Gesicht.

»Liz, sprich nicht so mit unserer Tochter. Du bist viel zu streng mit ihr. Siehst du denn nicht, dass sie leidet?«, brüllte Tom und stellte sich Liz in den Weg.

»Du hast ja keine Ahnung, was ich alles für unsere Tochter mache. Ich sorge dafür, dass etwas aus ihr wird!«, schrie Liz und deutete bedrohlich mit ihrem Zeigefinger auf die Brust ihres Mannes.

»Du zerstörst sie. Lass ihr doch bitte ein bisschen Freiraum«, zischte Tom.

»Freiraum? Tom du bist so naiv. Die Modewelt ist kein Zuckerschlecken. Sie muss lernen hart für ihre Ziele zu arbeiten!«

»Verdammt Liz, unsere Tochter ist erst neun Jahre alt! Hast du sie jemals gefragt, was ihre Ziele sind? Das sind DEINE Ziele, nicht ihre!«

Leona saß zusammengekauert auf dem roten Kinosessel und presste ihre Hände auf ihre Ohren, um das Geschrei irgendwie ertragen zu können. Sie hasste es, wenn sich ihre Eltern stritten. Sich wegen ihr stritten.

Tom wandte Liz den Rücken zu, hob Leona auf und trug sie in ihr Zimmer hoch. Behutsam deckte er sie zu und drückte ihr einen Kuss auf die Stirn. »Wir werden das klären. Mach dir keinen Kopf, ja? Eltern streiten sich manchmal, das ist ganz normal.« Leona nickte schwach, schlang ihre Arme um den Hals von Tom und verkroch sich dann unter ihre Decke.

Am nächsten Morgen wurde sie von Liz geweckt. »Aufstehen, Prinzessin. Wir müssen los«, sagte sie sanft.

»Ich will nicht, Mom. Ich bin müde«, flüsterte Leona. Sie hatte Angst davor, wie ihre Mutter nun reagieren würde. Umso überraschter war sie, als sich Liz neben sie auf die Matratze setzte und sie mit zur Seite geneigtem Kopf anschaute.

»Der Streit von gestern Abend tut mir leid. Du hättest das nicht mitanhören müssen. Ich möchte, dass du weißt, dass ich nur das Beste für dich will.« Sie strich sanft über Leonas Haar.

»Ich weiß, Mom. Aber ...«, Leona wurde von Liz mitten im Satz unterbrochen.

»Weißt du, als ich so alt war wie du, hatte ich niemanden, der sich um mich gekümmert hat. Ich war pummelig und alle an der Schule haben über mich gelacht. Ich will nicht, dass dir dasselbe widerfährt. Ich möchte dir ein schönes Leben bieten, mit vielen Freunden und offenen Türen. Aber dafür musst du arbeiten, Liebes.«

Leona schaute in die traurigen Augen ihrer Mutter. »Das wusste ich nicht. Tut mir leid.«

Liz seufzte. »Jetzt weißt du es. Und jetzt hüpf unter die Dusche, meine kleine Prinzessin und komm mit mir zum Shooting. Ich fahre dich hin.«

»Du kommst mit?«, fragte Leona überrascht, da sie in letzter Zeit oft nur von ihrem Manager gefahren wurde.

Liz nickte. »Ich will, dass meine einzige Tochter weiß, dass ich sie liebe. Weißt du das?«

»Klar weiß ich das, Mom. Das wusste ich schon immer.«

Liz' Gesicht wurde von einem Lächeln geziert. »Danke, kleine Maus.«

Zwar hatte Leona noch immer keine Lust und wenn es nach ihr gegangen wäre, hätte sie den Tag lieber in der Schule mit ihrer Freundin Tiffany verbracht, doch sie wollte ihre Mutter nicht traurig sehen. Sie liebte ihre Mutter und wollte sie nicht enttäuschen.

Einige Wochen später träumte Leona, wie sie einem großen Schmetterling hinterherrannte. Diesen Traum hatte sie schon lange nicht mehr gehabt. Als Kleinkind hatte sie öfter davon geträumt.

Sie flitzte durch einen dicht bewachsenen Wald mit wunderschönen, hohen Bäumen. Der Schmetterling hatte lange, große Flügel und merkwürdigerweise wusste Leona wie er hieß. Es war ein Orangenäugler.

Sie kicherte, fühlte sich in diesem Traum frei und losgelöst von all den Pflichten, die sie in ihrem realen Leben hatte. Nach einer gewissen Zeit blieb sie erschöpft stehen. In ihren früheren Träumen war der Schmetterling immer den Himmel emporgestiegen und auf einmal wie durch ein Wunder verschwunden.

Doch dieses Mal flatterte er überraschenderweise direkt auf sie zu. Leona kicherte zufrieden. Je näher ihr der Schmetterling kam, umso größer wurde er. Sie staunte, als sie von seinen großen, roten Flügeln eingemummt wurde. Sie verspürte eine beruhigende Wärme – fühlte sich geborgen.

»Folge deinem Herzen«, hauchte eine leise Stimme. Hatte das der Schmetterling gesagt? Die Worte flossen ihr direkt ins Herz. Sie hatte das Gefühl, sie seien wie für sie gemacht, dass sie eine Bedeutung hatten. Immer dunkler wurde es vor ihren Augen, bis sie nichts mehr sah. Sie erwachte.

Leona rieb sich die Augen. Sie lächelte zufrieden und blickte sich in ihrer Umgebung um. Erst musste sie sicher gehen, dass sie sich in ihrem Zimmer befand und nicht mehr träumte. Nachdem sie sich in die linke Wange gekniffen hatte, rappelte sie sich aus ihrem Bett und hüpfte unter die Dusche. Danach zog sie sich etwas Lockeres über und hüpfte die Treppe hinunter.

In der modernen Küche stand Rebecca mit einem Kuchen in der Hand und rief: »Happy Birthday!«

Leona lachte. »Stimmt, heute ist ja mein Geburtstag, das habe ich ganz vergessen!«

Rebecca stellte den Kuchen auf die Kücheninsel und lief auf Leona zu. »Wie kann man denn bitte seinen zehnten Geburtstag vergessen?« Sie lachte und nahm Leona in ihre Arme. »Alles Gute, meine Liebe.«

Leona drückte Rebecca fest an sich. »Danke, dass du immer für mich da bist.«

Rebecca war für sie mittlerweile wie eine große Schwester geworden. »Ach du bist so süß, das mache ich doch gerne bei so einem Sonnenschein wie dir.«

»Wo sind meine Eltern?«, fragte Leona plötzlich, als sie bemerkte, dass sie nicht da waren.

»Sie sind bereits los, um alles für die Party vorzubereiten«, erklärte Rebecca.

»Okay.« Leona seufzte, holte sich eine Gabel aus der Besteckschublade und stach damit in den luftigen Schokoladenkuchen. Sie nahm einen riesigen Bissen, schloss ihre Augen und lächelte zufrieden.

»Da ist aber jemand hungrig.« Rebecca lachte.

»Hast du den gebacken?«

»Ja, ich habe sogar weißen Zucker statt Stevia verwendet. Verrate es aber niemandem, ja?«, flüsterte sie und zwinkerte.

Leona hielt ihr Zeigfinger vor den Mund und signalisierte so, dass dies ihr Geheimnis blieb. »Du bist die Beste.«

»Ich weiß«, spaßte Rebecca, worauf beide lauthals lachen mussten. »So. Deine Mutter hat mich beauftragt, dir diese Tasche zu geben. Da sind deine Outfits für heute drin.«

Leona nahm die rosarote Tasche mit der riesigen Schleife gespannt entgegen und öffnete diese sofort. Als erstes zog sie einen Stoffbeutel heraus, an dem ein Zettel mit der Beschriftung „1.Outfit" hing. Vorsichtig öffnete Leona den Reißverschluss.

»Also Geschmack hat sie, das muss man ihr lassen.« Rebecca hatte ihre Augen weit aufgerissen.

Leona nickte und betrachtete das Kleid. Es war eng geschnitten, ging von der Länge bis Mitte Oberschenkel und glitzerte durch die Pailletten Türkis. »Wow«, brach es aus Leona heraus. »Wunderschön.« Behutsam legte sie es auf den Tisch neben sich und zog das nächste Outfit aus der Tasche. Es war ein weißer Bikini, der auf ihrer karamellfarbenen Haut sicher umwerfend aussah. Der Bikini war an den Ärmeln mit Rüschen verziert. In das Oberteil waren zwei lange, dünne Bänder eingearbeitet, die sie unterhalb der Brust binden und hinten am Rücken mit einer Schleife zuschnüren konnte. Am Bikini hing die Beschriftung „2.Outfit".

»Ich komme mir vor wie ein Model, das für den Laufsteg eingekleidet wird«, knurrte Leona.

»Ach komm schon. Die Kleider sind doch süß«, versuchte Rebecca sie aufzumuntern.

»An den Kleidern liegt es ja auch nicht. Sie sind wunderschön. Aber ich wünschte mir, Mom hätte sie zumindest mit mir zusammen ausgesucht. So bin ich einfach ihre Puppe, die ihre eigenen Kollektionen präsentiert.«

»Ich verstehe dich ja, Süße. Aber mach das Beste draus, ja? Schließlich ist heute dein Geburtstag.«

»Klar.« Leona schaute sich das letzte Outfit an. Als sie dieses aus der Tasche zog, stockte ihr der Atem, denn solch ein schönes Kleid hatte sie noch selten gesehen. Der Stoff war aus dunkelblauer Seide und reichte bis zum Boden. Das Kleid war schulterfrei, weshalb ihre Mutter noch eine zarte Diamantkette mit den passenden Ohrringen dazugelegt hatte. Auch Schuhe mit einem leichten Absatz, in derselben Farbe wie das Kleid, hatte sie in die Tasche gelegt.

»Bevor du etwas sagst. Solch ein Kleid mit süßen zehn Jahren tragen zu dürfen, ist der Traum von jedem Mädchen. Du wirst wie eine Prinzessin darin aussehen!« Rebecca konnte die Augen nicht vom Kleid lassen.

»Es ist wirklich bezaubernd«, sagte Leona strahlend.

Kurz darauf aßen sie gemeinsam ihr Haferflocken-Müsli und machten sich dann bereit für die Party.

Sie stiegen in die Limousine, die vor der Villa auf sie wartete. Rebecca trug ein wunderschönes, violettes Samtkleid, das rückenfrei war und bis zu ihren Fußknöcheln reichte. Das linke Bein war vom Stoff frei gelegt, was sie optisch vergrößerte.

»Dein Kleid ist aber auch wunderschön«, schwärmte Leona. »Ist das auch aus der neuen Kollektion meiner Mom?«

»Aber natürlich, was für eine Frage.« Rebecca zwinkerte ihr zu.

Langsam rollte die Limousine auf das Partyareal. Leona schaute aus dem Fenster und erkannte, dass bereits alle Gäste eingetroffen waren.

»Ich bin nervös.«

»Das packst du schon«, bestärkte sie Rebecca, worauf die Tür der Limousine von außen geöffnet wurde.

»Hallo meine Süßen«, quietschte Liz, die den beiden aus der Limousine half. »Ihr seht ja atemberaubend aus. Alles Gute zum Geburtstag, meine Prinzessin!« Leona umarmte gerade ihre Mutter, als Tom hinter deren Rücken auftauchte.

»Daddy!« Leona jauchzte vor Freude auf, denn in den letzten Tagen hatte sie ihn kaum gesehen.

»Hallo mein Engel. Alles Gute. Du wirst zu schnell groß«, sagte ihr Vater sentimental.

Rebecca verabschiedete sich leise und mischte sich unter die Gäste. Musik ertönte. Es war ein brandneuer Pop Song, zu dem Tom, Liz und Leona zusammen Hand in Hand über einen roten Teppich liefen. Sie schritten unter einen Bogen aus Luftballons hindurch in den Wasserpark, wo sie von hunderten Gästen bewundert wurden. Diese standen an runden Stehtischen und nippten an ihren Getränken.

Snobs, schoss es Leona durch den Kopf. Die gebuchten Fotografen schossen ein Bild nach dem anderen und Liz lächelte in jede vorhandene Kamera. Vor ihnen war eine riesige Bühne zu sehen, auf dem niemand geringeres als Ariana Grande den Song performte. Leona liebte die Musik von Ariana Grande.

Hinter der Bühne war der Park mit seinen farbigen Wasserbahnen zu sehen. Am liebsten wäre Leona auf direktem Weg zu den Rutschen gerannt – doch wie es immer so schön hieß: Zuerst die Arbeit, dann das Vergnügen. Auch an ihrem Geburtstag galten keine anderen Regeln.

Das ganze Areal war für sie gebucht und hergerichtet worden. Überall hingen goldene Ballons in Form einer Zehn, sowie rosarote Schleifen, Blumen und Bilder der Familie. Zwar hätte sich Leona an die Eindrücke über die Jahre mittlerweile gewöhnen können, doch für sie war es jedes Mal aufs Neue eine absolute Reizüberflutung. Sie zeigte zwar nach außen ihr schönstes Lächeln und war glücklich, ihre Eltern bei sich zu haben, doch innerlich wünschte sie sich, dass all die anderen Personen nicht da waren. Sie wünschte sich, dass sie sich mit ihren Eltern gemeinsam einen schönen Tag im Wasserpark machen konnte, ohne fotografiert zu werden und ohne teure Markenklamotten zu tragen – so schön diese auch sein mochten. Kein Kleid der Welt hätte jemals wertvolle Familienzeit ersetzen können. Da war sie sich sicher.

Langsam schritt sie mit ihren Eltern die Treppe zur Bühne hinauf, als plötzlich ein Rauschen und Pfeifen in ihren Ohren ertönte. Ihr wurde übel, schwindelig und das Pfeifen wurde immer lauter, während alles um sie herum leiser wurde. Leona blieb stehen, als vor ihren Augen Sterne umherschwirrten und alles allmählich dunkler wurde. »Mom, Dad, mir ist übel«, flüsterte Leona kraftlos und sank zu Boden.

10.

Leona konnte nichts mehr sehen. Es schien, als würde sich ein schwarzer Vorhang vor ihre Augen schieben, der kein Licht durchließ.

Ihre Eltern erschraken und konnten ihr gerade noch unter die Arme greifen, bevor sie auf den Boden aufgeprallt wäre.

»Schatz, was ist denn los?«, fragte Tom besorgt. *Ich kann nicht sprechen Dad, ich habe Angst.* Leona hörte ihn nur ganz schwach, wollte antworten, doch sie war kraftlos und sank zu Boden. Die Musik stoppte und die Gäste schauten erschrocken zur Bühne.

Drei Sanitäter stürmten zu ihr. Einer fragte, ob sie ihn hören könne. Leona nahm ihn nur ganz leise wahr, aber verstand was er sagte. Sehen konnte sie noch immer nichts, alles war schwarz vor ihren Augen obwohl sie dagegen ankämpfte, dass ihre Augenlider zufielen. Sie nickte schwach. Der Sanitäter winkte seinen Kollegen herbei. »Sie ist bei Bewusstsein!« Der eine holte einen kleinen Hocker und legte ihre Beine darauf, während eine Sanitäterin zu Tom und Liz ging. Sie standen nahe beieinander und sahen besorgt zu ihrer Tochter hinunter.

»Was hat sie?«, fragte Liz.

»Ihr Kreislauf ist kollabiert. Das wird schon wieder, keine Sorge. Hat sie heute schon etwas gegessen?«, fragte die Sanitäterin, welche ihr blondes Haar zu einem kurzen Pferdeschwanz zusammengebunden hatte. Liz und Tom schauten sich überfragt an.

Liz stotterte: »Wir waren … heute Morgen nicht zu Hause. Unsere Nanny war bei ihr. Sie müsste es wissen.« In diesem Moment kam Rebecca auf die Bühne gestürmt. »Leona hat heute Morgen normal gefrühstückt. Aber sie war sehr nervös und ich glaube ihr wurde alles etwas zu viel, wenn Sie verstehen, was ich meine.«

Die Sanitäterin lächelte Rebecca dankend an und sprach dann zu den Eltern: »Das erleben wir öfter als Sie denken. Bitte verstehen Sie mich nicht falsch, aber für ein zehnjähriges Mädchen ist eine solch große Veranstaltung mit Fotografen und Prominenten einfach zu viel. Das kann zu Panikattacken und einem Kreislaufkollaps führen.«

Die Sanitäterin sprach sachlich und in einem ruhigen Tonfall, doch die Augen von Liz blitzten böse auf. »Sie wollen mir sagen, dass ich eine schlechte Mutter bin? Ich beschere meiner Tochter einen wundervollen Geburtstag. Wie viele Kinder haben eine Mutter, die ihnen dies ermöglichen könnte, na? Sie kennt das, seit sie klein ist, also beschuldigen Sie nicht mich. Das liegt bestimmt an den heißen Temperaturen. Und vielleicht hat sie einfach zu wenig Wasser getrunken. Ist Ihnen das auch schon in den Sinn gekommen?«

»Liz, hör auf. Sie macht doch bloß Ihren Job«, zischte Tom. »Kommt sie bald wieder auf die Beine?«, fragte er die Sanitäterin besorgt.

Diese nickte. »Wir nehmen sie kurz mit in den Krankenwagen und überprüfen ihren Blutdruck. Wir geben ihr etwas Zucker und lassen sie in Ruhe wieder zu sich kommen. Dann ist sie bald wieder auf den Beinen. Habe ich Ihr Einverständnis?«

Liz kriegte zwar bei dem Wort *Zucker* Schnappatmung, verkniff sich aber einen Kommentar, da sie die Spannung zwischen ihr und Tom spürte.

»Natürlich. Haben Sie vielen Dank«, antwortete Tom.

»Magst du aufstehen Leona?«, fragte der Sanitäter.

Unterdessen verschwand der schwarze Schleier vor ihren Augen und ihr Gehör kam allmählich wieder zurück. »Ich kann es versuchen«, stotterte sie.

»Gut. Ich werde dich stützen. Wenn es nicht geht, dann sagst du es mir, okay?«, fragte er und lächelte sie aufmunternd an. Leona lächelte zurück und nickte. Langsam richtete sie sich mit seiner Hilfe auf und stand auf ihren Beinen.

Plötzlich wurde ihr wieder schwindelig. »Ich kann nicht«, stotterte sie.

»Kein Problem. Alles ist gut Leona. Setz dich wieder hin und dann tragen wir dich zum Krankenwagen, ja? Wir fahren nicht davon, keine Bange«, sagte der Sanitäter lächelnd und zwinkerte ihr zu. Die anderen beiden Sanitäter halfen ihm, Leona auf den Barren zu legen und trugen sie gemeinsam zum Krankenwagen. Rebecca folgte ihnen.

»Meine lieben Gäste«, sprach Liz in das Mikrofon auf der Bühne. »Es tut mir leid für diesen kleinen Zwischenfall. Aufgrund der hohen Temperaturen hatte meine Tochter einen Kreislaufkollaps. Sie müssen sich keine Sorgen machen, denn es geht ihr schon einiges besser und die Party kann weitergehen!« Sie jubelte und bat Ariana Grande, weiterzusingen. Diese schaute noch immer besorgt Leona hinterher, wie sie in den Krankenwagen getragen wurde. Dann nickte sie, gab ihrer Band das Zeichen und sang weiter. Die Gäste feierten, als wäre nichts passiert.

»Hattest du das schon öfters?«, fragte die Sanitäterin, als sie gemeinsam im Krankenwagen saßen und Leona Coke aus einer Dose schlürfte. Außer Rebecca war niemand weiteres im Raum.

»Nein«, seufzte Leona. »Ich hatte solche Angst. Wird das wieder passieren?«

Die Sanitäterin neigte ihren Kopf liebevoll zur Seite. »Kann schon sein. Ich hatte das auch oft in deinem Alter.«

»Wirklich?«, fragte Leona erstaunt. Die Sanitäterin nickte. »Wisst ihr, manchmal habe ich das Gefühl, dass ich nicht hierhergehöre. Ich bin total anders als meine Eltern. Wieso bin ich nur so anders?«

Die Sanitäterin lächelte »Alles ist genau richtig so, wie es ist. Das Universum macht keine Fehler, glaub mir. Je älter du wirst, um so eher wirst du herausfinden, wer du bist. Du musst dir nur selbst treu bleiben.«

Leona lächelte die Sanitäterin verlegen an, während ihr Rebecca liebevoll über die Schulter strich. »Meine Liebe, magst du wieder da rausgehen oder möchtest du lieber nach Hause? Wir könnten gemeinsam Karaoke spielen und in den kühlen Pool hüpfen, was meinst du?«

Leona überlegte kurz. »Das klingt super. Aber Mom und Dad haben sich so viel Mühe gemacht, um das alles auf die Beine zu stellen. Und meine Freundin Tiffany ist da, mit ihr habe ich Spaß.«

»Bist du dir sicher?«

»Ja.«

»Du bist ein tapferes Mädchen«, sagte die Sanitäterin. »Aber du musst wissen, auch wenn du nach Hause gegangen wärst, wäre das okay. Du musst nicht immer auf die anderen schauen. Deine Gesundheit geht vor, ja?« Sie nahm ihr die Coke aus der Hand, als Leona die Dose leer getrunken hatte.

Leona nickte, robbte sich langsam vom Bett und stellte ihre Füße vorsichtig auf den Boden. Rebecca hielt sie an der Hand. Gemeinsam verabschiedeten sie sich von der Sanitäterin und bedankten sich auch bei den anderen beiden Sanitätern, als sie aus dem Krankenwagen stiegen.

»Geht es wieder, mein Schatz?«, fragte Tom, welcher besorgt vor dem Krankenwagen wartete.

Leona umarmte ihn und flüsterte: »Mir geht's gut Daddy, danke. Ich habe dich ja so lieb. Wo ist Mom?«

»Ich habe dich auch lieb.« Er strich ihr sanft über den Kopf. »Sie wartet auf der Bühne auf dich.« Er ließ seine Augen rollen. Leona musste wegen seines Gesichtsausdrucks lachen und ging an seiner Seite erneut auf die Bühne zu.

Liz umarmte ihre Tochter. »Geht es dir wieder gut?« Leona nickte. Liz nahm sie an die Hand, stand vor das Mikrofon und rief begeistert: »Der Wasserpark ist eröffnet!« Die Gäste klatschten, stürmten auf die Umkleidekabinen zu und verteilten sich danach im Park.

»Leo!«, schrie Tiffany erfreut als sie ihre Freundin entdeckte. »Alles Gute zu deinem Geburtstag! Wie geht es dir?« Sie sah umwerfend aus in ihrem pinkfarbenen Bikini und mit ihren gewellten, braunen Haaren.

»Hey Tiff!«, rief Leona und umarmte sie. »Ich danke dir. Ja, mir geht es besser. Ich bin noch etwas erschöpft, aber wieder auf den Beinen.«

Tiffany grinste und quietschte: »Du siehst so gut aus, ich bin ja ganz neidisch!«

Leona winkte ab und sagte bescheiden: »Ach was, du siehst unglaublich schön aus. Hat dich Mike schon gesehen?« Leona zwinkerte ihr zu.

Tiffany lief rot im Gesicht an und flüsterte: »Ich glaube, er hat mich vorhin kurz angeschaut.«

»Wow, na siehst du? Du bist ein Blickfang!«, bestätigte sie ihre Freundin. Die beiden kicherten und liefen auf die größte Wasserrutsche im Park zu.

Otis

An jenem Abend war Alex nach dem warmen Bad direkt in sein Bett gekrochen und erschöpft eingeschlafen.

»Er muss sich ausruhen«, flüsterte Brad seiner Frau zu, während beide durch den Türspalt ihren Sohn betrachteten, wie er friedlich in seinem Bett schlief. »Morgen können wir immer noch mit ihm über alles sprechen.«

Mandy legte den Kopf auf die Brust ihres Mannes und schluchzte: »Wer konnte ihm das nur antun? Er ist doch so ein lieber und anständiger Junge.«

Brad strich seiner Frau behutsam über das Haar und erklärte mit seiner ruhigen Stimme: »Vielleicht ist es genau das. Man hat es nicht immer leicht, wenn man lieb und zurückhaltend ist. Die Menschen haben keinen Respekt vor dir. Du weißt, dass es mir früher genauso ergangen ist. Ich kann verstehen, wie er sich fühlt.«

»Du hast ja recht. Aber wir lieben ihn doch so, wie er ist. Er soll sich nicht verstellen müssen.«

»Ich sage ja nicht, dass er sich verstellen muss. Aber die Kinder müssen Respekt vor ihm haben.«

Mandy nickte schwach.

Am nächsten Morgen erwachte Alex von den Sonnenstrahlen, die sein Gesicht erwärmten. Er rieb sich die Augen und richtete sich langsam in seinem Bett auf. Er hatte erstaunlich gut geschlafen, so erschöpft war er vom Tag zuvor gewesen. Sein

Blick fiel auf das orange Ziffernblatt, das oberhalb seiner Zimmertür hing. Es war bereits zehn Uhr.

Mist. Er zuckte zusammen, sprang aus seinem Bett und rannte in die Küche hinunter. »Mom, ich habe verschlafen! Ich muss zur Schule!«, rief er verzweifelt. Als er um die Ecke rannte, seinen Vater mit einer Zeitung am Tisch sitzen und seine Mutter in der Küche das Frühstück vorbereiten sah, blieb er verdattert stehen. »Was macht ihr denn hier? Warum seid ihr nicht auf dem Feld und weshalb habt ihr mich nicht geweckt?«, fragte er verwirrt.

»Guten Morgen mein Schatz«, begrüßte ihn seine Mutter herzlich, welche auf ihn zulief und in ihre Arme schloss. »Wir dachten, dass du heute eine kleine Auszeit brauchst, damit wir in Ruhe über alles reden können. Wir haben in der Schule angerufen und dich krankgemeldet.« Alex atmete erleichtert aus, denn er wollte nicht wieder an diesen schlimmen Ort zurück und diejenigen Menschen sehen, welche ihn verprügelt hatten.

»Setz dich zu mir, mein Junge. Das Frühstück ist gleich fertig. Wir hätten dich soeben geweckt«, sagte Brad und schob die Zeitung beiseite.

Auf dem runden Holztisch inmitten des Wohnzimmers waren bereits frisches Brot, Mandarinen, Nüsse, Marmeladen, Eier - von ihrem eigenen Hühnerstall - und heißer Kakao angerichtet. Der frische Duft vom selbst gemachten Brot lag in der Luft. Alex liebte diesen Geruch.

»Habt ihr das alles heute Morgen gemacht?«, fragte er seine Eltern verblüfft.

»Aber natürlich. Setz dich und dann frühstücken wir erst einmal entspannt, ja?«, sagte seine Mutter und wuschelte ihm durch sein ohnehin schon zerzaustes Haar.

Während dem Essen sprachen sie über die Auftritte, welche sie über die Weihnachtstage planten und dass Alex gerne auch

singen dürfe, wenn er wollte. Er sagte, er würde es sich noch
überlegen.

Als sie mit dem Essen fertig waren und ihre Bäuche vollge-
stopft mit leckerem Essen waren, ergriff Brad das Wort: »Alex,
magst du uns nun erzählen, was gestern vorgefallen ist? Ich
weiß, es ist schwer für dich darüber zu sprechen, aber deine
Mutter und ich wollen verhindern, dass dies in Zukunft wieder
passiert.« Alex schlang die Arme um seinen Körper und ließ
den Kopf langsam nach unten sinken.

»Willst du dich auf die Couch setzen?«, fragte ihn seine Mutter, worauf Alex schwach nickte. Er setzte sich zwischen seine
Eltern auf das Sofa. Mandy hatte ihm eine flauschige Decke um
seine Schultern gelegt.

»Lass dir Zeit«, sagte Brad ruhig, da er seinem Sohn ansah,
wie schwer es ihm fiel, die richtigen Worte zu finden.

Alex atmete einmal tief durch und begann dann zu sprechen:
»Ich … gehe nicht gerne zur Schule. Da gibt es einige Jungs, die
mich ständig auslachen, weil ich nach Bauernhof rieche. Die
Mädchen ignorieren mich und kichern hinter meinem Rücken.«
Alex hielt einen Moment inne und sprach dann weiter. »Ab und
zu schupsen sie mich im Gang umher und im Sportunterricht
werfen sie mir Bälle an den Kopf. In der Pause klauen sie mir
mein Essen und werfen es dann in die Mülltonne. Und gestern
…« Alex rang nach Luft und ihm liefen Tränen über seine Wangen, als er wieder an das Ereignis vom vorherigen Tag dachte.
Sein Vater strich ihm sanft mit der warmen Hand über den Rücken und flüsterte ihm zu, dass er ruhig atmen sollte.

Alex schluchzte, als aus ihm herausbrach: »Gestern haben sie
mich verprügelt. Sie sind einfach auf mich losgerannt, haben

mich mit Schnee beworfen und mit Fäusten auf mich einge-schlagen. Claudio und Isaak sind einfach davongerannt. Ich lag ganz allein da. Niemand hat mir geholfen!« Alex weinte, alles spannte sich in seinem Körper an, ihm wurde kalt und er zit-terte.

»Um Himmels willen. Brad, wir müssen mit der Schule Kon-takt aufnehmen. Das ist Mobbing! Unser Junge wird ge-mobbt!«, sagte Mandy verzweifelt. Brad schlug seine kräftigen Arme um Alex und drückte ihn fest an sich. Er weinte sich an seiner Schulter aus.

»Mein Junge. Ich bin stolz, dass du dich getraut hast, uns das zu erzählen. Ich weiß, wie schwer dir das fallen musste. Ich war früher in einer ähnlichen Situation wie du gerade bist. Ich weiß, dass dir das nicht gefallen wird, aber wir müssen mit deiner Lehrperson sprechen. Das kann so nicht weiter gehen«, erklärte er ihm.

»Nein, bitte nicht«, flehte ihn Alex an. »Dann haben sie nur noch einen weiteren Grund mich zu hassen!«

»Das ist aber der einzige Weg, um es zu stoppen«, sagte seine Mutter. »Man kann nicht immer wegschauen. Man muss der Angst in die Augen blicken, um sie zu besiegen.« Alex schluchzte und schlug seine Arme um Brad, welcher ihn noch immer festhielt.

»Dir wird nichts passieren, mein Junge. Wir sind eine Familie und wir werden immer für dich da sein. Versprochen.«

»Ich liebe euch«, schluchzte Alex und blickte zu ihnen hoch. Es war das erste Mal, dass er dies seinen Eltern sagte.

Mandy kullerte eine Träne über die Wange – gleichzeitig lä-chelte sie. Die Worte von Alex ließen ihr Herz erwärmen. »Wir lieben dich auch, Alex. Du bist das Beste, was uns passieren konnte.«

Alex löste sich aus der Umarmung von Brad, fiel seiner Mutter um den Hals und küsste sie auf ihre Wange. »Ich habe mir immer Eltern wie euch gewünscht. Danke, dass ihr mich aufgenommen habt.«

»Danke, dass es dich gibt«, sagte Brad, der auch ganz sentimental wurde. Kurz darauf schritt er zum Telefon und rief in der Schule an, um ein Elterngespräch zu organisieren.

11.

»Was führt Sie hierher?« Die Lehrerin von Alex eröffnete das Gespräch. Ihr markantes Rosen Parfüm stieg Mandy direkt in die Nase, worauf sie niesen musste. Brad reichte ihr ein Stofftuch. Er wusste, dass sie diesen Duft hasste.

Frau Schmidt war die Schulleiterin und übernahm aus Personalmangel selbst eine Klasse. Sie saß auf der einen Seite des Schultisches, Mandy, Brad und Alex platzierten sich auf der gegenüberliegenden Seite. Im Raum war es kühl, da Frau Schmidt die Fenster erst kurz vor Beginn des Gesprächs geschlossen hatte.

»Vielleicht haben Sie bereits mitbekommen, dass unser Sohn von einigen Ihren Schülern gemobbt wird. Wir wollen mit Ihnen einen Weg finden, um dem ein Ende zu setzen. Unser Sohn leidet sehr darunter«, erklärte ihr Brad.

»Verstehe«, sagte Frau Schmidt, während sie sich Notizen in ihrem Heft machte. »Was waren das für Ereignisse, Alex?« Sie blickte ihren Schüler erwartungsvoll an.

Alex zögerte kurz und stotterte dann: »Ich, also es war so, da waren Jungs und …« Sein Hals war trocken und seine Hände wurden ganz schwitzig.

»Alles ist gut, mein Junge. Atme tief durch und dann kannst du ihr alles erzählen«, ermutigte ihn sein Vater.

Alex nickte schwach und hielt einen Moment inne. »Sie klauen mir mein Essen und rempeln mich an.«

Frau Schmidt runzelte ihre Stirn und fragte irritiert: »Und das war´s? Das machen doch alle Kinder in diesem Alter.«

Mandy ballte ihre Hände unter dem Tisch zu Fäusten. Die herablassende Art dieser Lehrerin brachte sie schon nach den ersten paar Minuten zur Weißglut. »Das macht man nicht. Das ist Mobbing. Außerdem bereiten sie ihm Schmerzen zu.«

»Was für Schmerzen sind das denn Alex, hm?«, fragte ihn seine Lehrerin erwartungsvoll und mit hochgezogenen Augenbrauen.

Modrige, alte Sumpfkröte, dachte Mandy. Niemand durfte so herabschätzend mit ihrem Sohn sprechen. Doch sie schluckte ihren Zorn hinunter.

»Sie ... bewerfen mich mit Bällen und haben mich verprügelt.«

»Verprügelt«, wiederholte Frau Schmidt unglaubwürdig und blickte über den Rand ihrer markanten, schwarzen Brille. »Das hätte ich ja wohl mitbekommen.«

Brad kochte innerlich vor Wut, schlug mit seiner Faust auf den Tisch und sagte mit bestimmtem Tonfall: »Schauen Sie sich unseren zehnjährigen Sohn an. Er ist mit blauen Flecken übersät. Seine Arme, seine Beine und in seinem Gesicht - überall hat er Prellungen, und Sie wollen uns weismachen, dass Sie das nicht sehen? Er wurde gestern in der großen Pause verprügelt!« Seine Stimme wurde zum Schluss immer lauter, die Emotionen gingen mit ihm durch.

»Jetzt kriegen Sie sich mal wieder ein, Mr. Miller. Ich mag mich noch gut daran erinnern wie Alex gestern den ganzen Nachmittag desinteressiert mit seiner Kapuze auf im Klassenzimmer saß. Wenn er verprügelt worden wäre, hätte er ja wohl nicht mehr im Unterricht gesessen«, sagte die Lehrerin schnippisch.

Nun wurde auch Mandy laut: »Wie können Sie es wagen, so über unseren Sohn zu sprechen. Er ist gewissenhaft und kommt jeden Tag pünktlich zur Schule. Seine Kapuze hatte er auf, um seine Wunden zu verdecken, sehen Sie das denn nicht?«

Frau Schmidt lachte auf und antwortete: »Woher weiß ich denn, dass diese Wunden nicht von Ihnen zuhause kommen, na? Soviel ich weiß, sind Sie nicht seine *richtigen* Eltern. Sie kennen Ihren Sohn doch gar nicht. Er müsste sich nun mal einfach besser in seine Klasse integrieren, dann würden auch die Hänseleien aufhören.«

»Jetzt reicht es aber mal!«, brüllte Brad. »Wie sollen Ihre Schüler lernen respektvoll miteinander umzugehen, wenn ihre Lehrerin selbst kein Vorbild ist. Wissen Sie was? Wir nehmen Alex von Ihrer Schule und wir werden Ihre Schule melden. Das ist unter aller Sau, was hier abgeht!«

Frau Schmidt winkte ab und zischte: »Von mir aus. Ich wünsche Ihnen viel Glück dabei.«

Brad und Mandy standen auf und nahmen ihren Sohn an die Hand. »Komm Alex, wir gehen nach Hause«, flüsterte Mandy, worauf alle drei das Klassenzimmer verließen.

»Mom, Dad, wo gehe ich dann jetzt zur Schule?«, fragte Alex seine Eltern beim Abendbrot.

Mandy und Brad waren noch ganz mitgenommen von dem, was sich in der Schule abgespielt hatte. »Das müssen wir uns noch überlegen, mein Junge. Aber wir finden eine Lösung, versprochen«, sagte Brad und löffelte seine Haferschleimsuppe aus.

Drei Wochen später hatte Alex noch immer nichts von Claudio und Isaak gehört. Weder hatten sie sich bei ihm entschuldigt, noch gefragt wie es ihm ging.

Er vermisste das Baumhaus, weshalb er eines Nachmittags beschloss, allein dort hinzufahren. Er war ja schließlich alt genug und konnte auch Zeit für sich allein verbringen. Er war nicht auf die beiden Idioten angewiesen. Alex setzte sich auf sein Fahrrad und fuhr zum Baumhaus.

Beim See angekommen, stellte er sein Fahrrad an den Baumstamm und kletterte die schneebedeckte Holzleiter hoch. Oben angekommen, setzte er sich auf den kleinen Balkon und blickte über die Landschaft. *Werden sie sich denn jemals bei mir melden?* Schoss es Alex durch den Kopf. Er konnte sich nicht vorstellen, dass sie ihn vergessen hatten oder ihn plötzlich nicht mehr mochten. Sie waren seine besten Freunde – seine einzigen. Eine ganze Weile starrte er gedankenlos auf den zugefrorenen See und ließ den kühlen Wind um seine Ohren ziehen.

Plötzlich hörte er Stimmen. Viele Stimmen. Sofort rappelte er sich auf und spähte zum Boden hinunter.

Was zum Teufel?

Eine Horde, bestehend aus sieben fahrradfahrenden Jungs, steuerten auf den Baum zu. Es waren nicht irgendwelche Kinder, sondern die Gang von Ruben. *Wie können die wissen, wo sich das Baumhaus befindet? Das ist unser Geheimversteck. Wir hatten einen Schwur geleistet, es niemandem außer unseren Eltern zu erzählen.* Doch plötzlich wurde ihm klar, weshalb sie es wussten. Es gefror ihm das Blut in den Adern und erschrocken wich er zurück. Er erkannte abgesehen von Ruben noch zwei weitere Gesichter. Das eine, grinsende, pummelige Gesicht war kaum zu verwechseln. Claudio. Und dicht hinter ihm – wie hätte es auch anders sein können – Isaak. *Diese Verräter.*

Sein Herz pochte, er hatte Panik und keine Ahnung, was er machen sollte. Der einzige Weg runter war die Leiter. Und vor dieser stand nun die ganze Gruppe.

»Ey, warum sind denn da Abdrücke auf den Stufen? Ich dachte, außer euch kennt diesen Ort niemand. Habt ihr uns etwa verarscht?«, brüllte die herrische Stimme von Ruben. Wie konnte ein zehnjähriges Kind bloß schon so aggressiv sein, fragte sich Alex. Unweigerlich musste er an den Jungen im Pflegeheim denken. Dieser war bereits mit sechs Jahren ein Ekel gewesen. *Wie es ihm wohl geht? Ach was kümmert mich das. Das war ein Idiot und es muss mir gar nicht leidtun, dass er solch grauenvollen Eltern zugeteilt wurde. Und außerdem habe ich nun ganz andere Sorgen.*

»Nun ja … wir … und …«, Claudio stotterte. Alex spürte, dass er es eigentlich nicht sagen wollte. Ruben packte Claudio am Kragen und drohte ihm eine Faust ins Gesicht zu schlagen, wenn er nicht auf der Stelle mit der Sprache rausrücken würde.

Bitte sag es nicht, Claudio. Bitte, bitte nicht. Wenn wir jemals beste Freunde waren und das echt war, dann sag es bitte nicht. Alex kniff seine Augen zusammen, während er dies immer und immer wieder dachte.

»Wir und … Alex.« Ihm wackelten die Knie vor Angst und seine Unterlippe zuckte.

»Alex? Dieses stinkende Opfer, das uns bei der Schulleiterin verpfeifen wollte?«, sagte Ruben und lachte laut auf, während er den Griff an Claudios Jacke lockerte.

Ohne zu zögern blickte er zum Baumhaus hoch und rief: »Alex, du Weichei! Ich weiß, dass du da oben bist! Komm auf der Stelle runter, das ist jetzt mein Revier und da sind stinkende Tiere nicht erlaubt!« Seine Crew begann zu lachen. Sogar Claudio und Isaak, auch wenn nur verkrampft. Ihnen war es sichtlich unangenehm, doch trotzdem verteidigten sie Alex nicht. Schon wieder nicht.

Alex drückte sich mit dem Rücken zur Wand und versuchte seinen Puls runterzubringen – vergebens. Er zählte innerlich auf drei und stürmte zur Leiter. Sofort begann er daran zu ziehen, in der Hoffnung, dass Ruben nicht schnell genug war. Doch er irrte sich. Nur eine Handlänge hätte noch gefehlt, dann wäre sein Plan aufgegangen. Doch Ruben griff nach dem Seil und zog die Leiter mit einem Ruck wieder nach unten.

»Ich gebe dir zwei Optionen, du Stinktier! Entweder, du kommst jetzt runter und ich lasse dich nach Hause zu deiner Mommy rennen oder ich komme rauf und schubse dich runter!«, brüllte Ruben.

»Lass mich in Ruhe, Ruben! Ich habe dir doch nichts getan, warum bist du so gemein zu mir?«, rief Alex weinerlich. Er wollte eigentlich tapfer klingen, doch die Angst war ihm ins Gesicht geschrieben.

»Es gibt nun mal Löwen und Antilopen. Du kannst zweimal raten, was du bist.«

Alex atmete ein paarmal tief durch und rief dann: »Na schön, ich komme runter. Aber versprich mir, dass du mir nichts antust, ja?«

Ruben prustete los und schaute zu seiner Crew. »Haha, habt ihr den gehört? *Ruben, bitte tu mir nichts.* Ein beschissener Angsthase bist du. Ein Weichei. Ein Baby! Komm jetzt einfach runter. Wir wollen da endlich hoch.«

Seine Crew lachte erneut. Sie lachten allgemein über alles, was Ruben sagte. Wahrscheinlich, weil sie alle genauso Angst vor ihm hatten, wie Alex.

Er zögerte einen Moment, warf sich seinen Rucksack über die Schultern und setzte dann den ersten Fuß auf die Leiter. Kaum hatte er dies getan, rüttelte Ruben von unten an dem Seil. Vor

Schreck klammerte sich Alex um die Holzstufe und blieb einen Moment stehen. Wieder ertönte Gelächter.

Als Ruben seinen Spaß gehabt hatte, ließ er die Leiter wieder los und ermöglichte es Alex, heil nach unten klettern zu können. Erleichtert atmete er aus, als er mit seinen Füßen den Boden berührte. Er hob seinen Blick und schaute Ruben an. Dieser hatte düstere, dunkelgrüne Augen mit braunen Flecken in der Iris. Alex konnte dies nur so gut erkennen, da sie sich ungemütlich nah standen. Rubens schmale Lippen waren rissig und die schiefen Zähne blitzten hindurch. Ruben war nicht hässlich. Zumindest äußerlich nicht. Aber er war auch kein Schönling. Weshalb er wohl so grausam war?

»Kann ich jetzt bitte durch?«, fragte Alex freundlich. Er hatte all seinen Mut zusammengenommen, um nicht zu stottern.

»Natürlich kannst du durch«, antwortete Ruben ungewohnt freundlich. Das machte Alex Angst. Was er wohl im Schilde führte?

Alex schaute ihn eine Weile an. Hoffte, dass Ruben zur Seite gehen würde. Doch da er dies nicht tat, machte Alex einen Schritt nach links, um an ihm vorbeigehen zu können. Ruben stellte sich wieder vor ihn in den Weg. Alex schnaubte genervt und machte einen Schritt zur rechten Seite – diesmal etwas schneller. Ruben folgte ihm erneut.

»Ruben, bitte. Was soll das? Lass mich doch einfach durch.«

»Geh doch. Es hält dich nichts auf«, sagte dieser provokativ. Alex reichte es. Er lief auf Ruben zu, rammte ihn mit der Schulter und lief an ihm vorbei.

Ein allgemeines: »Uuuuh, das bedeutet Ärger« ertönte aus den Mündern der Jungs, die das ganze Geschehen beobachteten, ohne einzuschreiten.

Alex griff gerade nach seinem Fahrrad, als Ruben von hinten auf ihn zu rannte, ihn an den Schultern packte und gewaltvoll zu sich umdrehte, um ihn zu stoßen. »Denkst du, du kannst mich einfach anrempeln? Hm, *mich*?«, er klang aggressiv, knirschte mit seinen Zähnen und packte Alex an der dicken Winterjacke.

»Lass mich los!«

»Ich soll dich loslassen? Flehst du mich an, ja?«, schrie ihm Ruben ins Gesicht und stieß ihn dabei mit voller Wucht an den harten Baumstamm.

»Autsch! Ja, Ruben. Ich flehe dich an! Lass mich einfach in Ruhe. Ich will jetzt nach Hause.«

Ruben ließ ihn los und machte einen Schritt zurück. »Isaak?«, rief er ihm über die Schulter zu. »Komm doch bitte einmal zu mir.«

Dieser zuckte zusammen, als er seinen Namen hörte. Was wollte er nur von ihm? Hoffentlich musste er Alex nicht schlagen. Dazu wäre er nicht in der Lage gewesen. Langsam kam er angeschlichen und stellte sich neben Ruben.

»Ja? Was willst du von mir?«

»Du sagtest mir doch, dass ihr keine Freunde mehr seid, richtig?«, fragte Ruben und starrte Isaak eindringlich an.

Dieser warf einen beschämten, unauffälligen Blick zu Alex, bevor er sagte: »Ja, das sagte ich.«

Alex brach es das Herz, dies aus seinem Munde zu hören. Auch wenn er wusste, dass Isaak dies bloß sagte, um nicht selbst als Opfer dazustehen. Feige war das. Einfach nur richtig feige, hinterhältig und falsch. Eine falsche Schlange.

»Gut. Dann beweis es.« Ruben deutete auf das Fahrrad von Alex.

Isaak zögerte und fragte dann stotternd: »Und … was soll ich damit machen?«

»Wirf es auf den See.«

»Ist nicht dein Ernst, oder?«

Endlich mal eine vernünftige Frage, die aus seinem Mund kommt, dachte sich Alex.

»Wie, *nicht dein Ernst*. Ist er nun noch dein Freund, oder nicht?«, drängte ihn Ruben.

»Nein, ist er nicht. Aber was, wenn das Eis zu dünn ist? Er könnte ertrinken.«

»Wirf endlich, du Angsthase, oder ich mach dir dein Leben zur Hölle, versprochen.«

Isaak zuckte zusammen. Er hatte Angst, das konnte Alex sehen. Irgendwie tat er ihm ja auch leid. *Ach was denke ich denn da. Ich müsste ihm leidtun. Er könnte mir ruhig aus der Patsche helfen. So wie es Freunde tun. Oder zumindest, weil wir mal Freunde waren.* Alex flehte ihn mit Blicken an, es nicht zu tun. Doch Isaak war zu schwach. Er ging auf das Fahrrad zu, hob es mit beiden Händen auf und warf es auf den gefrorenen See.

»Na, hast aber auch schon weiter geworfen. Bist doch so eine Sportskanone. Hätte mehr erwartet«, brummte Ruben.

»Tut mir leid, dass ich mit Fahrrädern nicht so geübt bin. Ist meine Arbeit getan?«, fragte Isaak genervt.

»Ja. Ich danke dir für deine Loyalität.« Ruben klopfte ihm auf den Rücken, worauf Isaak sich wieder neben Claudio stellte.

»So. Ich hoffe du hast deine Lektion gelernt. Das ist MEIN Revier. Solltest du wieder einmal ungebeten hierherkommen, wird dich noch viel Schlimmeres erwarten. Also hol jetzt dein Fahrrad, und zisch ab. Kapiert?«

Alex nickte hastig, zog seinen Kopf ein und lief langsam auf das Seeufer zu. Es war rutschig. Bevor er den ersten Fuß aufs Eis setzte, wagte er einen Blick über seine Schultern zu werfen. Ruben war schon ganz oben beim Baumhaus angekommen, während die anderen Kinder wie Ameisen die Leiter hochkletterten. Claudio und Isaak standen noch unten und warteten darauf, hochzuklettern. Alex starrte sie an und schüttelte seinen

Kopf ungläubig hin und her. Sie hatten ihn enttäuscht. Die beiden zuckten zusammen und blickten zu Boden. Offensichtlich schämten sie sich. Zu Recht.

Vorsichtig setzte Alex zum ersten Schritt an. Als er mit beiden Füßen auf dem Eis stand, stellte er mit Erstaunen fest, dass die Schicht ziemlich dick war und ihn gut tragen konnte. Langsam setzte er einen Fuß vor den anderen, bis er fünf Meter weiter beim Fahrrad angelangt war. Den ersten Teil hatte er schon mal geschafft. Erleichtert atmete er aus. Seine Hände waren trotz der Handschuhe durchgefroren, weshalb es ihm schwerfiel, das Fahrrad anzuheben. Mit aller Kraft hievte er es auf seine Schulter und machte sich auf den Rückweg. *Bloß noch fünf Meter, dann hast du es geschafft,* sprach er in seinen Gedanken zu sich selbst.

Er setzte einen Fuß vor den anderen. Nur noch zwei Meter bis zum Ufer wären es gewesen, als er plötzlich über etwas stolperte. Ein Schneeball, der auf dem Eis festgefroren war. Mit voller Wucht prallte er auf - der Lenker des Fahrrads rammte einen Riss ins Eis.

Erschrocken blickte Alex auf.

Er lag auf dem Bauch, wusste, dass er gleich aufstehen und noch die letzten zwei Meter ans Ufer laufen müsste. Langsam stand er auf, hatte wackelige Knie und sein Herz pochte vor Aufregung. Er balancierte sich mit seinen Armen aus, bevor er sich bückte, um das Fahrrad aufzuheben. Er machte einen weiteren Schritt.

Plötzlich knackte etwas unter ihm. Ein Geräusch, das er in solch einem Moment nicht gebrauchen konnte. Erschrocken schaute er nach unten und sah, wie sich langsam ein Riss von dem Loch aus bildete und immer länger wurde. Alex wurde schneller, lief auf das Land zu, hoffte, dass er es noch ans Ufer schaffen würde, bevor das Eis einriss – doch dann sackte er ein.

Was er spürte, war eine grässliche Kälte, die seinen Körper einnahm. Die schwere Winterkleidung sog sich mit Wasser voll und machte es ihm unmöglich, sich hochzuziehen. Das Fahrrad ragte noch halbwegs aus dem Wasser – hatte sich an einer Eisscholle mit den Pedalen eingehakt. Alex tastete blind nach einer Eisscholle, denn seine Mütze war runtergerutscht und verdeckte ihm die Sicht. Er hatte Panik.

»Hilfeeee!«, schrie er so laut er konnte. Die schwere Kleidung zog ihn langsam tiefer ins Wasser.

Auf Beolania

Clemens wusste nicht, dass Liv und Otis bereits zehn Jahre auf der Erde lebten, denn auf Beolania war erst ein Tag vergangen, seit sie durch das Portal verschwunden waren. Da die Erde und Beolania unzählige Lichtjahre voneinander entfernt waren, verlief auch die Zeit unterschiedlich schnell.

Clemens hatte gehofft, dass er die vergangene Nacht von Ava träumen würde, um zu erfahren, ob alles nach Plan verlief, doch er hatte nichts von ihr gehört. Clemens flog deshalb erneut zum Wasserfall, in der Hoffnung, dort irgendeinen Hinweis zu finden.

Währenddessen stand Aaron auf dem Balkon seines Palasts und ließ den Blick über den kargen Wald schweifen. Plötzlich schoss ihm ein Gedanke durch den Kopf. *Da stimmt etwas nicht.*

Er sah ein Raumschiff in den Wald hineinfliegen. Er kannte diese Maschine. Es war der G500er - genau der, welcher sein Bruder besaß. Er fragte sich, weshalb dieser wohl in den Wald flog, doch plötzlich schoss ihm eine Erinnerung vom Vortag durch den Kopf, die ihm sehr merkwürdig vorkam. Dieser junge Beola, den er vor seinem Palast gesehen hatte, war nicht von hier und schon gestern, dachte sich Aaron, meinte er das Raumschiff von Clemens vorbeifliegen gesehen zu haben. All diese Teile passten irgendwie nicht zusammen und trotzdem schienen sie auf eine merkwürdige Weise miteinander verbunden zu sein.

Er schritt in seinen Palast hinein und rief: »Wachen! Ist gestern irgendetwas vorgefallen, von dem ich nichts weiß?«

Drei Beolas in Uniform, die gerade an ihm vorbeischritten, blieben stehen und blickten ihn starr an. »Nein, eure Gottheit. Uns ist nichts Außergewöhnliches aufgefallen«, sagte der Eine monoton. Die anderen beiden Beolas schüttelten ebenfalls den Kopf.

Aaron knurrte unzufrieden. »Überprüft die gestrigen Aktivitäten. Sofort!«, befahl ihnen Aaron, worauf die Wachen nickten und sich an die Arbeit machten. Er selbst setzte sich in Avas altes Zimmer und starrte auf den Brunnen im Garten.

Einige Minuten verstrichen, bis einer der Wachen zu Aaron zurückkam und ihm mitteilte: »Eure Gottheit, wir haben da was gefunden. Gestern war ein Portal aktiv. Wir sehen aber nicht genau wo.«

Aaron fasste sich an die Stirn, wo sich die stumpfen Hörner befanden. »Ich weiß wo. Folgt mir.«

Zur gleichen Zeit waren zwei Beolas auf der Suche nach ihrem Sohn, der ohne jegliche Spur verschwunden war. »Otis, kannst du uns hören?«, riefen seine Eltern alle paar Minuten. »Wo bist du?« Sie fragten jeden Bewohner in der Umgebung, ob diese ihr Kind gesehen hätten, doch ohne Erfolg. Sie irrten durch die Stadt, klopften an jede Haustür und suchten die Wälder ab, in denen er jeweils gespielt hatte.

Auch die Beolas in Otis' Alter wussten nicht, wo ihr Freund war. »Wir wollten mit ihm gestern im Wald spielen gehen, doch als wir bei eurem Haus am Nachmittag an die Tür geklopft haben, war er nicht zu Hause«, hatte ihnen ein zehnjähriger Beola mit kurzem, orangem Haar mitgeteilt.

»War er denn auf dem Ausflug zur Tropfenhöhle nicht dabei?«, fragte Almina, die Mutter von Otis. In der Schule machten die Lehrer tägliche Ausflüge mit ihren Schülern. Sie zeigten ihnen die Natur und erzählten Geschichten über das wunderschöne Beolania, wie es einst gewesen war.

Die Tropfenhöhle war ein magischer Ort. Sie hatte nur einen Eingang, der nur erreicht werden konnte, indem man mit einem Boot quer über den See fuhr. Die Höhle war riesig. Erhellt wurde sie durch klitzekleine Käfer, die an den Steinwänden knabberten und dadurch ihren Rücken zum Leuchten brachten. Unzählige, silberne Lichter schimmerten an den Wänden. Von der Decke tropften dicke, kühle Wassertropfen, wobei niemand wusste, woher diese Tropfen kamen. Einer Legende nach, war dies das Vermächtnis eines früheren Gottes von Beolania. Beolas glaubten fest daran, dass seine Seele noch immer in dieser Höhle lebte und dass die glühenden Käfer mit ihm kommunizieren konnten, solange sie leuchteten.

»Doch, er war dabei. Die Höhle war riesig und wir haben sogar Schlammfrösche gesehen«, erzählte der kleine Beola ohne dabei auch nur einmal lächeln zu können. »Er sagte, er würde nach Hause gehen. Ich weiß nicht, was er in Wirklichkeit gemacht hat. Beim Fluss habt ihr schon nachgesehen? Dort ist er oft, um die Divingos zu beobachten.«

»Nein, da waren wir noch nicht. Ich danke dir, dort werden wir als nächstes nachschauen«, sagte Miko und nickte dem kleinen Beola zu.

Unter anderen Umständen hätten Miko und Almina aus lauter Verzweiflung geweint. Doch stattdessen spürten sie nichts Weiteres, als diese Leere in ihren Herzen. Auch wenn ihnen noch niemand eine Antwort liefern konnte, suchten sie unermüdlich weiter nach ihrem geliebten Sohn.

Im Gegensatz zu Miko und Almina, hatte die Mutter von Liv noch gar nicht bemerkt, dass ihre Tochter verschwunden war. Suri lag über den steinernen Tresen einer Bar am Rande der Hauptstadt von Beolania gebeugt und plapperte wirre Dinge vor sich her. Sie hielt die magentafarbene, trichterförmige Schale der Frucht noch immer in der Hand, aus welcher sie den ganzen Saft getrunken hatte. Dieser Saft bewirkte im Körper der Beolas eine Benommenheit und das Gefühl, nicht im eigenen Körper zu sein. Suri wollte ihrer Haut entfliehen und hatte gehofft, dass ihr diese Pflanze dabei helfen würde. Doch sie lag falsch.

»Gib mir noch eine«, bat sie die Beola an der Bar murmelnd.

»Suri, du hast schon unser halbes Lager leergetrunken. Geh nach Hause zu deiner Tochter«, sagte die Beola mit den unterschiedlichen Augenfarben. Ihr rechtes Auge war grün, das linke blau. Ihre langen, braunen Haare hatte sie zu einem buschigen Dutt hochgebunden.

Suri wandte den Blick von der Beola ab und starrte eine ganze Weile in den Raum. Einzelne gläserne Säulen, die über dem Boden schwebten und in denen Wasserblasen auf und ab wanderten, leuchteten und verliehen dem schummrigen Raum etwas Licht. Früher war die Bar um einiges heller gewesen, da die Glaskuppel viel Sonnenlicht einfing. Die kleinen, runden Tische im Saal waren alle bis auf einen leer. Einem andern Beola schien es wohl ähnlich wie Suri zu ergehen, denn dieser hatte ebenso einige leere Pflanzen vor sich liegen.

»Liv ist besser dran ohne mich«, flüsterte Suri und legte ihren Kopf auf die kühle Steintheke.

»Das glaube ich nicht. Jeder braucht seine Familie. Besonders in dieser Zeit«, sagte die Beola hinter der Theke, während sie die Frucht vorsichtig aus Suris Hand nahm und diese in einen schmalen Schacht warf, der bis unter die Erde führte. Dort vergor die Frucht und wurde wieder Teil des Ökosystems. Die Hoffnung lag darin, dass daraus wieder eine neue Pflanze wachsen würde, sollte der Fluch irgendwann ein Ende finden.

Suri schloss ihre Augen. »Liv ist stark«, nuschelte sie. Kurz darauf schlief sie ein.

»Clemens?«, rief Aaron, als er dessen Raumschiff in einer Waldlichtung entdeckte. Es kam keine Antwort. Aaron befahl seinen Soldaten, ihm weiter zu folgen. Auf einmal standen sie vor dem See und entdeckten eine blaue Gestalt beim Wasserfall. »Clemens!«, rief Aaron erneut und rannte zu ihm.

Die Soldaten folgten ihm. »Was zum Teufel machst du hier draußen?«, fragte Aaron, als er vor ihm stand.

»Nach was sieht es denn aus?« Clemens saß mit verschränkten Beinen vor dem Wasserfall und hatte seine Hände auf die Knie gelegt.

Aaron runzelte die Stirn. »Sag mir nicht, dass du hier meditierst.«

Clemens schloss seine Augen und atmete tief. »Geh mir aus dem Weg. Ich möchte gerne die wenigen Sonnenstrahlen einfangen«, flüsterte er.

Aaron blieb demonstrativ stehen und blickte zu seinen Soldaten zurück, welche mit den Schultern zuckten. »Wir haben die Aktivität eines Portals bemerkt, das gestern hier in der Gegend offen gewesen sein soll. Du weißt zufälligerweise nichts davon, was?«, fragte Aaron seinen Bruder forsch.

Clemens hatte seine Augen noch immer geschlossen, atmete tief und gleichmäßig. »Ich weiß nicht wovon du redest, mein Bruder«, flüsterte Clemens.

Aaron wurde ungeduldig und spritzte ihm kaltes Wasser aus dem See ins Gesicht. »Rede!«

Clemens öffnete seine Augen und wischte sich das Wasser aus dem Gesicht. Er sah Aaron an und wiederholte: »Ich weiß noch immer nicht wovon du sprichst. Wahrscheinlich hast du eine Fehlmeldung erhalten.«

Aaron packte seinen Bruder an der Schulter und zog ihn hoch. Er zeigte mit seinem Finger auf ihn und knurrte: »Tu nicht so unschuldig. Ich habe gestern dein Raumschiff gesehen. Was machst du hier?«

Clemens schlug Aarons Hand von der Schulter und zischte: »Darf man hier nun nicht mal mehr in Ruhe meditieren? Was ist nur aus diesem Planeten geworden …«

Aaron packte seinen Bruder an den roten Haaren, zwang ihn auf die Knie hinunter und drückte dessen Kopf ins Wasser. Eine Weile verharrte er so, bis er den Kopf wieder nach oben zog. »Willst du jetzt vielleicht sprechen?«, bedrängte er ihn.

Clemens schüttelte den Kopf, worauf Aaron ihn wieder unter Wasser drückte. Clemens zappelte und versuchte sich zu befreien, doch sein Bruder war stärker. Diesmal hielt er ihn länger unter Wasser, bis er Clemens wieder aufatmen ließ.

»Wie sieht es jetzt aus?«, hakte Aaron nach.

»Du bist ein schlechter Gott«, zischte Clemens, worauf er wieder getunkt wurde.

»Wir haben nicht ewig Zeit. Rede!«, brüllte Aaron seinem Bruder zu, sodass Clemens ihn sogar unter Wasser hören konnte.

Ihm schossen tausende Gedanken durch den Kopf und er traute seinem Bruder alles zu. Er hustete und keuchte, als er wieder aus dem Wasser gezogen wurde: »Na gut, du mieser Drecksack. Du wirst sowieso nichts dagegen unternehmen können.«

»Gegen was kann ich nichts unternehmen, Clemens? Spuck es schon aus«, zischte Aaron.

»Das Portal führte zu einem anderen Planeten. Dein Fluch wird brechen«, hauchte Clemens.

Aaron stieß seinen Bruder zur Seite und drehte sich zu seinen Soldaten um, welche noch immer wie versteinert dastanden. »Trommelt alle Soldaten zusammen. Wir gehen auf Reisen!« Der eine Beola bestätigte. Mit schnellem Schritttempo machten sie sich gemeinsam wieder auf den Weg zum Palast.

Clemens schlug seine Hände zusammen und flüsterte leise vor sich hin: »Bitte verzeih mir Ava, aber mir blieb nichts anderes übrig. Du weißt, wozu er fähig ist. Ich bete für Liv und Otis, dass sie den Fluch aufheben können, bevor Aaron bei ihnen ist.«

Zum guten Glück wusste Clemens zu diesem Zeitpunkt nicht, dass sich Liv und Otis noch immer nicht an die Mission erinnern konnten. Ansonsten hätte er sich sein Handeln wahrscheinlich zweimal überlegt.

Liv

Der Tag im Wasserpark hatte Leona sehr viel Spaß bereitet. Sie erkundete gemeinsam mit Tiffany und ihren anderen Freunden jede Wasserrutsche und war ganz ausgepowert, als das Abendessen serviert wurde.

Alle bestaunten ihr wunderschönes Kleid, als sie in den riesigen Pavillon schritt, wo die Gäste an weiß gedeckten Tischen saßen. Die blaue Farbe stand ihr ausgezeichnet und der Diamantschmuck zog alle Blicke auf sich.

Nach dem Essen ertönte laute Musik, die zum Tanzen animierte. Leona stürmte mit ihren Freundinnen auf die Tanzfläche und bewegte sich zum Takt der Musik. Tiffany warf Leona einen verschmitzten Blick zu, als ein Junge mit Leona tanzte und dabei seine Hand etwas zu tief sinken ließ. Sie musste wegen Tiffanys Gesichtsausdruck kichern und bat den Jungen, seine Hand bitte von ihrem Po wegzunehmen. Dieser lief vor Scham rot im Gesicht an und flüchtete auf die Toilette.

»Was machst du bloß mit diesen armen Typen, liebe Leona«, sagte Tiffany lachend, die das ganze Spektakel mitverfolgt hatte.

»Ich weiß auch nicht, was die haben. Ich bin doch auch nur ein ganz normales Mädchen.«

Tiffany zuckte mit den Schultern. »Für die bist du eine Prinzessin.«

Leona verzog ihr Gesicht zu einer Grimasse. »Macht das eine Prinzessin? Oder das?« Sie zog ihre Schuhe aus und tanzte barfuß auf der Tanzfläche umher.

»Leona, bitte zieh deine Schuhe wieder an. Wir sind hier nicht auf einem Kinderspielplatz«, zischte Liz, die wie aus dem Nichts vor ihr auftauchte. Leona zuckte beschämt zusammen und schlüpfte wieder in ihre Designerschuhe. »Und im Übrigen könntest du dich mal mit Madame Dubois unterhalten. Vielleicht kannst du in Zukunft mal für sie Modell stehen. Sie entwirft nämlich eine neue Kollektion für Kinder in deinem Alter, die in ein paar Monaten erscheinen sollte.«

»Ja, Mom. Aber heute ist mein Geburtstag«, knurrte Leona.

»Nicht umsonst habe ich all die bekannten Namen eingeladen. Du musst langsam lernen, Chancen zu nutzen, wenn sie sich dir anbieten.«

»Klar.« Leona seufzte.

»Danke. Ich liebe dich, meine wunderschöne Prinzessin.« Liz strich ihr liebevoll über die Wangen.

Leona musste lächeln. »Ich liebe dich auch, Mom.«

Leona hatte sich an jenem Abend nicht wie versprochen mit Madame Dubois unterhalten. Sie hatte es »vergessen«, wie sie ihrer Mutter versuchte zu erklären, als sie gemeinsam mit Tom und Rebecca in der Limousine nach Hause gefahren wurde. Leona hatte bloß keine Lust gehabt sich mit dieser eingebildeten Dame zu unterhalten. Außerdem hatte sie Angst vor deren giftgrünen Augen. In Kombination mit den aufgemalten Augenbrauen und dem bunten Make-Up, musste sie immer an einen Clown denken. Mit diesen Hintergedanken hätte sie unmöglich ein seriöses Gespräch führen können. Außerdem wusste Leona, dass ihre Mutter die Zügel selbst in die Hand nehmen würde und sie den Job schon sicher in den Taschen hatte. Wozu also der ganze Aufwand ihrerseits?

Zuhause angekommen, ließ sich Leona erschöpft in ihr Bett fallen. Das war ein anstrengender Tag mit vielen Eindrücken gewesen.

Sie musste wohl schon eine Weile geschlafen haben, als sie plötzlich erschrocken im Bett aufsprang. Etwas knallte im Haus unten. Sie hüpfte sofort aus dem Bett und rannte die Treppe hinunter, wo sie ihre Mutter weinend auf dem Fußboden vor der Haustür sitzen sah. »Was ist denn los, Mom?«, fragte Leona besorgt mit zusammengekniffenen Augen, da sie so prompt aus dem Schlaf gerissen wurde.

Liz schluchzte: »Geh wieder schlafen, meine Prinzessin. Ich werde dir morgen alles erklären.«

»Aber Mom, ich kann nicht einschlafen, wenn du weinst«, flüsterte ihr Leona ins Ohr und umarmte sie von hinten.

»Mir geht es gut. Geh ruhig wieder schlafen.« Liz begleitete Leona in ihr Schlafzimmer und die Hunde zappelten ihnen hinterher. Lucky hüpfte zu Leona ins Bett und schlief neben ihr ein.

Leona war in jener Nacht gefühlt ununterbrochen wach. Sie kraulte das weiche Fell ihrer Hündin, während ihr tausende Gedanken auf einmal durch den Kopf schossen. *Warum weint Mom? Ist es meine Schuld? Habe ich etwas falsch gemacht?* Leona fand keine Ruhe.

12.

Als Leona am nächsten Morgen erwachte, bemerkte sie, dass sie anscheinend doch irgendwann eingeschlafen sein musste. Lucky lag noch immer neben ihr, schaute sie mit ihren großen, funkelnden Augen an und hechelte. »Willst du Frühstück?«, fragte sie ihre Hündin, worauf Lucky aufsprang und ihr in die Küche folgte. Auch Funny kam voller Freude daher gerannt, als er hörte, dass es Essen gab.

Als die beiden Hunde verpflegt waren, öffnete Leona die große Glasschiebetür, welche in den Garten führte. Sie entdeckte ihre Mutter, die allein in ihrer Hollywoodschaukel einen Kaffee trank und in die Leere blickte. Leona zögerte kurz, ging dann aber langsam auf ihre Mutter zu und setzte sich neben ihr in die Schaukel.

»Hallo Mom. Geht es dir besser?«, fragte Leona zögerlich und mit leiser Stimme. Liz blinzelte einige Male, da ihre Tochter sie aus ihren Gedanken gerissen hatte. Sie stellte den Kaffee auf den kleinen Tisch neben sich, strich sich eine blonde Strähne aus dem Gesicht und nahm Leonas Hände in ihre.

»Bin ich eine schlechte Mutter?«, fragte sie und begann wieder zu weinen. Leona verstand die Welt nicht mehr und schüttelte den Kopf.

»Natürlich nicht Mom, wie kommst du denn darauf? Habe ich etwas Falsches gemacht?«

Liz wischte sich die Tränen mit ihren rot lackierten Fingern aus dem Gesicht. »Nein, meine Süße. Du hast nichts Falsches gemacht, das musst du wissen. Das ist etwas zwischen deinem Dad und mir.«

»Mit Daddy? Wo ist er denn?«, fragte Leona ängstlich und irritiert zugleich.

Liz zitterte. »Weißt du, mein Engel … Tom hat mir gestern Abend gesagt, dass er sich von mir scheiden lassen will. Wir sind uns wohl in den letzten Jahren fremd geworden und er meinte, dass ich zu hart mit dir bin. Stimmt das? Du darfst ganz ehrlich mit mir sein, mein Schatz.«

Für Leona ergab auf einmal alles keinen Sinn mehr. Sie hoffte, dass sie all das gerade nur träumte und jeden Augenblick erwachen würde. Doch als sie sich unauffällig in ihr Bein kniff, was schmerzte, bemerkte sie, dass es kein Traum war. Was sollte sie ihrer Mutter nur sagen? Sie wollte sie nicht verletzen, doch gleichzeitig wollte sie auch ihrem Vater nicht in den Rücken fallen. Sie hatte es schon einige Male geahnt, doch den Gedanken immer wieder ganz schnell zur Seite geschoben. Ihre Eltern gehörten für sie einfach zusammen und sie konnte sich nicht vorstellen, wie ihr Leben nun aussehen würde.

Ihre Unterlippe begann zu zucken und ihr kullerten dicke Tränen über ihre rosa Wangen. »Ihr lasst euch scheiden?«, schluchzte sie. »Seid ihr euch sicher?«

Liz schaute sie mit wässrigen Augen an und nickte. »Ja, mein Schatz. Glaub mir, es ist das Beste für uns alle.«

»Aber ihr liebt euch doch, oder nicht?« Leona sah ihre Mutter voller Hoffnung an.

»Ach Spätzchen, schau mich nicht so an. Es ist nicht leicht, ich versteh das. Aber ich habe gestern nach dem Gespräch mit deinem Vater gemerkt, dass ich eigentlich schon lange keine Gefühle mehr für ihn habe. Mir war es nur noch nie bewusst geworden. Wir hatten uns daran gewöhnt, dass wir nicht mehr glücklich miteinander waren. Du hast uns zusammengehalten, meine Prinzessin. Aber das reicht für eine Ehe leider nicht aus. Ich denke, wir können getrennt viel bessere Eltern für dich sein.« Es klang so, als würde sie sich alles selbst nochmals erklären und rechtfertigen wollen.

»Aber wie soll das gehen? Ihr wohnt ja noch zusammen. Wo ist dann Daddy jetzt?«, bohrte Leona weiter nach.

»Tom hat sich ein Hotelzimmer gebucht. Er wird sich ein neues Haus suchen und von hier ausziehen. Wir dachten, es sei besser für dich, wenn du in deinem gewohnten Zuhause bleiben kannst.«

Leona stand auf. »Aber wann sehe ich denn Dad wieder? Ich will ihn sehen!«

Liz nahm Leonas Hand in ihre und beruhigte sie. »Natürlich kannst du deinen Dad sehen. Wir werden es so organisieren, dass du jedes zweite Wochenende bei ihm bist. Wir wechseln uns ab. Das wird für uns alle eine große Umstellung sein.«

Leona konnte nicht mehr aufhören zu weinen und fiel ihrer Mutter in die Arme. »Das wollte ich nicht.«

Liz tätschelte ihr auf den Rücken und flüsterte: »Glaub mir, dass wollten wir alle nicht.«

Nach diesem Gespräch drehte sich die Welt von Leona um hundertachtzig Grad. Rückblickend ergab für sie alles auf einmal Sinn. So lange hatte sie ihre Augen vor der Wahrheit verschlossen. Schon lange hatte sie ihre Eltern nicht mehr gemeinsam lachen, sich umarmen oder geschweige denn küssen sehen. Sie hatten in letzter Zeit sehr oft gestritten. Erst nachträglich wurde ihr bewusst, wie oft. Leona war meist allein mit Rebecca zu Hause gewesen, während ihre Eltern gearbeitet hatten. Früher waren sie abends öfter mal zu zweit in ein schickes Restaurant essen gegangen, doch in letzter Zeit waren es nur noch Geschäftsessen gewesen, zu denen sie getrennt hingehen mussten.

»Wie konnte ich das nur alles übersehen?«

»Du hast dich auf das Gute konzentriert und das Schlechte ausgeblendet. Wahrscheinlich hast du es unbewusst unterdrückt, da du es nicht wahrhaben wolltest. Das ist ganz normal, mach dir deswegen keine Vorwürfe«, beruhigte sie Rebecca.

»Aber du verlässt mich nicht auch noch, oder Rebecca?«, fragte Leona verängstigt.

»Keine Angst Liebes, ich bleibe hier.« Leona atmete erleichtert aus und fiel ihr dankend um den Hals.

Leona brauchte Zeit für sich allein. Oft schloss sie sich in ihr Zimmer ein, drehte die Musik laut auf und kritzelte in ihrem Notizblock. Sie zeichnete, was ihr gerade in den Sinn kam. Nichts Besonderes - bloß etwas, um sich auf andere Gedanken zu bringen. Meist bemalte sie das ganze Papier mit Blumen oder Schmetterlingen. Ab und an waren auch ein paar Herzchen mit dabei. Die Ablenkung missglückte meist. Ständig fanden ihre Gedanken einen Weg, um sie an ihre Kindheit zu erinnern. Eine Zeit, in der sie noch geglaubt hatte, dass ihre Eltern für einander geschaffen waren und jede Hürde überwinden würden.

Eine ihrer liebsten Erinnerungen kam hoch. Es fühlte sich so real an, als sie ihre Augen schloss und versuchte den Moment einzufangen – ihn nochmals zu erleben. Es war im Winter vor drei Jahren gewesen. Leona hatte es sich mit Liz auf der Couch gemütlich gemacht und sich einen Disneyfilm angeschaut, als Tom die Haustür geöffnet hatte.

»Daddy? Warum bist du denn schon zu Hause?«, hatte die siebenjährige Leona erfreut gefragt. Sie war von der Couch gehüpft und ihrem Vater in die Arme gefallen. Seine Haut hatte sich kühl angefühlt, als wäre er frisch einem Tiefkühlschrank entwichen.

»Wir konnten alle etwas früher Feierabend machen. Ein kleines Weihnachtsgeschenk, sozusagen.«

»Ach wie schön! Hätte ich das früher gewusst, stünde ich jetzt in der Küche und würde uns etwas Leckeres kochen. Wolltest du denn nicht anrufen?«, hatte Liz gefragt, während sie ihren Mann mit funkelnden Augen angesehen hatte. Liebevoll hatte sie ihn auf seine Lippen geküsst.

»Igitt. Das ist eklig«, hatte Leona kichernd gesagt und sich die Hände vor ihre Augen gehalten.

»Ich wollte, dass es eine Überraschung wird.« Tom hatte in seiner Manteltasche gekramt und drei Tickets in die Luft gestreckt, die er wie ein Fächer in seinen Händen hielt.

»Wir drei gehen gemeinsam den Superbowl im Stadion anschauen!«, hatte er stolz verkündet, wobei er breit gegrinst hatte.

»Wirklich, Daddy? Nicht wie jedes Jahr im Fernsehen?«, hatte Leona aufgeregt gequietscht. Sie hatte mit ihren Händen gezappelt und war um ihren Vater herumgehüpft. Dieser hatte sich zu ihr hinunter gekniet und liebevoll in ihre Wangen gekniffen.

»Dieses Jahr bleibt der Fernseher aus, mein Engel.«

»Tom, ich weiß ja gar nicht was ich sagen soll. Sind das VIP-Tickets? Wie hast du das hingekriegt?« Liz war ganz aus dem Häuschen gewesen und hatte ein Dauergrinsen auf den Lippen getragen.

»Ich bin mit *Heaven* Sponsor des Events. Und deshalb haben wir uns im Team entschlossen, eine Lounge zu buchen. Ich sagte, wir buchen sie nur, wenn ich euch zwei mitnehmen darf. Natürlich haben alle sofort zugestimmt, die stehen schließlich alle auf meine wunderschöne Frau. Ich musste ihnen jedoch allen klar machen, dass du ganz allein mir gehörst. Vor Ort gibt es Champagner, Essen, bequeme Sessel – einfach alles, was dein Herz begehrt, mein Liebling.«

Liz hatte Freudentränen in den Augen. »Du bist der Beste. Ich liebe dich, Tom.« Liebevoll hatte er sie in seine Arme geschlossen und zärtlich geküsst.

»Gibt es dort auch Donuts?«, hatte Leona hibbelig gefragt, als wäre es das einzig Wichtige gewesen.

Tom musste lachen, während Liz das Gesicht verzogen hatte. »Natürlich gibt es da Donuts, was ist denn das für eine Frage?« Er hatte Leona am Bauch gekitzelt und sie in die Luft gehoben. Sie hatte gekichert und sich an seinen kräftigen Armen festgehalten, während er sie im Kreis umhergedreht hatte.

Leona liefen Tränen über die Wangen. So wundervoll diese Erinnerungen auch waren, so sehr schmerzten diese gleichermaßen, weil sie wusste, dass es nie wieder so sein würde wie damals.

In der Schule hatte es sich bereits innert wenigen Wochen herumgesprochen, dass sich Liz und Tom getrennt hatten. Schließlich war die größte Schlagzeile, welche in jedem Magazin stand:

Das Topmodel wird vom Milliardär verlassen.
Hat er eine Neue?

Leona schämte sich dafür und wollte in der Schule nicht erkannt werden, weshalb sie sich einen Kapuzenpulli über das Gesicht zog, wenn sie durch die Gänge flitzte. Doch ohne Erfolg.

»Na, ist wohl nicht mehr alles so perfekt bei der Miss Perfect!«, riefen ihr die einen Mädchen hinterher.

»Jetzt kann deine Mutter offiziell mit anderen Männern bumsen. Als ob sie dies nicht schon vorher getan hätte«, johlten die Jungs. Darauf folgte lautes Gelächter.

Einige Freunde von Leona distanzierten sich von ihr, da sie nicht in die Geschichte verwickelt werden wollten, während sich andere fast schon aufdrängten ihr zu helfen. Diese Personen erhofften sich dadurch beliebter zu werden.

Die Einzige, welche wirklich für Leona da war, war ihre beste Freundin Tiffany. »Arschlöcher!«, schrie sie denjenigen hinterher, welche ihrer Freundin dumm kamen. »Wie geht es dir?«

»Ganz ehrlich? Beschissen«, antwortete Leona direkt und ohne zu lächeln, was sie sonst immer tat, um ihre Wut zu vertuschen. Nur schon aus diesem Grund wusste Tiffany, dass ihre Freundin sie dringend brauchte.

»Gehen wir heute frustshoppen?«

»Ich weiß, du meinst es nur lieb, aber mir ist momentan nicht besonders nach shoppen zu Mute. Und außerdem gehe ich heute nach der Schule zu meinem Dad.«

»Klar, verstehe ich«, meinte Tiffany. »Wie geht es ihm eigentlich?«

Leona zuckte mit den Schultern und nuschelte: »Wie es einem wohl geht, wenn man sich gerade getrennt hat. Ich weiß nicht, was in seinem Kopf vorgeht. Wenn er mich sieht, ist er ganz normal. Ich glaube, er möchte mich von all dem ablenken was gerade passiert, und ich lasse mich darauf ein. Tut irgendwie gut.«

Tiffany knabberte auf ihren rosa geschminkten Lippen herum und sagte dann zögerlich: »Aber ihr müsst schon einmal über alles reden. Das weißt du?«

»Das wird schon. Wir verstehen uns irgendwie schon immer ohne große Worte. Wir haben da so eine Vater-Tochter-Verbindung.«

»Na gut. Wenn du meinst«, sagte Tiffany und ging mit Leona ins Klassenzimmer.

Das Hotel, in welchem Tom übergangsmäßig lebte, war mitten in der Stadt. Es war ein Luxushotel, in dem ihm Privatsphäre versprochen wurde. Tom hatte die Nase voll von den vielen Interviews, die er fast täglich geben musste. Schlussendlich wurde er sowieso als das größte Arschloch hingestellt, das seine Frau vom einen auf den anderen Tag verlassen hatte. Schließlich musste den Lesern der Magazine auch eine spannende Geschichte aufgetischt werden, denn es reichte nicht aus, zu schreiben, dass sie sich schlicht und einfach auseinandergelebt hatten, wie so viele weitere Paare auf der ganzen Welt.

Leona betrat die Lobby, wo sie unmittelbar von einem Angestellten begrüßt und zum Zimmer von Tom gebracht wurde. Der Boden und die Wände bestanden aus weißem Marmor, in der Lobby standen schwere, braune Ledersofas mit gläsernen Tischen davor und der Lift, in welchem Leona nach oben fuhr, hatte goldene Türen.

»Hallo Daddy!«, jauchzte sie erfreut auf, als Tom die Tür öffnete und sie strahlend ansah.

»Da ist ja mein Sonnenschein. Komm herein, ich habe dich vermisst«, begrüßte er sie herzlich und drückte ihr einen Kuss auf die rechte Wange. Sein hellbraunes Haar war nicht wie sonst immer mit Gel nach hinten gekämmt, sondern krauste sich zu leichten Naturlocken und seine strahlend blauen Augen, die genau wie jene von Leona aussahen, glänzten wie schon lange nicht mehr.

»Du siehst gut aus!«, sagte Leona, die ihren Vater von oben bis unten scannte, wobei ihr der Dreitagebart auffiel. »So natürlich.«

Tom lachte. »Ist das so ungewohnt für dich?«

»Aus Ken wird ein Surfer-Boy.« Beide lachten lauthals.

Leona konnte in dieser Zeit nirgends so viel lachen wie mit ihrem Vater zusammen.

»Ich nehme das mal als Kompliment«, sagte Tom und zwinkerte ihr zu. »Willst du etwas trinken? Ich habe deinen Lieblingstee da, wenn du magst.« Leona lächelte erfreut und nickte eifrig. »Wie geht es dir, mein Engel?«, fragte er, während er das Teewasser aufsetzte.

Leona setzte sich auf die große Couch in der Mitte des Raumes, welche so platziert war, dass man durch das riesige Fenster über die Stadt schauen konnte. »Mal so, mal so.«

»Und das heißt?«, hakte Tom nach.

Leona seufzte und ließ sich ins Polster sinken. »Ich liebe diese Couch! Die ist viel bequemer als in unserem Zuhause«, sie hielt kurz inne. »Ich meine ... bei mir zu Hause.«

Tom stellte die Teetasse auf den Beistelltisch, setzte sich und nahm sie in seine beschützende Arme. »Weiche mir bitte nicht aus, mein Schatz. Wie fühlst du dich? Wie geht es in der Schule?«, versuchte Tom weiter etwas aus seiner Tochter herauszukriegen.

»Ganz okay. Ich meine, ich vermisse dich. Mom ist traurig und in der Schule machen sie sich über mich lustig. Aber das ist wohl normal«, nuschelte Leona.

»Was heißt das? Wie machen sie sich über dich lustig?«, fragte Tom besorgt.

Leona seufzte erneut. »Na du weißt schon. Das was man halt über euch so erzählt. Nicht besonders nette Dinge. Aber ich pack das schon.«

»Leona, bitte sprich mit mir, wenn du Probleme hast, ja? Auch wenn ich nicht mehr bei dir wohne, bin ich für dich da. Du kannst mir jederzeit schreiben oder mich anrufen. Auch wenn es vielleicht nicht so aussieht, aber du leidest am meisten darunter. Du kommst bald in die Pubertät, da verändert sich sowieso schon einiges und diese Trennung macht es nicht besonders einfacher. Ich und auch Liz sind immer noch deine Eltern. Komme was wolle. Verstehst du?«

Leona lächelte ihren Vater an und nickte. »Aber klar, Daddy. Und jetzt reden wir über etwas anderes, ja? Schauen wir den nächsten *Fast&Furious* Film?«

Tom schmunzelte und strich ihr durchs Haar. »Was immer sich mein Mädchen wünscht.«

13.

Die nächsten Jahre waren für Leona nicht leicht. Sie gewöhnte sich zwar daran, dass ihre Eltern nicht mehr zusammenlebten, doch ihr fehlte der Familienzusammenhalt. Außerdem verließ Rebecca die Familie, als Leona zwölf Jahre alt war. Sie war unterdessen zweiunddreißig Jahre alt und hatte einen Mann lieben gelernt, mit dem sie ihr Leben verbringen wollte. Dieser Mann lebte in Miami, weshalb Rebecca zu ihm zog. Sie plante, mit ihm eine Familie zu gründen und konnte nicht so weit weg von ihm leben. Für Leona war das ein schmerzhafter Abschied, schließlich war Rebecca für sie wie eine große Schwester.

»Wir werden uns wiedersehen, versprochen«, sagte Rebecca beim Abschied. Beide hatten Tränen in den Augen.

»Darf ich dich anrufen, wenn ich einen Rat brauche?«, fragte Leona, während sie sich umarmten.

»Aber natürlich. Jederzeit darfst du mich kontaktieren. Ich bin trotzdem noch für dich da, das musst du wissen.«

Liz fiel ihr in die Arme. »Du wirst uns fehlen. Danke für alles, was du all die Jahre für uns getan hast, Rebecca.«

»Danke, dass ich bei euch sein durfte.« Sie schluchzte und löste sich aus der Umarmung. »Ich muss jetzt gehen, sonst sehe ich vor lauter Tränen die Straßen nicht mehr.« Leona lachte, während ihr Tränen über die Wangen bis in den Mund flossen. Sie nahm einen salzigen Geschmack wahr. Während dicke Schneeflocken vom Himmel schwebten, fuhr Rebecca winkend davon.

Einige Monate, nachdem Rebecca gegangen war, starben Lucky und Funny im Alter von vierzehn Jahren an einem Infekt. Ein weiterer Rückschlag für Leona, denn sie liebte ihre Hunde. Mit ihnen hatte sie über alles reden können, ohne verurteilt zu werden. Stundenlang war sie jeweils mit ihnen spazieren gegangen und hatte mit den beiden im Garten gespielt.

Leona und Liz machten eines Abends einen Ausflug zum Aussichtspunkt des Runyon Canyon Parks, von dem man über die ganze Stadt Los Angeles blicken konnte. Ihre Hunde hatten diesen Ort geliebt, weshalb es sich richtig anfühlte, ihre Asche dort zu verstreuen.

Durch die Fenster der Häuser schimmerten unzählige Lichter, was von oben betrachtet wie ein Meer aus Laternen aussah. Leona zog ihre Sneakers aus, stand mit ihren warmen Füßen im angenehm kühlen Sand und atmete die blumige Frühlingsluft ein. Sie schluchzte, setzte sich auf den Boden und blickte zum sternenklaren Himmel empor. *Ich weiß, dass ihr von irgendwo da oben auf uns hinunterschaut.*

Sie stellte sich vor, dass ihre Hunde nun an einem Ort lebten, an dem es unendliche, saftig grüne Wiesen gab, über die sie mit ausgestreckter Zunge glücklich umhertoben konnten. Sie stellte sich vor, wie Lucky und Funny aufeinander achtgeben und viele weitere Hundefreunde finden würden. Der Gedanke an diese Welt beruhigte sie.

»Bist du so weit?«, fragte Liz. Ihr kullerten ebenfalls dicke Tränen über die Wangen.

Leona sah sie schweigend an und öffnete dann vorsichtig den Deckel der Urne. »Auf Wiedersehen, meine süßen Fellnasen. Danke, dass ihr all die Jahre für uns da wart. Wir werden immer an euch denken.« Schluchzend ließen sie die Asche langsam aus der Urne fließen. Sie sahen zu, wie sie vom Wind fortgetragen und in der Luft verteilt wurde, bis nichts mehr von ihr zu sehen war. Was zurück blieb, war ein funkelnder Nachthimmel.

»Mom, wir werden sie nie wieder in unsere Arme nehmen können.«

»Ich weiß, mein Liebling. Ich werde sie auch ganz fest vermissen.« Leona fiel ihrer Mutter weinend um den Hals und Liz strich ihr sanft über den Rücken. Eine ganze Weile hielten sie sich fest, bevor sie sich auf den Heimweg machten.

Das Haus fühlte sich ab diesem Moment leer an. Leona hing öfter bei Tiffany rum, da sie sich häufig mit ihrer Mutter stritt.

»Ständig bist du weg!«, warf ihr Liz vor.

»Du bist ja auch nie zu Hause!«, schrie Leona zurück.

»Wag es nicht, mir das zu unterstellen. Du klingst ja schon wie dein Vater!«

»Dann bin ich ja froh, denn er hatte recht. Ständig bist du auf irgendwelchen Fashion-Weeks, bringst mir Kleider mit und denkst, dass du mich damit kaufen kannst. Ich bin nicht deine Puppe!«

»Wie kannst du es wagen, junge Dame. Geh in dein Zimmer!«, brüllte Liz. Leona trampelte die Treppe hinauf, schlug ihre Zimmertür mit einem kräftigen Knall zu und drehte die Musik laut auf. »Dreh leiser!«, hörte sie Liz von draußen schreien, doch Leona hatte ihre Zimmertür abgeschlossen und es war ihr egal, was ihre Mutter zu sagen hatte.

Im Alter von sechzehn Jahren hatte Leona ihren ersten Freund. Es war eine Zeit, in der sie ihren Klamottenstil komplett in düstere Farben abgeändert hatte und ihre Augen mit einem schwarzen Kajal umrandete. Für sie war es eine Rebellion, um ihrer Mutter zu zeigen, dass sie keine Kontrolle über ihr Leben hatte.

Leona zog mit der Gang ihres Freundes durch die Straßen der Stadt. Bis zum frühen Morgen feierte sie und betrank sich in dieser Zeit oft. In ihrer Gruppe waren einige Freunde bereits 21 Jahre alt, weshalb diese den Alkohol auftreiben konnten. Einzig von den Drogen hielt sich Leona fern, da sie wusste, welchen Schaden diese in ihrem Körper anrichten könnten. Zu viele Kollegen aus der Mode- und Filmbranche waren den Drogen verfallen. Es war bereits schlimm genug dies mitansehen zu müssen – sie schwor sich, niemals so zu enden.

In der Gruppe fühlte sie sich stark und hatte das Gefühl, endlich aus ihrer Welt auszubrechen. Die laute Musik in den Nachtclubs hämmerte in ihren Ohren und ihr Herz schlug im Takt des Beats. Die farbigen Neonlichter flackerten wie wild und sie tanzte, als würde es kein Morgen mehr geben.

Kaylab, ihr Freund, grabschte auf der Tanzfläche an ihrem Hintern rum und ergötzte sich an ihrem großen Ausschnitt. »Baby, du machst mich scharf«, hauchte er in ihr Ohr und knabberte an ihrem Ohrläppchen rum, während er sie von hinten umschlang. Leona lachte und wackelte mit ihrem Hintern.

»Nehmt euch ein Zimmer!«, kreischte Monica lachend, die auch schon ein, zwei Gläschen zu viel intus hatte und auf der Tanzfläche abging. Sie schwenkte ihr giftgrünes Haar hin und her und streckte ihre gepiercte Zunge raus.

Leona liebte es, Teil einer großen Gruppe zu sein. Das erste Mal im Leben stand sie nicht im Mittelpunkt. Klar, die anderen wussten alle, wer sie war, doch es schien sich niemand darum zu kümmern. Sie sahen sie alle als die sechzehnjährige Leona, die es liebte, ausgelassene Partys zu feiern und die sich jedes Mal in ein sexy Outfit warf. Zur großen Freude von Kaylab. Leona hätte nie gedacht, dass ausgerechnet ein Typ wie er ihr Freund werden würde. Ihre Mutter hätte ihn gehasst. Sie hätte ihr gesagt, dass er nicht gut für sie war und dass er sein Leben nicht auf die Reihe kriegen würde – und wahrscheinlich hätte sie damit sogar recht gehabt. Doch Leona war rebellisch, wollte jede Grenze austesten und ihre Mutter in den Wahnsinn treiben. Und wie wäre ihr dies besser gelungen, als sich mit einem Typen abzugeben, der absolut rein gar nicht Mamas Liebling war?

Kennengelernt hatten sie sich auf einer Party. Er hatte Leona in einem ziemlich beschissenen Zustand kennengelernt. Sie war so betrunken gewesen, dass es ein Wunder war, dass sie noch auf dem Barhocker sitzen konnte.

Kaylab hatte sich zu ihr gesetzt und gefragt: »Ey Süße, alles in Ordnung bei dir?« Er hatte nach Rauch gerochen, was Leona im nüchternen Zustand nicht ausstehen konnte, doch in diesem Moment war ihr alles egal gewesen.

Sie hatte laut aufgelacht und gejohlt: »Nichts ist in Ordnung!«

Er hatte durch sein verschwitztes Haar gestrichen und seine rechte Hand, welche mit schwarzen Fingerringen übersät war, auf ihre gelegt. »Du kannst mir alles erzählen, Babe«, hatte er ihr ins Ohr geflüstert. Ohne zu zögern hatte sie ihm ihr Herz ausgeschüttet – ihm erzählt wie unglücklich sie war und dass sie keinen Sinn in ihrem Leben sah. Sie war von seinem Blick gefesselt gewesen. Seine giftgrünen Augen hatten in ihre gestarrt. Ohne zu wissen, was sie da tat, hatte sie ihn geküsst. Es hatte sich angefühlt, als hätte sie all den Ballast fallenlassen können. Sie hatte das Gefühl gehabt, verstanden zu werden und dass es ihm genauso beschissen ging.

Frühmorgens, als der Himmel seine Farbe in ein schönes Orange wandelte, wurde Leona von Kaylab in seinem Pickup Wagen rasend schnell nach Hause gefahren. Es war keine gute Idee, ihm das Steuer zu überlassen, denn selbst ohne Alkohol im Blut hatte er einen Bleifuß. Doch im berauschten Zustand war Leona das ziemlich egal. Sie schrie, lachte und streckte ihre Hände aus dem Fenster.

Die Reifen quietschten, als er mit einer Vollbremsung vor der Villa anhielt. »Du siehst sexy aus in diesem kurzen Kleid«, johlte er ihr hinterher, als sie sich aus dem Wagen kämpfte. Sie musste aufpassen, dass sie nicht stolperte. Gerade noch konnte sie sich an der Tür festhalten, bevor sie zur Seite gekippt wäre. Sie zwinkerte ihm zu, schloss die Wagentür mit mächtig viel Schwung und stolperte zum Hauseingang. Als der Wagen wegfuhr, ertönte laute Rap Musik. Leona lächelte. *Ich fühle diesen Song.*

»Na, auch schon zurück?« Liz stand mit verschränkten Armen in ihrem pinkfarbenen Schlafanzug an der Haustür und hatte ihre Tochter dabei ertappt, wie sie ohne Erfolg in ihr Zimmer schleichen wollte.

»Brüll nicht so«, flüsterte Leona, kniff ihre Augen zusammen und hielt sich die Ohren zu.

»Schau dich an, was ist nur aus meinem kleinen Mädchen geworden!«, schrie Liz.

»Pff«, knurrte Leona. »Von meiner Mutter ist auch nicht mehr viel übrig. Hat einen Typen nach dem anderen. Nicht viel besser. Wo ist er? Bestimmt in deinem Schlafzimmer. Willst ihn vor mir verstecken.«

»Wir reden später, junge Dame. Darauf kannst du Gift nehmen.« Liz wedelte mit ihrem Zeigefinger vor der Nase ihrer Tochter umher.

»Du kannst mich mal. Ich will zu Dad.« Liz wollte gerade nach Luft schnappen, als es ihr die Atemwege zuschnürte und Tränen in die Augen schossen. Diese Worte waren wie ein Stich in ihr Mutterherz und sie konnte nicht glauben, dass ihre einzige Tochter ihr dies antat. Leona zuckte gleichgültig mit den Schultern und trampelte die Treppe zu ihrem Zimmer hoch.

14.

Leona hielt ihr Wort und zog gleich am nächsten Tag zu Tom, welcher unterdessen in einem eigenen Haus mit seiner neuen Partnerin lebte. Ihr Vater ging mit Leona in dieser Zeit wie immer sehr liebevoll und unterstützend um. Statt sie zu verurteilen, wie es ihre Mutter ständig machte, erklärte er ihr ruhig und sachlich, was die Konsequenzen ihrer Taten sein würden. Leona verstand was ihr Vater meinte, auch wenn sie dies nicht zugeben wollte. Oft nickte sie nach einer langen Diskussion nur schwach und verkroch sich danach in ihrem Zimmer. Die dunklen Vorhänge waren zugezogen und überall hingen Poster von Rock-Bands an den Wänden. Die Luft schien in diesem Raum still zu stehen, denn ständig hatte sie ihre Fenster verschlossen.

Nur ab und zu vernahm sie einen frischen Duft in ihrem Zimmer. Wenn dies der Fall war, wusste sie, dass Amanda in ihrem Zimmer gewesen war und die gute Fee gespielt hatte. Leona mochte die neue Freundin von ihrem Vater. Und was noch viel schöner war, dass Amanda zwei Kinder hatte. Sam, der in Leonas Alter war und ein fünf Jahre jüngeres Mädchen namens Lexi. Wie ihre Mutter hatte sie eine wunderschöne, dunkle Hautfarbe und gekräuseltes Haar, das sie meist zu einem buschigen Pferdeschwanz zusammengebunden hatte.

In der Patchwork-Familie blühte Leona allmählich wieder auf. Gemeinsam machten sie viele Ausflüge. Es fühlte sich für sie an, als würde sie die gesamte Zeit nachholen, die sie mit ihren Eltern verpasst hatte. Schon immer hatte sie sich gewünscht, als Familie in einen Freizeitpark gehen zu können und den Tag einfach zu genießen. Mit Amanda und ihren zwei Kindern war dies möglich und Tom setzte alles daran, dass seine Familie die Zeit komplett auskosten konnte. Er besorgte ihnen VIP-Pässe für die Achterbahnen, wodurch sie nicht so lange anstehen mussten, um ihre Lieblingsbahnen besuchen zu können.

Leona erkundete zusammen mit Sam die wildesten Bahnen und Lexi trampelte mit ihren Füßen auf dem Boden, da sie auch unbedingt mitfahren wollte. Da sie jedoch noch zu klein war, nützte jegliche Rebellion nichts. Amanda besorgte Lexi zur Beruhigung eine Zuckerwatte und beobachtete mit ihr gemeinsam von einer Sitzbank aus, wie Leona, Sam und Tom kreischend im Sturzflug die Achterbahn heruntersausten.

Lexi musste kichern, als sie das Foto betrachtete, das von den Dreien geschossen wurde. Sam verzog sein Gesicht zu einer Grimasse, während Tom in eine Schockstarre versetzt war, Leona lauthals lachte und ihre blonden Haare in alle Richtungen zeigten.

»Ihr seht komisch aus«, sagte Lexi und kicherte.

Als Leona eines Tages mit Lexi im Garten vor dem Haus Fangen spielte, fragte sie plötzlich: »Weshalb ziehst du dich eigentlich immer schwarz an?«

Weil ich nicht mehr in diesem Hamsterrad gefangen sein wollte. Weil ich meiner Mom zeigen wollte, dass ich nicht wie sie bin ... und weil ich nicht auf mein Herz gehört habe. Als Leona diese Gedanken durch den Kopf schossen, wurde ihr plötzlich klar, dass sie auf ihre Außenwelt düster und unnahbar wirkte. So war sie eigentlich nicht und wollte auch nicht so wahrgenommen werden. Sie erkannte, dass sie für ihre neu gewonnene, kleine Schwester ein Vorbild sein wollte.

Also antwortete Leona: »Weißt du was? Wir gehen gemeinsam shoppen und dann kannst du mir sagen was für Klamotten du an mir magst, ja?« Lexi nickte und sprang vor Freude auf, wodurch ihr gelbes Sommerkleid in der Luft flatterte.

»Was ist denn mit dir passiert?«, fragte Kaylab erschrocken, als sie am nächsten Tag vor seiner Haustür stand.

Sie trug keine schwarze, zerrissene Kleidung mehr, dafür ein farbiges Sommerkleid, ein natürliches Tagesmakeup und ihre blonden Haare trug sie offen.

Er roch nach Alkohol, sonstigen Substanzen, die nicht klar zu identifizieren waren und aus der Wohnung quoll Rauch. Sein T-Shirt war viel zu weit, löchrig und gewaschen war es bestimmt seit Tagen nicht mehr.

»Sind deine Eltern nicht zu Hause?«, fragte Leona irritiert und hustete, als ihr der Rauch in die Nase strömte. Sie hasste diesen Geruch wirklich abgöttisch.

»Was interessiert dich denn das auf einmal? Bist wohl zum Mauerblümchen mutiert und schleimst dich bei deinen reichen Eltern ein. Kannst mir gerne mal was von der Kohle borgen, Babe«, laberte er wirr vor sich her.

»Kaylab, wo bleibst du denn?«, rief eine quietschende Stimme hinter ihm. Eine wasserstoffblonde Frau mit verschmiertem Make-Up und einer Kippe in der Hand schmiegte sich von hinten an seinen Körper. Mit ihren künstlichen Fingernägeln fuhr sie unter sein T-Shirt und krallte sich in seine Haut.

»Wer ist diese Tussi?«, fragte sie verpeilt, als ihr Leona ins Auge fiel.

»Ja, Kaylab, wer bin ich?«, fragte Leona gereizt.

»Ach Babe, das ist nur so eine Bitch, mit der ich mal was hatte«, sagte er zur Frau hinter ihm.

Leona starrte ihn in diesem Moment einfach nur an. Sie war fassungslos. Plötzlich fielen ihr Schuppen von den Augen. Sie sah Kaylab auf einmal in einem vollkommen neuen Licht.

Wie konnte ich diesen Typen nur attraktiv finden?

Ihr wurde klar, dass sie ihre letzten vier Monate an einen Menschen verschwendet hatte, der sie so sehr verändert hatte, dass sie sich kaum mehr selbst erkannte. Sie realisierte auf einmal, dass sie sich viel zu sehr selbst bemitleidet und ihre Familie damit belastet hatte. Zwar hatte sie die Partys und die Tatsache, Teil einer Gang zu sein, geliebt, doch so weitermachen wollte sie keinesfalls.

»Nur so eine Bitch, also ja? Weißt du was, Kaylab? Ist mir scheißegal. Du kannst mich mal. Mit uns ist Schluss«, zischte Leona in sein blasses Gesicht, wandte ihm ihren Rücken zu und lief davon.

»Warst sowieso scheiße im Bett!«, rief er ihr in seinem Rausch hinterher und musste sich am Türrahmen festhalten, damit er nicht umkippte. Die Tussi hinter ihm kicherte kindlich.

Zwar waren diese Worte ein Stich in Leonas Herz, doch sie ignorierte ihn und lief weiter - ohne zurück zu blicken.

Die nächsten Jahre ließ Leona die Finger von Typen wie ihm und schwor sich, ihr Herz erst wieder einem Menschen zu schenken, der es verdiente und sie aufrichtig liebte.

Otis

Isaak streckte ihm die Hand entgegen, während er sich umschaute. Wahrscheinlich wollte er sichergehen, dass Ruben ihn nicht beobachtete. Sofort griff Alex nach der Hand und hievte sich mit Isaaks Hilfe aus dem eiskalten Wasser. Es war mühsam, sich mit vollgesogenen Klamotten zu bewegen. Und nicht nur das, er zitterte vor Kälte und seine Lippen waren blau angelaufen.

»Ich … danke dir«, stotterte Alex mit klappernden Zähnen.

Isaak nickte und zog das Fahrrad aus dem Wasser. »Tut mir leid«, nuschelte er kaum hörbar und konnte Alex dabei nicht in die Augen schauen. Isaak reichte ihm das tropfende Fahrrad.

»Hättest du dir im Voraus überlegen können«, brummte Alex und quetschte Wasser aus seiner Kleidung.

Isaak schwieg einen Moment beschämt und fischte dann etwas aus seinem Rucksack. Er streckte Alex eine Flasche entgegen. »So kannst du dich etwas aufwärmen.«

»Warum bist du bei Ruben? Der ist doch nicht gut für euch. Das ist ein Arsch. Du selbst hast das früher auch immer gesagt.«

Isaak öffnete schweigend die Thermosflasche und füllte Alex den kleinen Becher mit etwas Punch auf. »Trink. Dir ist kalt.«

Alex warf ihm einen mürrischen Blick zu und griff nach dem Becher. Es tat gut, etwas Warmes zu sich zu nehmen.

»Kann ich … noch etwas für dich tun?«, fragte Isaak zögerlich.

Alex blickte zur Leiter und sah, wie Claudio emporkletterte. »Ihr könntet wieder richtige Freunde sein«, zischte Alex und reichte ihm den leergetrunkenen Becher wieder zurück. Er war wütend.

»Ich würde ja … aber Ruben …«

Alex ließ ihn nicht zu Ende sprechen und schwang sich auf sein Fahrrad. »Freunde fürs Leben, was?«, zischte er, als er davonfuhr.

»Warte Alex! Du kannst so nicht fahren. Du bist noch immer unterkühlt!«, rief Isaak und rannte ihm ein Stück hinterher.

»Du kannst mich mal!« Alex beschleunigte und verschwand aus dem Gesichtsfeld von Isaak.

»Was dauert denn da unten so lange, hm?«, rief Ruben zu ihm herunter. Ruben hatte sich über das Geländer des Baumhauses gebeugt.

Isaak zuckte zusammen. »Nichts. Bin gleich oben!«

Alex fuhr auf den Hof vor und parkte sein Fahrrad vor dem Hühnerstall. Gerade wollte er durch die rote Haustür gehen, als der Pickup-Wagen seiner Eltern auf den Vorplatz rollte. Brad stieg aus und knallte die Tür hinter sich zu. Er stützte seine Fäuste in die Hüften und lief zügig auf Alex zu.

Er sah wütend aus. »Wo warst du, junger Mann? Deine Mutter und ich haben uns große Sorgen gemacht«, sagte er mit tiefer und lauter Stimme. So klang er immer, wenn er streng sein wollte.

»Ich sagte doch, dass ich eine Runde mit dem Fahrrad drehe«, nuschelte Alex einerseits, weil er solche Situationen nicht mochte und andererseits, weil er nicht mehr viel Kraft hatte, um laut zu sprechen. Ihm war eiskalt.

»Aber doch nicht drei Stunden!«, brüllte Brad und schmiss seine Handschuhe wütend auf den Boden. »Und warum bist du klatschnass?«, fragte er, als ihm plötzlich die triefend nasse Kleidung seines Sohnes ins Auge fiel.

»Ich bin nur ausgerutscht«, log Alex. Brad ließ seine Arme herunterhängen und lief mit gerunzelter Stirn auf ihn zu.

Als er vor Alex stehen blieb, blickte er ihm prüfend in die Augen und legte seine große Hand behutsam auf die Wange seines Sohnes. »Ausgerutscht und in den See gefallen? Du bist doch in den See gefallen, nicht wahr? Sonst wärst du nicht so nass.« Alex verneinte mit einer Kopfbewegung. Er hasste es, seinen Vater anlügen zu müssen.

Dieser atmete mit einem seufzenden Geräusch aus. »Ach Junge. Was machen wir nur mit dir. Du bist so ein schlechter Lügner. Ich weiß, dass es nichts bringt, dich auszuquetschen, wer dir das angetan hat. Glaub mir, ich war früher genauso. Solltest du eines Tages das Gefühl haben, du möchtest mir erzählen was passiert ist, dann habe ich für dich ein offenes Ohr. Und jetzt gehen wir rein zu deiner Mutter und hoffen, dass sie dir deine Geschichte abkauft. Wäre besser für dich, denn sie lässt nicht locker. Also besser, du bist überzeugend. Klar?«

Alex war überrascht. Niemals hätte er mit solch einer Reaktion gerechnet. Und wenn er ehrlich zu sich selbst sein wollte, war dies die beste Strategie, die sein Vater hätte anwenden können. Denn ab da an war er immer (okay, meistens) offen und ehrlich mit ihm, da er wusste, dass er ihn ohnehin durchschauen würde.

15.

Für Alex war es eine große Umstellung, nicht mehr zur Schule zu gehen. Da es in der näheren Umgebung keine andere Schule gab und seine Eltern auf den Bauernhof angewiesen waren, um ihr Einkommen zu sichern, entschieden sie sich, Alex selbst zu unterrichten.

Brad lehrte ihn überwiegend die naturwissenschaftlichen Fächer und Mandy unterrichtete ihn in den Bereichen Sprache und Geografie. Die Lektionen fanden meist zwischen den Arbeiten auf dem Feld oder im Stall statt.

Alex liebte dieses Lernumfeld. Da sie auf ihrem Bauernhof einen Hühnerstall mit zwanzig Hennen und einem Hahn hatten, welche einen weiten Auslauf genießen durften, konnte Alex vieles über die Biologie seiner Tiere erfahren. Seinen Eltern war es wichtig, ihre Tiere nicht als Maschinen zu benützen, weshalb sie die Eier zum Eigenkonsum und nur gewissen Familien aus der Umgebung auf Anfrage auslieferten. Denn ein freilebendes Huhn produzierte pro Monat je nach Rasse um die fünf Eier. Eine moderne Hochleistungs-Legehenne hätte in einer Legebatterie im Vergleich ungefähr fünfundzwanzig Eier pro Monat produziert, würde dies aber nur gerade mal knapp zwei bis drei Jahre durchhalten, bis es erschöpft wäre und das Huhn geschlachtet würde. Die Hühner auf dem Bauernhof von Mandy und Brad konnten dagegen im allerbesten Fall bis zu acht Jahre alt werden, da sie ihren natürlichen Eier-Legerhythmus hatten und liebevoll umsorgt wurden. Die Hühner gackerten auf der Wiese und der Hahn stolzierte zwischen ihnen umher.

Außerdem hatten Brad und Mandy schon einige Kühe und Rinder vor dem Schlachthof gerettet und bescherten ihnen ein ruhiges und friedliches Leben. Ein Ochse, den sie im Alter von vierzehn Monaten gerettet hatten und eine Kuh, die als Milchkuh rackern musste und danach geschlachtet worden wäre, weideten friedlich auf der Wiese. Schon oft wurden sie gefragt, weshalb sie nicht mehr Profit aus ihren Tieren schlagen würden und warum sie ihre Tiere nicht schlachten ließen.

Brad stellte in solchen Situationen eine treffende Gegenfrage: »Sie lieben Ihre Katze, oder? Würden Sie diese essen?« Dann war das Gespräch meist beendet. Es war ja nicht so, dass sie Menschen verpönten, die es anders handhabten als sie. Doch genau so, wie sie die anderen für ihre Ansichten respektierten, wollten sie für ihre auch respektiert werden.

Mandy und Brad boten Patenschaften für ihre Tiere an. Durch diese Patenschaften hatten sie ein stetiges Einkommen, um die Gesundheit ihrer Tiere gewährleisten zu können.

Der Beginn der Pubertät brachte nicht nur nervige Pickel mit sich, sondern Alex begann sich auch immer öfters zu fragen, wer wohl seine leibliche Mutter war. Obwohl er für seine Familie unheimlich dankbar war und sich kein besseres Leben vorstellen konnte, wollte er trotzdem gern wissen, wer seine biologischen Eltern waren. Und umso brennender interessierte es ihn, weshalb sie ihren Sohn nicht haben wollten.

»Weißt du, Alex, im Pflegeheim haben sie uns mitgeteilt, dass deine leibliche Mutter noch sehr jung war, als sie mit dir schwanger war. Sie wusste anscheinend nicht wer dein Vater ist«, erklärte ihm Mandy und wischte sich einen Schweißtropfen von der Stirn. Sie waren auf dem Feld und ernteten Karotten. Brad war damit beschäftigt den Zaun auf der Kuhweide zu reparieren – eine Arbeit, die laut Mandy schon längst überfällig war.

»Hat sie mich denn nicht geliebt?«, fragte Alex, der nicht wusste, was er mit dieser Information anfangen sollte.

»Natürlich hat sie dich geliebt, mein Liebling. Weißt du, sie wollte dir wahrscheinlich ein besseres Leben ermöglichen, das sie dir nicht hätte bieten können«, sie hielt kurz inne. »Aber … du bist schon glücklich darüber, dass du hier bei uns bist? Sollte dir etwas fehlen, wenn du zum Beispiel mehr Freizeit brauchst, dann darfst du das jederzeit sagen, ja?«

Alex lächelte Mandy an. »Keine Angst, Mom. Ich bin dankbar hier bei euch zu sein. Ich renne euch schon nicht davon.«

»Dann bin ich ja erleichtert«, sagte sie und strich Alex mit ihrem Handschuh über die Wange, wobei etwas Erde hängen blieb. »Oh, tut mir leid. Du hast da was.« Sie deutete auf die schmutzige Stelle.

»Ich wollte sowieso schon lange einmal eine Gesichtsmaske machen, danke«, spottete Alex und zwinkerte ihr zu.

Einen Moment schwiegen sie und lauschten den zwitschernden Vögeln. Doch dann fragte Alex: »Meinst du … ich kann sie treffen? Bloß einmal.«

»Du meinst, deine leibliche Mutter?« Alex nickte. »Bist du dir sicher?« Mandy unterbrach die Arbeit. »Ich weiß nicht, ob sie dazu bereit wäre, Alex. Ich möchte nicht, dass du enttäuscht wirst.«

»Ich weiß deine Sorge zu schätzen, Mom. Aber ich möchte gerne wissen wie sie ist. Verstehst du mich? Sie wird dich niemals ersetzen können, das verspreche ich dir.«

Mandy seufzte und schloss Alex in ihre Arme. »Du bist der beste Junge auf der ganzen Welt. Ich werde mit deinem Vater darüber sprechen, ja?«

»Danke, Mom«, flüsterte er. Er drückte sie fest an sich und atmete dabei ihren vertrauten, blumigen Duft ein.

Noch am selben Abend lauschte er einem Gespräch seiner Eltern. Er spähte zwischen dem hölzernen Treppengeländer zum Wohnzimmer hindurch, wo Mandy und Brad dicht nebeneinander auf der Couch saßen. Brad hielt ihre Hand fest umschlungen in seiner.

»Wir haben geahnt, dass dieser Tag kommen würde«, sagte er leise.

»Ich weiß.« Mandy schluchzte. »Aber was, wenn sie kein Interesse an ihm hat? Alex wäre am Boden zerstört.«

»Es ist aber nun mal sein Wunsch. Wir müssen es ihm zuliebe wenigstens versuchen.«

»Da hast du ja recht. Ich würde ihm niemals verbieten, sie zu treffen.«

»Wir geben unser Bestes. Wenn sie nicht will, dann ist das nicht unsere Entscheidung, aber ich hoffe, dass sie Alex wenigstens diesen einen Wunsch erfüllt«, flüsterte Brad. Mandy nickte schwach und küsste Brad zärtlich auf die Lippen.

Alex lächelte zufrieden und zog sich leise in sein Zimmer zurück.

Ein paar Tage später überbrachte ihm Mandy großartige Neuigkeiten, als alle drei gemeinsam das Abendbrot genossen: »Alex, deine leibliche Mutter hat einem Treffen zugestimmt.«

»Wirklich?«, jauchzte Alex erfreut auf. Er konnte nicht glauben, was sie da eben gerade gesagt hatte.

»Ja. Ich konnte nächste Woche ein Treffen mit ihr in London vereinbaren. Wir werden uns in einem Teehaus mit ihr treffen, ist das nicht toll?«, sagte sie aufgeregt. Brad strich ihr sanft über den Rücken, um sie etwas zu beruhigen.

»Das heißt, ihr kommt mit?«, fragte Alex erstaunt.

»Nun ja, ich kann leider nicht mitkommen. Aber deine Mom wird dich begleiten. Ist das in Ordnung für dich?«, fragte Brad vorsichtig.

»Das ist ja großartig!«, rief Alex erfreut und fiel seinen Eltern dankend um den Hals. »Ich liebe euch so sehr.«

»Wir lieben dich auch, Alex«, flüsterte Mandy sanft.

Am Tag, an dem Alex seine leibliche Mutter treffen würde, war er sehr aufgeregt. Er brachte kaum einen Bissen runter, so hibbelig war er. *Wird sie mich mögen? Wird sie es bereuen, dass sie mich zur Adoption freigegeben hat? Wie ist ihre Art? Wie sieht sie aus?*

»Hast du ein Bild von ihr?«, fragte er Mandy beim Frühstück. Komisch, dass ihm diese Frage nicht schon viel früher eingefallen war, dachte er sich.

»Man kann sie nur ganz schlecht erkennen«, sagte Mandy, während sie ihm ihr Handy entgegenstreckte. Das Anzeigebild war schwarz-weiß und man sah sie bloß von der Seite. Sie hatte dieselbe Stupsnase wie Alex und ihr Haar war schulterlang. Viel mehr konnte er nicht erkennen.

»Sie sieht nett aus«, sagte er erfreut.

»Finde ich auch.« Mandy lächelte.

»Und für dich ist das wirklich nicht komisch, wenn du sie siehst?«, fragte Alex mitfühlend.

»Nein, mein Schatz. Ehrlich gesagt fände ich es merkwürdiger, dich allein mit ihr zu lassen«, gestand sie. »Schließlich bist du mein Baby.«

»Ich mag es zwar nicht, wenn du mich Baby nennst, aber unter diesen Umständen lasse ich dir dies ein einziges Mal durchgehen«, sagte Alex und zwinkerte ihr zu.

»Du bist so ein Schatz. Wollen wir?« Alex nickte und sprang ohne zu zögern vom Stuhl auf. »Da hat es aber jemand eilig«, sagte Mandy lachend.

Die Fahrt nach London erschien ihm um einiges länger als sonst. Zwar war er schon lange nicht mehr in London gewesen, doch im Vergleich zum letzten Mal zog sich der Weg enorm in die Länge. Er sang mit Mandy zusammen zu jedem Lied, das im Radio lief, mit. Sie hatten unheimlich viel Spaß und Alex genoss es, wieder einmal Zeit allein mit seiner Mutter zu verbringen.

Bis sie in London einen Parkplatz gefunden hatten, verging eine halbe Ewigkeit und Mandys Geduld hing am seidenen Faden, da ihr jedes Mal, wenn sie dachte, endlich einen Parkplatz gefunden zu haben, jemand anderes ihn ihr wegschnappte. Doch nach einer Fahrt quer durch die ganze Stadt fanden sie schlussendlich einen Parkplatz.

Sie lösten ein Ticket bei der Underground Station und fuhren bis zur Station „Piccadilly Circus" durch. Alex bestaunte die vielen Werbetafeln, die an den Häuserfassaden aufleuchteten. Es war ein völlig anderes Gefühl als bei ihm zu Hause auf dem Land, doch er mochte den Trubel.

Neben dem Shaftesbury-Brunnen, auf dessen Spitze die Skulptur eines beflügelten Mannes mit einem Pfeilbogen in der

Hand zu sehen war, stand ein Straßenmusiker, welcher auf seiner Gitarre spielte und voller Leidenschaft ein Lied sang. Alex blieb wie gefesselt stehen und beobachtete, wie er über die Saiten seiner Gitarre glitt und die Augen schloss, wenn er sang.

»Das will ich auch einmal machen«, sagte Alex leise.

Mandy schaute lächelnd zu ihm hinunter und strich ihm über die Schultern. »Dann mach es«, flüsterte sie ihm ins Ohr. Die Augen von Alex funkelten. Noch eine ganze Weile lauschten sie der Musik, bis sie sich losreißen mussten. Einige Minuten später kamen sie bei dem kleinen, süßen Teehaus an und setzten sich an einen runden Holztisch.

»Willst du einen Cupcake?«, fragte Mandy.

»Sind die nicht total teuer?« Alex wollte nicht, dass seine Mutter wegen ihm tief in die Taschen greifen musste.

»Ach Alex. Du bist doch sonst immer so bescheiden, heute lassen wir es uns gut gehen, ja? Ich nehme auch gleich einen. Heute ist schließlich ein besonderer Tag für dich. Und für mich auch, das muss ich schon zugeben.« Sie lächelte ihn mit funkelnden Augen an.

»Danke, Mom.«

Mandy warf einen Blick auf ihre Armbanduhr. Bald sollte es so weit sein. Alex und Mandy waren aufgeregt und spekulierten darüber, wie die Begrüßung sein würde. Alex war sich sicher, dass seine leibliche Mutter in Tränen ausbrechen würde. Mandy musste ihm recht geben. Das glaubte sie nämlich auch.

Minuten zogen an ihnen vorüber. Jedes Mal, wenn jemand das Teehaus betrat, horchten sie auf und ließen dann ihre Köpfe wieder enttäuscht nach unten sinken, wenn sie sahen, dass es sich nicht um Alex' leibliche Mutter handelte.

Als bereits fünfundvierzig Minuten vergangen waren, begann Mandy nervös mit ihren Fingerspitzen auf der lauwarmen Teetasse umherzutippen.

»Wann sollte sie hier sein?«, fragte Alex, der die Gedanken seiner Mutter förmlich hören konnte. Den Cupcake mit dem blauen Frosting hatte er bereits verschlungen, bloß vereinzelte Krümel lagen noch auf dem Teller.

»Sie kommt bestimmt bald«, sagte sie und winkte ab. Würde sie kommen? Mandy war sich der Sache nicht mehr so sicher.

Doch auf einmal ertönte ein leises Klingeln, als sich die Tür des Kaffeehauses öffnete. Eine Frau trat ein. Sie hatte kurzes, braunes Haar und schaute sich suchend um.

»Ist sie das?«, flüsterte Alex nervös zu seiner Mutter.

»Ich denke schon«, antwortete ihm Mandy leise. Sie strich sich hastig durch ihr schwarzes Haar, das sie seit langem wieder einmal offen trug, und atmete nervös aus. Kurz darauf wandte sie ihren Kopf in Richtung der Frau, die ihr direkt in die Augen sah.

»Lily?«, fragte Mandy zögerlich und winkte der Frau zu.

»Wie schön, dass es endlich einmal geklappt hat!«, rief die Frau erfreut. Das Herz von Alex hüpfte erfreut auf, denn er hatte sich seine leibliche Mutter irgendwie immer ganz anders vorgestellt – nicht so fröhlich. Doch der nächste Moment verging ganz schnell. Die Frau ging am Tisch von Mandy und Alex vorbei, rannte auf den Mann zu, welcher sich am Tisch nebenan aufrichtete und sie in seine Arme schloss.

Der Gesichtsausdruck von Alex fror ein und Mandy schnaubte wütend: »Jetzt reicht es aber mal. Die soll sich endlich blicken lassen.« Sie zückte ihr Handy und wählte die Nummer von Lily.

»Hallo?«, fragte die Stimme am anderen Ende der Leitung. Ohne zu zögern reichte Mandy das Telefon Alex rüber. Dieser zögerte kurz und nahm es dann entgegen.

»Lily?«, fragte Alex schüchtern.

»Wer ist da?«

»Ich bin´s, Alex.« Es herrschte Stille am anderen Ende der Leitung, bloß ihren Atem konnte er hören. »Wir warten auf dich, wo bist du?«, versuchte Alex einen erneuten Anlauf.

Er hörte sie ganz leise sprechen.

Ihre Stimme klang kraftlos: »Ich kann das nicht, tut mir leid.« Kurz darauf wurde das Gespräch beendet.

»Lily, du hast uns versprochen, dass du herkommst!«, schrie Alex weinerlich ins Telefon. Die Frau und der Mann am Tisch nebenan warfen ihm einen fragenden Blick zu.

»Was ist denn, mein Schatz?«, fragte Mandy irritiert.

»Sie hat einfach aufgelegt!«

»Das kann doch nicht ihr Ernst sein«, schnaubte Mandy und nahm das Telefon in ihre Hand. Sie starrte auf den dunklen Bildschirm. Energisch tippte sie auf ihr Telefon und wählte erneut den Kontakt.

»Diese Rufnummer ist besetzt. Bitte versuchen Sie es später noch einmal«, ertönte die Roboterstimme aus dem Telefon. Bestimmt zehnmal hatte es Mandy noch versucht, bis sie der bitteren Wahrheit in die Augen schauen musste.

»Ich fass es nicht«, flüsterte Mandy und schaute Alex in seine wässrigen Augen. »Schatz, es tut mir ja so unfassbar leid.«

»Sie will mich nicht in ihrem Leben haben. Wollte sie noch nie und wird sie auch niemals wollen«, schluchzte er.

Mandy stand auf und fiel Alex um den Hals. »Es tut mir so, so leid.«

»Ihr muss es leidtun. Mom, ich will jetzt bitte wieder nach Hause fahren.«

»Natürlich, mein Schatz. Fahren wir heim zu Dad.«

Auf der Heimfahrt schwiegen sie. Das Radio hatten sie ausgemacht, die Euphorie war verpufft.

Erst kurz bevor sie auf den Hof zusteuerten, nuschelte Alex: »Sie klang so ... enttäuscht.«

»Das glaube ich nicht, Alex. Wirf dir das bitte nicht vor«, sagte Mandy mit sanftem Tonfall.

»Ich war wahrscheinlich ihr größter Fehler im Leben. Wahrscheinlich habe ich ihr Leben zerstört. Deshalb wollte sie mich nicht sehen.«

Mandy brachte den Wagen vor der roten Holztür ihres Hauses zum Stillstand und zog die Handbremse. »Alex. Du bist das Wundervollste, was deinem Vater und mir jemals hätte widerfahren können. Du hast uns wieder Hoffnung und Lebensfreude geschenkt. Zweifle nie, niemals an dir, verstanden?«, sagte Mandy eindringlich, während sie Alex tief in seine braunen Augen schaute. Er fiel ihr um den Hals und begann zu weinen. Seine Schultern zuckten und er ließ die ganze Enttäuschung raus.

Brad konnte nicht fassen, was Alex und Mandy ihm berichteten. »Verdammt, wie kaltblütig kann ein Mensch bloß sein, um seinen leiblichen Sohn am Telefon einfach wegzudrücken?«, fluchte Brad.

»Ich weiß. Ich habe mich genauso aufgeregt wie du. Glaub mir. Aber wahrscheinlich kennen wir nicht die ganze Geschichte. Es musste einen Grund für ihre Reaktion geben«, sagte Mandy.

»Du musst diese Frau nun gar nicht beschützen wollen. Diese Art kotzt mich an. Das macht mich richtig wütend.«

»Schon gut, Dad. Ich weiß nun, dass ich nichts über sie erfahren will. Sie ist nicht meine Mutter. Ihr seid meine richtigen

Eltern.« Alex sagte dies mit solch einer Überzeugung, dass es Mandy und Brad die Sprache verschlug. Wie konnte ihr zwölfjähriger Junge bloß schon so erwachsen sein? In diesem Moment war Alex klargeworden, dass Familie nicht zwingend bedeuten musste, darin geboren worden zu sein, sondern Familie war der Ort, an dem man sich zuhause fühlte. Und er war zu Hause. Bei Mandy und Brad.

16.

Musik war für Alex auch im Alter von vierzehn Jahren noch immer ein großer Bestandteil seines Lebens. Mittlerweile sang er fast bei jedem Auftritt mit seinen Eltern zusammen und hatte auch vermehrt eigene Auftritte auf den Dorffesten.

Die Mädchen fingen an Gefallen an ihm zu finden, was Alex mochte. Doch kaum fing er mit einem Mädchen an zu sprechen kam er ins Stocken und wurde schüchtern. Sein Kopf lief rot an und seine Ohren wurden heiß. Die Mädchen mussten darauf kichern, weshalb sich Alex schämte und davonlief.

Doch eines Abends, nach dem Auftritt auf einem Sommerfest, kam ein schwarzhaariges Mädchen auf ihn zugelaufen, welches ihm schon lange gefiel. Immer wenn er auf der Bühne stand, schaute er zu ihr hinunter und beobachtete, wie sie zu seiner Musik tanzte.

»Du hast schön gesungen«, sagte das Mädchen mit einem Lächeln im Gesicht.

»Danke«, erwiderte Alex schüchtern und ließ seine Hände in die Hosentaschen gleiten.

»Magst du eine Runde mit mir spazieren gehen?«, fragte sie, worauf er seine Augen erfreut aufriss.

»Ja ... ähm ... natürlich. Wo willst du hin?« Alex war sichtlich unbeholfen, schließlich war sie das erste Mädchen, das ihn so etwas fragte und er wollte alles richtig machen.

»Einfach am See entlang.« Das Mädchen kicherte und lief los. »Kommst du?«

»Klar«, stotterte Alex. »Bin schon unterwegs.« Er lachte und folgte ihr.

»Und, wie heißt du?«, fragte er das Mädchen nach einer kurzen Schweigepause. Es war bereits dunkel, doch die Laternen am Wegrand leuchteten hell. Im Gras zirpte es leise und die Luft war noch angenehm warm.

Sie schaute zu ihm hoch und lächelte. »Lucy. Und du bist Alex, stimmt's?«

»Du kennst meinen Namen?«, fragte er erstaunt.

»Na klar, du sagst ihn ja vor jedem deiner Auftritte.«

Alex lief rot an und lachte. »Stimmt, da hast du recht.«

Lucy stellte sich plötzlich vor ihm in den Weg und schaute zu ihm hoch. »Du bist süß. Hast du schon einmal ein Mädchen geküsst?«

Alex schlug das Herz bis zum Hals und seine Hände wurden nass. *Hat sie mich das wirklich gerade gefragt? Will sie mich küssen? Mich? Hilfe, was soll ich nun tun? Soll ich anfangen, oder …*

»Nein …«, stotterte er und kaum einen Wimpernschlag später stand sie bereits auf ihre Zehenspitzen und drückte ihre Lippen auf seine.

Es war ein ungewohntes Gefühl, jemandem so nahe zu kommen, doch er glaubte es zu mögen. *Wow, das hätte ich nun nicht erwartet.* Alex war überrascht und erfreut zugleich und wollte gerade seine Hände zögerlich auf ihre Hüften legen, da er dies so in Filmen gesehen hatte, als plötzlich etwas neben seinem Kopf aufblitzte.

Er zuckte zusammen und löste sich aus dem Kuss, als er Lucy lachend vor ihm stehen sah. »Mann, du hättest dich sehen müssen, du warst so rot angelaufen wie eine Tomate!«, gackerte sie und konnte sich vor Lachen kaum mehr einkriegen.

Alex verstand die Welt nicht mehr, bis er seinen Blick senkte und auf ihre Hand starrte, wo Lucy ein Smartphone hielt.

Ein Schaudern fuhr Alex durch seinen ganzen Körper und er starrte Lucy ungläubig in die Augen. »Hast du uns etwa fotografiert?« Er hoffte, dass er sich täuschte.

»Aber natürlich, nach was sieht es denn aus?« Lucy kicherte noch immer.

Alex stolperte einen Schritt zurück und fragte sie irritiert: »Wieso? Weshalb machst du das? Ich dachte du magst mich.«

»Du bist nicht mein Typ. Aber alle Mädchen an meiner Schule stehen total auf dich, weil du so gut singst. Mit diesem Foto kann ich vor allen angeben, dass du mich geküsst hast!«, kreischte sie.

»Lösch das Foto sofort!«, forderte Alex. Ihm schossen Tränen in die Augen.

Lucy lachte. »Kannst du vergessen. Ach wie süß, weinst du etwa? Wie ein Baby!«

Alex wollte am liebsten auf sie springen und ihr das Handy aus der Hand schlagen, doch stattdessen rannte er mit Tränen in den Augen davon. Während er rannte, schossen ihm tausende Gedanken auf einmal durch den Kopf. Er fühlte sich wie dieser Loser damals auf der Schule, als die Mädchen hinter seinem Rücken gekichert und ihn die Jungs fertig gemacht hatten.

»Wasch dich mal, du stinkst!« »Ähm, ähm, kannst du etwa nicht sprechen?« »Weinst du? Wie ein Baby!« Die Stimmen in seinem Kopf überschlugen sich und redeten auf ihn ein. Alex hielt sich die Ohren zu, was nichts half. »Lasst mich endlich in Ruhe, ich habe euch doch nichts getan!«, schrie er verzweifelt. Er rannte so schnell er konnte, wollte einfach nur raus aus dieser schrecklich peinlichen Situation und alles so schnell wie möglich wieder vergessen.

»Alex, wo warst du? Wir haben dich auf einmal nicht mehr gesehen«, sagte Mandy besorgt, als er auf dem Konzertgelände ankam.

»Ich musste etwas erledigen. Tut mir leid.« Er folgte seiner Mutter zum Wagen, wo Brad bereits am Steuer saß.

Dieser warf ihm einen Blick zu der soviel sagte wie: »Etwas erledigen, na?« Alex rollte mit den Augen. Er sah ihm aber auch wirklich jede Lüge an.

An jenem Abend, als Alex in seinem Zimmer ankam, ließ er sich ins Bett fallen und brach in Tränen aus. Er weinte all den Schmerz und die Demütigung heraus aus seinem Herzen. Seine Schultern zuckten und die gesamte Energie schien seinen Körper zu verlassen.

Nach bestimmt einer Stunde, die er schweigend auf seinem Bett gelegen und sein Gesicht in das Kopfkissen gedrückt hatte, setzte er sich plötzlich wie vom Blitz getroffen auf die Bettkante, griff nach seiner Gitarre und begann erste Töne zu spielen. Er war wie in Trance und komponierte wie durch ein Wunder seinen ersten, eigenen Song.

Er handelte von seiner Zeit als Waisenkind, wie er von seiner Familie aufgenommen wurde und was das Mobbing in ihm bewegte. Der Text kam direkt aus seinem Herzen, er sang einfach darauf los und verlieh ihm mit seiner Gitarre die passende Melodie. Im Refrain sang er instinktiv: »Folge deinem Herzen, denn das Universum hat einen Plan für dich.« Diese Wörter bewirkten etwas in ihm. Er hatte das Gefühl, dass sie etwas ganz Besonderes für ihn bedeuteten. Er hatte das Gefühl, aus einem bestimmten Grund auf der Erde zu sein und dass er irgendwann für seine harten Zeiten belohnt werden würde.

»Du hast gestern Abend schön gesungen, mein Junge. Willst du uns das Stück vorspielen?«, fragte ihn am nächsten Morgen sein Vater.

Alex errötete und fragte verlegen: »Ihr habt mich gehört?«

Mandy kicherte. »Alex. Du solltest wissen, dass unsere Wände nicht besonders dick sind. Klar haben wir dich gehört. Spiel es uns vor!«

»Nein, das ist mir peinlich«, nuschelte er. »Ich werde es vielleicht bei unserem nächsten Auftritt spielen, wenn ich darf.«

Brad nahm einen Schluck Kaffee und nickte. »Geht klar«, sagte er grinsend. »An deiner Stelle wäre ich ganz schön nervös.« Alex lachte und verschwand im Hühnerstall, um frische Eier für das Frühstück zu holen.

»Sollen wir ihm sagen, dass viele aus seiner alten Schule anwesend sein werden?«, fragte Mandy ihren Mann besorgt.

Brad winkte ab. »Das macht ihn nur nervös. Vielleicht ist das für ihn ein guter Weg, um zu zeigen, was er draufhat. Mach dir keine Gedanken mein Schatz. Unser Sohn weiß, was er tut.«

Mandy seufzte und setzte das Teewasser auf.

In jener Woche dachte Alex oft über Lucys Worte nach. Konnte es sein, dass ihn die Mädchen an ihrer Schule wirklich süß fanden? Früher war er immer der Loser mit den stinkenden Klamotten gewesen. *Was hat sich geändert?*

Er grübelte eine ganze Weile, bis ihm klar wurde, dass es wohl die Musik war, die ihn attraktiver machte. Er sprang auf und schnappte sich eine Jugendzeitschrift, in der alle berühmten Sänger abgebildet und deren Lebensgeschichten niedergeschrieben waren. Viele von den Musikern hatten ebenfalls Mobbing erfahren müssen und hatten es trotzdem an die Spitze geschafft. Dies machte ihm Mut, denn er wollte genauso stark sein und ebenfalls so gut aussehen wie seine Vorbilder. Deshalb fuhr er noch am selben Tag mit seinem Vater in das nächstgelegene Dorf, um sich einen lässigen Haarschnitt zu verpassen und neue Klamotten zu kaufen.

»Bin ich so cool?«, fragte Alex seinen Vater, als er aus der Umkleidekabine kam. Er trug eine Bluejeans, ein lässiges Karo Hemd, dessen Ärmel hochgekrempelt und die obersten Knöpfe aufgeknöpft waren. Drei braune Armbänder rundeten das Outfit ab.

Brad grinste und sagte: »Das steht dir ausgezeichnet. Du bist auch mit deinen anderen Klamotten cool, aber so sieht man es endlich einmal.«

Alex lachte. »Danke für deine ehrlichen Worte.«

Als sie wieder zu Hause angekommen waren, präsentierte Alex seine neuen Klamotten stolz seiner Mutter, welche hell begeistert war. »Wow. Die Mädchen werden dich lieben!« Sie lächelte und kniff ihm in die Wangen.

Alex schob ihre Hand zur Seite, weil er dies nicht mochte. »Meinst du?«, fragte er verlegen.

»Hab mal ein bisschen Vertrauen in dich, mein Schatz. Du bist großartig und noch so gutaussehend dazu. Das perfekte Gesamtpaket«, ermutigte sie ihn. Alex lächelte und hoffte, dass seine Mutter recht hatte.

Am Tag der Aufführung war Alex nervöser als sonst, denn er wollte seinen selbst geschriebenen Song das erste Mal vor unzähligen fremden Menschen spielen. Er zog sich seine neuen Klamotten an, fuhr mit etwas Gel durch sein braunes Haar und strich es lässig zur Seite. Alex betrachtete sich im Spiegel und sprach zu sich selbst: »Du schaffst das.« Kurz darauf begab er sich ins Wohnzimmer, wo seine Eltern bereits auf ihn warteten, um loszufahren.

Durch das Fenster ihres Pickups begutachtete Alex die Landschaft. Felder zogen an ihnen vorbei, die Blätter der Bäume wehten im Wind und Vögel transportierten Äste für ihre Nester in deren Schnäbel.

Der Wagen bog nach links ab, was Alex stutzig machte. Er kannte diesen Weg. »Wo ist die Aufführung heute genau?«, fragte er zögerlich.

Mandy und Brad schauten sich an, bevor Brad ihm antwortete: »Im Dorf deiner alten Schule. Wir wollten dich nicht unnötig nervös machen. Du packst das.«

»Stell dir einfach vor, es sei ein ganz normaler Ort, den du nicht kennst. Wie immer.« Mandy versuchte ihren Sohn so zu beruhigen.

Stress machte sich in seinem Körper bemerkbar. Schweiß triefte aus jeder erdenklichen Drüse und seine Hände zitterten. »Das hättet ihr mir sagen müssen!«, wetterte Alex.

»Und was hätte das geändert? Wärst du dann zu Hause geblieben und hättest dich verkrochen? Sieh es doch als Chance an. So kannst du zeigen, was in dir steckt«, erwiderte Brad. Alex schmollte.

»Es tut uns leid, Alex. Aber wir dachten, es sei vielleicht besser für dich, wenn wir das Pflaster schnell abreißen, anstelle dich lange grübeln zu lassen«, sagte Mandy ermutigend.

»Ihr seid ja nicht verprügelt worden! Ihr wisst ja nicht, wie es mir geht, wenn ich wieder an diesen Ort zurückmuss. Das ist egoistisch von euch!«, rief Alex aus.

Brad versuchte die Lage zu schlichten. »Du hast recht. Wir hätten das nicht für dich entscheiden dürfen. Willst du nach Hause? Wir würden ohne dich auftreten, wenn dir das lieber ist.« Mandy blickte gespannt durch den Rückspiegel zu ihrem Sohn, um seine Reaktion zu sehen.

Er saß einen Moment stillschweigend, mit verschränkten Armen da. »Jetzt sind wir ja schon fast da. Ich komme mit«, brummte er nach einer Weile.

Brad nickte und versicherte ihm, dass er die richtige Wahl getroffen hatte. Mandy legte ihre Hand auf den Oberschenkel ihres Mannes, welcher den Wagen auf den Parkplatz zusteuerte. Sie formte mit ihren Lippen ein *Dankeschön*.

17.

Alex zog es den Magen zusammen, als er sah, dass man vom Ort des Konzerts aus seine alte Schule sehen konnte. Er riss sich zusammen und half seinen Eltern schweigend die Instrumente, Verstärker und Mikrofone aus dem Kofferraum zu heben.

Während sie auf der Bühne begannen alles herzurichten, versammelten sich immer mehr Menschen auf dem Platz. Sie setzten sich auf die Holzbänke an einen der langen Tische, da sie während dem Auftritt auch essen und trinken konnten.

Auf einmal entdeckte Alex eine Gruppe Jugendliche, die sich auf eine Bank schmissen und Bier bestellten. Alex wurde übel, als er die Gesichter erkannte. Es waren die Menschen, welche ihn verprügelt hatten. Mehrmals. Mitdarunter waren Claudio und Isaak. Die Jugendlichen trugen Caps und sprachen extra laut, um Selbstbewusstsein auszustrahlen. Sie sahen anders aus als früher. Größer und angsteinflößender.

»Ey, den kennen wir ja! Unser Alex, die Lusche. Will einen auf cool machen!«, rief Ruben. Alex zuckte innerlich zusammen und versteckte sich hinter einem Verstärker, während er so tat als müsste er etwas reparieren. Die Jugendlichen lachten.

»Ich pack das nicht, Dad. Die lachen mich jetzt schon aus«, flüsterte er ihm beim Vorbeigehen zu.

Brad legte ihm seine Hand auf die Schulter und blickte ihm tief in die Augen. »Hör mir zu. Du bist ein starker, junger Mann. Sing nicht für sie, sing für dich. Such dir einen Punkt hinter dem Publikum, auf den du dich fokussieren kannst.

Dann musst du ihnen nicht in die Augen schauen, wenn du singst. Ich habe das am Anfang auch oft gemacht, wenn ich Lampenfieber hatte.«

Alex sah seinem Vater noch immer in die Augen. »Danke«, sagte er leise. Sein Hals war trocken. Brad nickte ihm zu und machte sich wieder an die Arbeit.

Als die Tische vollständig besetzt waren und die Gäste ihr Essen erhalten haben, wurde das Licht gedimmt und Mandy begann auf dem Klavier eine ruhige Melodie zu spielen. Brad sang mit seiner rauchigen Stimme die ersten Strophen allein, bis Mandy mit ihrer Engelsstimme einstieg. Alex spielte auf seiner Gitarre und versuchte gerade noch einen Punkt zu finden, auf den er sich konzentrieren konnte, als sein Blick fälschlicherweise zur Gang von Ruben schweifte. Sie lachten und zeigten mit den Fingern auf ihn. In seinem Kopf spielte sich alles in Zeitlupe ab. Seine Ohren waren taub und der Hals noch immer trocken. *Du schaffst das,* sprach er sich innerlich zu. *Zeig ihnen was du draufhast. Du bist kein Loser.*

Brad nickte, um ihm zu signalisieren, dass gleich sein Einsatz kommt. Alex schluckte einmal kräftig, um den Kloß in seinem Hals zu beseitigen und den Mund zu befeuchten. Er erhob seinen Blick und fand ein schwaches Licht, hinter dem Kopf eines Zuschauers, auf das er sich konzentrierte. Seine Ohren empfingen langsam wieder die Melodie - und er sang.

Sein Einsatz war der Refrain, bei dem seine kräftige Stimme sensationell zur Geltung kam. Er bemerkte, dass ein Raunen durch das Publikum ging, da sie wohl solch eine schöne Stimme nicht von ihm erwartet hätten. Jemand begann im Takt zu klatschen, bis immer mehr Menschen mitgerissen wurden. Alex spürte eine Energie, die er bislang noch nicht kannte. Es war eine Kraft, die ihn antrieb und ihn kräftiger singen ließ, als jemals zuvor. Er sang sich die Seele vom Leib und ließ sich von der Melodie treiben. Als das erste Lied zu Ende war, schloss er seine Augen und ließ den kräftigen Applaus auf sich wirken. Es tat so gut und er war seinen Eltern unendlich dankbar, dass sie ihm diese Chance gaben, hier zu singen.

Es wurde immer dunkler und ein Song folgte dem nächsten, bis die letzten Töne gespielt wurden. Die Melodie klang aus und die Menschen klatschten erneut.

»Mom, ich will ihn singen«, flüsterte Alex. Mandy war sichtlich überrascht.

»Bist du dir sicher?« Alex nickte. Er wollte kein *Opfer* mehr sein. Er wollte mutig sein und allen zeigen, was er draufhatte.

»Guter Junge«, flüsterte sie stolz und nahm das Mikrofon in ihre Hand. »Mein verehrtes Publikum. Eigentlich wäre dies unser letzter Song des heutigen Abends gewesen, doch Alex hat noch etwas Besonderes für Sie vorbereitet. Lassen Sie sich überraschen!« Er ging auf seine Mutter zu und blieb neben ihr stehen. Sie wünschte ihm viel Erfolg und setzte sich an die Seite der Bühne.

Alex atmete tief ein, aus und griff dann zum Mikrofon. »Ich habe einen eigenen Song geschrieben. Er handelt von meinen eigenen Erfahrungen, die ich … in meinem Leben sammeln durfte. Ich war Schüler an dieser Schule und musste erfahren was Mobbing bedeutet. Es hat mich sehr geprägt und ich weiß, dass es anderen genau so geht wie mir. Dieser Song bedeutet mir sehr viel. Viel Spaß beim Zuhören.«

Im Publikum herrschte Stille. Alex holte sich einen Stuhl und stellte das Mikrofon auf die richtige Höhe ein. Er nahm die Gitarre in die Hände und spielte seinen Song:

»Ich war ein Waisenkind und ganz alleine, wartete jeden Tag auf einen Sinn. Ich fragte mich, woher ich komme und wer ich bin.

-

Dann schickte mir das Leben zwei wundervolle Menschen, die mich aufnahmen, als wäre ich ihr leiblicher Sohn. Wie habe ich das verdient, war das wohl der Lohn?

-

Ich kam zur Schule und freute mich auf die anderen Kinder, doch was mir dort begegnete, war mir fremd. Sie verspotteten und schlugen mich ganz ungehemmt.

-

Folge deinem Herzen, denn das Universum hat einen Plan für dich. Überall wo Feuer alles niederbrennt, entsteht Platz für etwas Neues. Ich vertraue mir selbst und respektiere, wer ich bin. Lass dich nicht unterkriegen, denn das alles hat einen Sinn!

-

Ich dachte, alle anderen können alles erreichen, dachte immer, ich sei auf mich allein gestellt. Ich wartete, bis sich der Himmel erhellt. Doch es erschien mir hoffnungslos, denn mein Leben war alles andere als famos.

-

Ich fühlte mich wie eine lästige Plage, wurde verstoßen und fühlte mich nichts wert. Es hatte mir das Leben grässlich erschwert.

-

Doch dann sagtet ihr, alles sei richtig mit mir. Und mir wurde eines klar: Eine Familie zu haben ist wunderbar.

-

Folge deinem Herzen, denn das Universum hat einen Plan für dich. Überall wo Feuer alles niederbrennt, entsteht Platz für etwas Neues. Ich vertraue mir selbst und respektiere, wer ich bin. Lass dich nicht unterkriegen, denn das alles hat einen Sinn!«

Das Publikum lauschte seinem Gesang, die Zuschauer zündeten ihr Taschenfeuer an und schwenkten sie zur Melodie in der kühlen Abendluft hin und her. Alex sang aus tiefstem Herzen. Als er bei dem letzten Refrain angelangt war, löste er den Blick von dem Licht, das er die ganze Zeit fokussiert hatte und schaute in sein Publikum. Gewisse Menschen hatten Tränen in den Augen, andere hört einfach nur entspannt zu und vereinzelte sangen sogar bereits mit, als sie den Text im Refrain kannten. Es war ein unglaublich gutes Gefühl und bestärkte ihn darin, dass er gut war in dem, was er tat.

Als er mit seinem Song zu Ende war, begann das Publikum zu klatschen, zu pfeifen und es schien, als würden sie nie wieder mit dem Applaus aufhören wollen.

»Das war wunderschön, Alex. Ich danke dir für dieses Geschenk«, flüsterte ihm Mandy ins Ohr, als sie auf ihn zu kam. Sie hatte Tränen in den Augen und umarmte ihn. »Wir sind so dankbar, dass es dich gibt«, schluchzte sie.

Auch Brad kam zu Alex und strich ihm über die Schulter. »Danke, mein Junge.«

Der Platz leerte sich allmählich, als zwei Gestalten auf die Bühne kletterten. »Hi Alex«, sagte der eine verlegen. Es waren Claudio und Isaak.

»Was geht?«, fragte Alex irritiert.

Claudio fasste sich an den Nacken und stotterte: »Dein Song war sehr schön.«

Isaak nickte und stimmte ihm zu: »Genau, Bruder. Du hast so eine geile Stimme, das wussten wir gar nicht.«

»Danke«, sagte Alex, der noch immer nicht wusste, was das genau werden sollte.

»Wir wollen uns bei dir entschuldigen. Wir haben dich damals im Stich gelassen. Und das nicht nur einmal. Ist uns unterdessen klar geworden. Dieser Text hat uns vor Augen geführt, was du alles durchmachen musstest«, erklärte Isaak, welcher mittlerweile eineinhalb Köpfe größer als Alex war und etwas Muskeln aufgebaut hatte. Alex war überrascht, was sein Song in den Köpfen dieser beiden ausgelöst hatte.

»Wow, ich weiß das zu schätzen, danke«, stotterte er, da er nicht wusste, wie er darauf reagieren sollte.

Claudio steckte seine Hände in die Bauchtasche seines dunkelgrauen Hoodies. »Wir fänden es schön, wenn wir nochmals neu anfangen könnten. Wir mögen dich echt gerne und finden es schade, wie unsere Freundschaft geendet hat.«

»Was sollte dann das Gelächter vorhin? Und weshalb seid ihr noch immer in der Gang von Ruben?«

»Wir hatten Angst, ganz ehrlich. Wir wollten nicht als Loser dastehen, weshalb wir uns den vermeintlich Stärkeren angeschlossen hatten«, erklärte Isaak.

»Ihr seid Mitläufer. Das will ich nicht sein. Ruben hat mich mit seinen Leuten verprügelt und wegen euch bin ich fast im See ertrunken, wisst ihr noch? Wenn ihr zu ihm gehört, möchte ich nichts mit euch zu tun haben, da bin ich ganz ehrlich.«

Claudio ergriff das Wort: »Wir verstehen dich, Mann. Wenn du uns die Chance gibst, dann möchten wir gerne dein Vertrauen zurückgewinnen. Ruben ist kurz nach deinem Auftritt gegangen. Ich glaube, ihm wurde auch bewusst, was er dir angetan hat. Er kann es nur wegen seinem Ego nicht zugeben. Vielleicht müsst ihr euch aussprechen.«

»Und wir werden bei diesem Mal auf deiner Seite stehen, versprochen«, ergänzte Isaak.

Alex zuckte mit den Schultern. »Na gut, wenn ihr das wirklich ernst meint und ich auf euch zählen kann, können wir das gerne versuchen.«

»Danke Mann, wir werden uns bei dir melden«, sagte Claudio und klopfte Alex auf die Schulter. Isaak gab Alex einen Handschlag und verabschiedete sich von ihm.

»Siehst du? Ich habe es dir doch gesagt. Du hast dir ihren Respekt zurückgeholt. Gut gemacht«, sagte Brad aus einer Ecke.

»Dad? Hast du das etwa alles mitgehört?«, fragte Alex erschrocken.

»Aber natürlich.« Brad lachte. »Meine Ohren sind überall. Ach und übrigens. Nun weiß ich auch weshalb du damals so durchnässt nach Hause gekommen bist. Das waren die, nicht wahr?«

Alex musste schmunzeln und nickte. »Gib es zu. Du wusstest es ohnehin schon. Wie machst du das nur immer?«

Brad wuschelte ihm durchs Haar. »Ach weißt du mein Junge, vielleicht wirst du diese Fähigkeit eines Tages auch erlernen, wenn du deine eigenen Kinder hast. Bis dahin ist aber noch etwas Zeit, klar?«

Alex lachte. »Natürlich, Dad. Dafür müsste ich erst einmal jemanden finden, der so einen Loser wie mich lieben könnte.«

»Du bist kein Loser. Und ich bin mir sicher, dass du schon bald ein nettes Mädchen kennenlernst. Vertrau mir.«

»Und wie weiß ich, dass sie die Richtige ist?«

»Wenn du sie triffst, wirst du es spüren.«

»Versprochen?«

»Versprochen.«

Liv

Im Alter von neunzehn Jahren erhielt Leona einen Model Job in Rom. Ihr wurde klar, dass sie gut darin war – wahrscheinlich lag ihr das Modeln im Blut. Sie entschied sich, nach dem Job in Rom eine Woche Ferien zu machen. Schließlich war es ein vierzehnstündiger Flug und das war für Leona zu schade, um gleich wieder nach Hause zu fliegen. Außerdem brauchte sie etwas Zeit für sich allein.

Ihr Vater lebte noch immer glücklich mit Amanda und deren zwei Kindern zusammen in ihrem großen Haus und Liz hatte seit kurzer Zeit auch einen festen Partner. Leona hatte sich mit ihr ausgesprochen. Liz sah die meisten ihrer Fehler ein und hatte sich bei Leona für ihr Verhalten entschuldigt. Auch Leona entschuldigte sich bei ihr für die vielen Vorwürfe. Es war schön, dass sich die beiden wieder in die Augen sehen konnten und nicht ständig ausweichen mussten. Leona lebte zwar noch immer bei ihrem Vater, aber Liz hatte sich damit abgefunden.

»Ich wünsche dir einen guten Flug, mein Schatz. Genieß die Zeit in Rom. Sie wird dir lange in Erinnerung bleiben. Und pass ja auf dich auf. Und melde dich bei mir, wenn etwas ist, ja?«, schluchzte Liz am Telefon, als sich Leona bei ihr verabschiedete.

»Mach dir keine Sorgen, Mom. Ich schreibe dir, sobald ich gelandet bin.«

Leona fuhr mit ihrem Vater in dem luxuriösen, schwarzen Heaven Sportwagen mit den hoch polierten, silbernen Felgen zum Flughafen in Los Angeles. Sie liebte es in seinem Wagen zu fahren, denn man musste sich nicht anschnallen. Er hatte einen speziellen Mechanismus eingebaut, der bei einem Aufprall oder einer starken Bremsung automatisch einen Gurt um den Körper schnallte. Somit fühlte sich das Fahrerlebnis noch viel freier an.

Am Flughafen angekommen, stieg sie aus dem Wagen mit den Flügeltüren und stellte ihre beiden rosafarbenen Rollkoffer neben sich. Es dämmerte allmählich, doch die Luft war noch angenehm warm.

»Ich bin so stolz auf dich, meine Liebe«, sagte Tom. Er schloss sie in eine Umarmung und wollte sie am liebsten nicht mehr loslassen.

»Danke Dad, aber ich krieg kaum Luft«, spaßte Leona.

Tom ließ seine Tochter los und schaute in ihre glasklaren, blauen Augen. »Du bist so wunderschön. Nimm dich vor den Italienern in Acht. Die wissen, wie man flirtet«, sagte er lächelnd und besorgt zugleich.

»Ich kann auf mich aufpassen, Dad.«

»Das weiß ich doch, mein Mädchen. Denk einfach ab und zu einmal an deinen Vater, ja?« Er schmunzelte.

»Ach, wie könnte ich dich nur vergessen.«

»Ich hoffe das meinst du positiv.«

Leona lachte. »Aber natürlich. Also Dad, ich muss jetzt langsam … mein Flieger hebt bald ab.«

»Du wirst mir fehlen, mein Liebling. Wir telefonieren an deinem Geburtstag, ja?« Leona nickte, drückte ihrem Vater einen Kuss auf die Wange und begab sich dann zum Check-in.

Leona flog in der First-Class. Sie war das Fliegen gewohnt, da sie oft mit ihren Eltern unterwegs gewesen war. Ob auf den Bahamas, den Malediven oder Hawaii, stets hatten ihre Eltern die luxuriösesten Resorts gebucht und geflogen waren sie immer in der First-Class, wenn sie gerade nicht in einem Privatjet unterwegs gewesen waren.

Kurz nachdem die Maschine die Flughöhe erreicht hatte, wurde ihr das Essen serviert. Es gab einen Linseneintopf, einen grünen Salat und zum Dessert ein veganes Tiramisu. Nach dem Essen schaute sich Leona noch einen Film an, bei dem ihr jedoch irgendwann die Augen zufielen.

Als die Meldung des Piloten durch die Lautsprecher ertönte, dass sich die Passagiere zur Landung bereit machen sollten, erwachte sie, stellte ihren Sitz gerade und beobachtete durch das Fenster die Landung. Leona fand es faszinierend, auf die kleinen Häuser hinunter zu schauen. Alle Probleme schienen so weit weg zu sein und alles, was für sie sonst so riesig schien, war doch eigentlich winzig klein.

Die Landung gestaltete sich etwas holperig, doch das war sie sich gewohnt. Dafür war der Flug im Allgemeinen sehr ruhig gewesen, weshalb sie sich nicht beklagen konnte. Als die Maschine beim Gate zum Stillstand kam, packte sie ihre Sachen, stieg aus dem Flugzeug und holte ihren Koffer beim Gepäckband ab. Als sie im Taxi saß, schrieb sie ihren Eltern eine Nachricht, dass sie gut gelandet sei.

Es war ein warmer Sommertag und im Gegensatz zu ihrem Heimatort war die Luft trockener. Durch das Taxifenster beobachtete sie die Menschen, welche genussvoll an ihrem Gelato leckten und andere, die auf einer Holzbank saßen, um noch die letzten Sonnenstrahlen einzufangen.

Das Taxi hielt vor dem Eingang der Lobby ihres Hotels, wo sie von den Angestellten freundlich empfangen wurde. Die Männer halfen ihr die Koffer aus dem Wagen zu heben und fragten, ob sie diese gleich auf ihr Zimmer bringen durften. Leona lehnte dankend ab. Ihr wäre dies unangenehm gewesen, denn sie wollte den netten Herren keine unnötige Arbeit aufbürden. Ihr war es immer unangenehm gewesen, wenn ihre Eltern in den Hotels so wichtiggetan hatten. So wollte sie nicht rüberkommen, sondern wie ein ganz normaler Mensch behandelt werden.

Da sie im Flieger fast die ganze Zeit geschlafen hatte, war sie kaum müde. Doch ihr brummte der Magen, weshalb sie sich entschied, in der Stadt nach einem guten Restaurant Ausschau zu halten. Sie duschte, zog sich ein lockeres Sommerkleid über, schlüpfte in braune Schnürsandalen, schnappte sich eine Stadtkarte und machte sich auf den Weg. Sie schlenderte durch die uneben gepflasterten Gassen und lauschte der Straßenmusik, die aus der Ferne zu hören war. Gruppen von jungen Menschen rannten lachend an ihr vorbei und Kinder kurvten auf ihren Fahrrädern im Slalom um die Passanten. Leona atmete tief ein und lächelte. Noch nie hatte sie das Leben so gespürt, wie in diesem Moment. Sie war glücklich.

Von weitem sah sie ein kleines, süßes Restaurant, das mit den charmanten Holztischen und den vielen Kletterpflanzen sehr einladend aussah. Sie setzte sich an einen der Tische und ließ sich die Speisekarte bringen. Für Leona war es das Paradies auf Erden. Als sie noch bei ihrer Mutter gelebt hatte, trichterte diese ihr ein, ja nicht zu viel zu essen, um nicht zuzunehmen. Dieses Denken verinnerlichte Leona so sehr, dass sie in manchen Situationen gar nicht merkte, dass sie eigentlich noch mehr hätte essen wollen. Doch hier hatte sie einen so großen Appetit wie schon lange nicht mehr und konnte essen, was und wieviel sie wollte. Bloß der Duft dieses herrlichen Essens, der in der Luft lag, ließ das Wasser in ihrem Mund zusammenlaufen.

Sie schlug sich den Bauch mit Spaghetti Pomodoro voll und genoss dabei jeden einzelnen Bissen. Die handgemachten, dicken Spaghetti mit der saftigen Tomatensauce, dem frischen

Basilikum, dem feinkörnigen Salz und dem gemahlenen Pfeffer, alles war perfekt aufeinander abgestimmt. Das Brot tunkte sie in Olivenöl mit Salz und biss genussvoll in die knusprige Rinde. Zur Nachspeise bestellte sie sich ein Zitronensorbet, das auf ihrer Zunge zerfloss und einen erfrischenden Geschmack hinterließ.

Leona bedankte sich beim Kellner für das vorzügliche Essen und gab ihm ein gutes Trinkgeld. »Ich danke Ihnen von Herzen«, sagte er mit einem breiten Grinsen im Gesicht und fasste sich mit der Hand auf die Brust.

Leona lächelte ihn freundlich an. »Ich muss mich bei Ihnen bedanken. Das Essen war vorzüglich.«

Der Kellner, welcher bestimmt zwei Meter groß war und einen schmalen Körperbau hatte, kratzte sich nervös am Bart. Er machte einen Schritt zurück, lächelte verlegen, machte die Anstalten sich zu verabschieden und wandte sich dann aber doch nochmals zu Leona um. »Sie sind … Leona Parker, habe ich recht?«, fragte er leise.

Sie sah ihm an, dass er hoffte, nicht falsch zu liegen. »Sie haben mich erkannt? Das ist mir eine große Ehre.« Leona grinste bis über beide Ohren. Bis anhin hatte man sie immer nur dann angesprochen, wenn sie mit Liz unterwegs gewesen war. Sie dachte bis dahin, dass sie ohne ihre Mutter an der Seite untergehen würde und man sie nicht erkennen würde. Aber das war dem wohl nicht so, wie es aussah.

Dem Kellner fiel sichtlich ein Stein vom Herzen, dass er richtig gelegen hatte. »Meine Tochter ist ein großer Fan. Ihr ganzes Zimmer ist volltapeziert mit Bildern von Ihnen. Sie möchte auch Model werden«, sprudelte es plötzlich aus ihm heraus. Wenn er sprach, gestikulierte er lebendig mit seinen Händen. Leona fand das sehr sympathisch.

»Das freut mich zu hören. Wie alt ist denn Ihre Tochter?«

»Sie ist vor kurzem süße Sechzehn geworden.«

»Sagen Sie ihr, dass sie alles schaffen kann, wenn sie es aus tiefstem Herzen will. Es ist kein einfacher Job, das muss sie sich bewusst sein. Man muss stark sein und sich selbst nicht verlieren.«

Der Kellner neigte seinen Kopf zur Seite und lächelte. »Machen Sie es denn aus tiefstem Herzen?«

Leona musste bei dieser Frage lachen. Nicht, um sich über ihn lustig zu machen, sondern weil er damit mitten ins Schwarze getroffen hatte. Tat sie es aus tiefstem Herzen? Sie wusste es nicht. »Es wurde mir wohl in die Wiege gelegt.«

Der Kellner schmunzelte. »Ich werde meiner Tochter Ihren Rat ausrichten.«

»Wie heißt sie?«

»Anna.«

Leona kramte in ihrer kleinen Handtasche nach einem Kugelschreiber und schrieb auf die weiße Serviette, die vor ihr auf dem Tisch lag: *Mach das, was deinem Herzen guttut. Deine Leona.* Den Kugelschreiber ließ sie wieder in ihrer Handtasche verschwinden und reichte die Serviette dem Mann. Dankend legte er seine Handfläche auf seine Brust und beugte sich als Dankeschön ein kleinwenig vor.

»Und ich danke Ihnen für das leckere Essen.« Leona erhob sich vom Stuhl, schnappte ihre Handtasche und winkte dem Kellner zu, während sie das Restaurant verließ.

Eigentlich wollte sie noch etwas spazieren gehen, doch als sie einen Blick auf ihr Handy warf, sah sie, dass es bereits elf Uhr war. Da sie am nächsten Morgen ein Fotoshooting hatte, entschied sie sich zum Hotel zurück zu gehen. Erst da kam sie ins Grübeln. *Habe ich wohl doch etwas zu viel gegessen?* Doch diesen Gedanken schob sie schnell wieder zur Seite. *Wie dumm ich doch bin, dass ich mir diese Frage überhaupt stelle. Schließlich rege ich mich selbst ständig über diese dürren Modepüppchen auf, welche sich über ihre „zu dicken" Oberschenkel oder „zu breiten Hüften" beklagen. Traurig. Sei doch dankbar, dass du einen gesunden und außerdem wunderschönen Körper hast.*

Sie rollte ihre Augen, als sie spürte, dass sie sich bereits wieder viel zu sehr über dieses Thema aufregte.

Leona hatte jenen Abend Mühe einzuschlafen. Das lag wohl daran, dass in Los Angeles noch mitten am Tag war. Die neun Stunden Zeitverschiebung machten ihr zu schaffen, weshalb sie sich irgendwann aus dem Bett kämpfte und sich mit einer dünnen Decke umschlungen auf den kleinen Balkon setzte. Sie lauschte dem Gelächter, das sie von weitem hörte und spürte, wie der laue Wind über ihr Gesicht streifte.

Sie war glücklich an solch einem schönen Ort zu sein. Es fühlte sich richtig an und sie genoss es, Zeit für sich allein zu haben. Leona lächelte zufrieden und schloss ihre Augen. Sie dachte an ihre Familie, denn so froh sie auch war, einmal weit weg von dem ganzen Trubel zu sein, vermisste sie alle bereits enorm. Leona war dankbar, dass ihre Familie gesund war und jeder seinen eigenen Weg gefunden hatte. Sie war froh, im Hier und Jetzt zu sein - doch sie war sich nicht sicher, ob sie ihren Weg bereits gefunden hatte.

Was wollte sie in ihrem Leben eigentlich erreichen? Wollte sie wirklich für immer ein Model sein, wie es ihr ihre Mutter vorgelebt hatte? War sie dafür geschaffen, von einer Fashion-Week zur nächsten zu reisen? Wohl eher nicht. Oder hatte sie so viel Biss wie ihr Vater, um Projekte umzusetzen und etwas Eigenes auf die Beine zu stellen? Wenn das so wäre, dann hatte sie selbst noch nichts davon bemerkt. Leona war sich bewusst, dass sie schon immer anders war. Doch wie war sie denn? Was machte sie aus? Was war ihre Aufgabe, ihre Bestimmung?

Sie fragte sich, wie das alle anderen machten. Irgendwie schien es ihr so, als würde es allen leicht fallen, dem nachzugehen, was sie gut konnten.

Tiffany zum Beispiel hatte schon immer gesagt, dass sie eines Tages eine berühmte Modedesignerin werden würde und sie tat alles dafür, sich diesen Traum erfüllen zu können.

Doch was wollte sie selbst? Und warum fiel es ihr so viel leichter, anderen Tipps über das Leben zu geben, wenn sie doch selbst keine Ahnung von ihrem eigenen hatte? Diese Fragen schwirrten noch eine ganze Weile in ihrem Kopf umher, bis sie nach einer gewissen Zeit merkte, dass sie wohl eingenickt war. Sie kroch wieder zurück in ihr Bett, kuschelte sich in das dicke, luftige Kopfkissen und schlief bis zum nächsten Morgen durch.

18.

Im Gegensatz zum idyllischen Abend zuvor, war am Morgen in der Stadt Rom einiges los. Ihr Taxifahrer fuchtelte ständig mit seinen Händen umher und fluchte auf italienisch, da er sich über die anderen Autofahrer aufregte. Die Autos hupten so oft, dass es sich schon fast wie ein Konzert anhörte. Kein schönes Konzert, wohl bemerkt.

Leona kämpfte mit der Müdigkeit und der Lärm strapazierte ihre Nerven. Dementsprechend war sie erleichtert, als sie gegen ihre Erwartung sogar fünf Minuten zu früh bei ihrem Kunden ankam. Sofort wurde sie in die Maske geschickt und für das Fotoshooting gestylt. Die Make-up-Artisten pinselten und tupften in ihrem Gesicht umher, während dem die Modedesigner an den Klamotten herumzupften, sodass diese optimal an ihrem Körper saßen.

»Bella!«, rief der Fotograf. »Perfetta!«

Zwar sprach Leona kein italienisch, aber abgesehen von *Pizza*, *Pasta* und *Lasagne* waren diese Wörter selbst in ihrem Wortschatz vorhanden. Zum guten Glück sprachen die meisten Angestellten vor Ort auch ein wenig Englisch.

Das Fotoshooting war für eine Werbekampagne einer weltweit bekannten Modemarke namens *F@shion*. Es war für Leona eine große Ehre, das Gesicht dieser Kampagne sein zu dürfen. Viele andere berühmte Models wären in Frage gekommen, doch anscheinend hatte Leona laut Designer »Das gewisse Etwas.«

Nach dem ersten Teil des Shootings im Studio durfte Leona in ein anderes Outfit schlüpfen. Das Team begleitete sie in einem großen, mit Spiegeln versehenen Fahrstuhl nach oben. Als sie ihr Spiegelbild betrachtete, fiel ihr der Kinnladen nach unten. Sie trug ein langes, luftig rotes Kleid, das ihr wie angegossen saß. Im Brustbereich war es eng geschnitten und ab der Taille floss es sanft zu Boden. Ihre Lippen trugen dieselbe, frische, rote Farbe und ihre schulterlangen, blonden Haare waren an den Spitzen zu weichen Locken gestylt. Sie konnte sich ein Grinsen nicht verkneifen, so schön fühlte sie sich.

Als sich die Türen des Fahrstuhls öffneten, wehte ihr ein warmer Wind entgegen. Leona konnte ihren Augen kaum trauen, als sie auf eine riesige Terrasse trat, von der sie über die Dächer der Stadt blicken konnte. Vor lauter Staunen blieb sie wohl einen Moment zu lange stehen, da sie von dem Fotografen aufgeboten wurde, sich an den Shooting-Platz zu begeben.

Unzählige Ventilatoren waren auf sie gerichtet, die anfingen zu rotieren. Angenehme, kühle Luft wehte ihr entgegen. Leona nahm eine elegante Pose ein und spürte, wie sich ihr luftiges Kleid im Wind verselbstständigte. Es schwebte in der Luft und wehte in weichen Bewegungen hin und her. Leona fühlte sich wie eine Königin, die vom Wind getragen wurde. Ihre Bewegungen wurden flüssiger, weicher und sie konnte sich im Moment verlieren. Sie war in ihrem Element und hätte dieses Shooting noch bis in alle Ewigkeit so weiterführen können. Die Make-up-Artisten kamen ab und an auf sie zu und tupften ein bis zweimal in ihrem Gesicht umher, bis sie sie wieder ihre Arbeit machen ließen.

Nachdem der Fotograf das letzte Bild geschossen hatte, legte er zufrieden seine Kamera zur Seite. Begeistert applaudierte er. Leona war ein wenig traurig, denn sie hätte gerne noch lange so weiter gemacht. Doch sie war sich bewusst, dass es immer dann zu Ende geht, wenn es am schönsten ist.

Sie bedankte sich herzlich bei ihm für diesen großartigen Job und begab sich dann zusammen mit den Stylisten wieder zurück in den Aufzug. Nachdem sie wieder in ihre eigenen Klamotten geschlüpft war, verabschiedete sie sich von dem ganzen Team.

Als sie ihren Fuß aus der Agentur setzte, lächelte sie. »Nun beginnen deine Ferien erst recht«, flüsterte sie zufrieden zu sich selbst. Sie setzte sich ihre schwarze, schmetterlingsförmige Sonnenbrille auf die Nase, damit sie nicht erkannt wurde, warf einen Blick auf die Stadtkarte, welche sie aus ihrer Handtasche gezogen hatte, und machte sich auf den Weg zum Kolosseum.

Leona bestaunte die alten Häuser, die vielen Statuen aus Stein, die sie überall entdeckte und war begeistert von der Architektur. Sie schlängelte sich durch die Menschenmenge und nahm Abkürzungen durch Seitengassen, da sie dachte, so schneller ans Ziel zu kommen. Doch irgendwann dachte sie, dass sie doch schon längst beim Kolosseum hätte ankommen sollen. Stattdessen stand sie plötzlich in Mitten eines Marktes, als sie aus einer Seitengasse kam. Von links und rechts liefen unzählige Menschen, die Tüten mit Nahrungsmitteln und Souvenirs mit sich trugen, an ihr vorbei.

Leona blickte irritiert hin und her und bog links ab, wo sie fast in einen Mann hineinlief, der auf italienisch wohl so etwas sagte wie: »Schau gefälligst, wo du hinläufst!« Leona machte einen Schritt zur Seite - worauf sie plötzlich von jemandem gerammt wurde. Sie stolperte, trat auf ihre Sonnenbrille, die von ihrem Kopf gefallen war und prallte an einen jungen Mann, welcher sie gerade noch auffangen konnte.

»Passen Sie doch auf!«, rief der Mann der Person hinterher, die Leona gerammt hatte.

»Es tut mir leid«, sagte eine alte Frau mit weißem Haar und strahlend grünen Augen. Die Frau schaute Leona eindringlich an. Ein seltsames Gefühl durchströmte ihren Körper, welches sie nicht einordnen konnte. Die Frau lächelte verlegen, bevor sie sich umdrehte und in der Menschenmenge verschwand.

»Hast du dich verletzt?«, fragte der Mann Leona, die noch ganz durch den Wind und damit beschäftigt war, die kaputten Teile ihrer Sonnenbrille vom Boden aufzusammeln.

»So ein Mist«, fluchte sie. »Ja, alles in Ordnung. Hab vielen Dank«, nuschelte sie, bevor sie ihren Blick zu dem jungen Mann erhob.

»Tut mir leid um deine Sonnenbrille. Aber es freut mich, dass es dir gut geht«, sagte der Mann lächelnd.

Ihr Herz machte einen Sprung, als sie in seine braunen Augen schaute. »Es tut mir leid, dass ich dich so überrumpelt habe«, stotterte Leona verlegen und war wie gefesselt von seinem Blick.

Der junge Mann neigte den Kopf leicht zur Seite und sagte mit seiner warmen Stimme: »Das macht doch nichts. Mach dir deswegen keinen Kopf.« Leona lächelte verlegen und wollte gerade die Stadtkarte in ihre Handtasche stopfen, als der Mann fragte: »Wo wolltest du denn hin?«

»Eigentlich war mein Plan, zum Kolosseum zu gehen. Aber anscheinend habe ich mich verlaufen.« Sie seufzte und fasste sich an die Stirn. Ihr war ganz warm vor Aufregung.

»Darf ich mal schauen? Vielleicht kann ich dir ja helfen.«

»Ach das wäre ja sehr freundlich, danke vielmals.« Sie suchte mit ihrem Zeigefinger auf der Karte den Ort, an dem sie sich gerade befand, als der junge Mann lächelte. »Was ist?«, fragte Leona schüchtern.

Er streifte sich eine lockige, braune Strähne aus dem Gesicht und stellte sich dicht neben sie. »Schau mal, ich kenne da einen Trick«, flüsterte er und fasste die Karte dicht neben ihren Händen an. Die Berührung löste einen Stromimpuls aus, der durch ihren Körper strömte. »Wir befinden uns nicht hier unten, sondern hier oben. Du hast die Karte falsch herum gehalten«, sagte er mit einem breiten Grinsen im Gesicht, als er die Karte um hundertachtzig Grad gedreht hatte.

»Na sowas.« Leona kicherte, worauf ihr Gesicht rot anlief. »Da hast du mir aber nun wirklich geholfen.«

Der Mann lachte herzlich. »Soll ich dich begleiten? Ich meine, nicht …, dass du dich wieder verläufst. Das wäre ja sehr schade.« Er räusperte sich und sah Leona tief in ihre glasklaren blauen Augen.

Sie war verlegen und blickte kurz zu Boden. Sollte sie einem fremden Mann einfach so vertrauen? Ihr Verstand riet ihr davon ab, doch bevor ihr Kopf das Zepter übernehmen konnte, sagte sie aus ihrem Bauch heraus: »Sehr gerne, wenn dir das keine Umstände bereitet?«

»Natürlich nicht. Ich muss sowieso auch in diese Richtung«, flunkerte er, denn eigentlich wollte er bloß etwas Zeit mit ihr verbringen können. Er hätte sie überall hinbegleitet.

»Dann folge ich dir unauffällig.« Sie kicherte.

Ihr gefiel dieser Mann. Er weckte ihr Interesse und die Tatsache, dass er sie nicht zu erkennen schien, erfreute sie merkwürdigerweise. Er war einen Kopf größer als sie und hatte kräftige Schultern. Er trug eine kurze Jeans und ein lockeres, weißes Hemd, das er bis zu seinen Ellbogen hochgekrempelt hatte.

211

»Darf ich nach deinem Namen fragen?« Sie bogen in eine etwas ruhigere Gasse ab.

»Natürlich, tut mir leid, ich habe mich ja noch gar nicht vorgestellt. Ich bin Leona«, sagte sie lächelnd. »Und du? Wie ist dein Name?«

Er grinste bis über beide Ohren, als er sagte: »Das ist ein wunderschöner Name. Was denkst du denn, wie ich heiße? Nach welchem Namen sehe ich deiner Meinung nach aus?«

Leona lachte. »Das ist gemein!«

»Warum? Ich bin bloß neugierig.«

»Na gut«, sagte Leona zögerlich und überlegte. »Du könntest ein … Giovanni sein. Habe ich recht?« Von weitem war das Hupen einer Vespa zu hören.

Er lachte. »Giovanni? So sehe ich für dich aus?«

»Ist das etwa eine Beleidigung?« Er schüttelte den Kopf. »Hmm, Leonardo?«, grübelte sie weiter.

»Nein. Du hast noch einen Versuch.«

»Und was passiert, wenn ich wieder falsch liege?«

»Dann muss ich mir überlegen meinen Namen zu ändern«, spottete er.

Leona lachte wieder. »Dann verrate mir deinen Namen und ich sage dir ob du so aussiehst.«

»Das klingt nach einem Deal. Ich bin Alex, freut mich«, sagte er und lächelte Leona liebevoll an.

»Doch, jetzt wo du es sagst - du siehst aus wie ein Alex. Dass ich da nicht früher draufgekommen bin?«

Alex lachte vergnügt.

Otis & Liv

Alex gefiel die schöne Blondine mit den strahlend, hellblauen Augen und dem wundervollen Lachen. Er machte einen Witz nach dem anderen, bloß um seine Schüchternheit zu überspielen.

Als sie ihn das erste Mal angesehen hatte, war er von ihr verzaubert. Sie hatte solch eine schöne Ausstrahlung und er fühlte sich ab dem ersten Moment wohl in ihrer Gegenwart. Er hätte sie nicht gehen lassen können und eine innere Stimme sagte ihm, dass sie jemand ganz Besonderes war. Sie fühlte sich merkwürdigerweise nach Zuhause an, auch wenn er nicht wusste wieso.

»Was führt dich nach Rom?«, fragte Alex interessiert, als sie gemeinsam durch die Gassen zogen.

»Ich komme aus Amerika, Los Angeles, um genau zu sein. Ich hatte hier einen Job und habe Ferien angehängt.«

Alex zog seine Mundwinkel erfreut nach oben. »Wow, Amerika. Da möchte ich unbedingt einmal hin. Ich war noch nicht an vielen Orten auf der Welt. Du reist öfters?«

»Du warst noch nie in Amerika? Da musst du unbedingt einmal hin. Kann ich dir wärmstens empfehlen. Ja, ich war schon fast überall. Aber es gibt ständig Neues zu entdecken, nicht wahr?«

»Da hast du absolut recht«, stimmte ihr Alex zu.

»Und was führt dich hierher? Woher kommst du?«, fragte Leona neugierig.

»Ich komme aus England und bin auch beruflich unterwegs.« Alex zögerte kurz. »Ich bin ein … Straßenmusiker und reise momentan durch Europa, um eine Fangemeinschaft aufbauen zu können. Dies ist aber einiges schwerer, als ich es mir vorgestellt habe.«

Leona schmolz innerlich dahin. *Ein Musiker.* Wenn er so gut singen konnte, wie er aussah, müsste sie sich fragen, ob das alles nur ein schöner Traum war. »Ich liebe Musik!«, jauchzte Leona erfreut und räusperte sich dann, weil sie eigentlich lässiger antworten wollte. Alex durfte ihr nicht anmerken, wie toll sie ihn fand.

»Dann bin ich ja froh. Menschen die nichts mit Musik anfangen können, verstehe ich nämlich nicht«, sagte Alex und presste seine Lippen aufeinander. Er hatte schon Angst gehabt, dass sie ihn auslachen würde und er alles vermasselt hätte.

»Sehe ich auch so.«

»Schön, wenn wir der gleichen Meinung sind.« Er hielt kurz inne und überlegte, ob er den Gedanken aussprechen sollte, der laut in seinem Kopf aufschrie. »Ich … habe morgen Abend einen Auftritt beim Trevi-Brunnen. Wenn du möchtest, darfst du gerne mal vorbeischauen«, nuschelte Alex und räusperte sich. Er hoffte, dass er sie mit seiner Einladung nicht überrumpelte und es sich gelohnt hatte auf den lauten Gedanken zu hören. Schließlich kannte er sie erst ein paar Minuten und vielleicht war sie einfach nur freundlich, was seine Musik anging. Vielleicht fand sie es insgeheim lächerlich und wollte ihn gar nicht spielen hören.

»Klar, ich komme sehr gerne vorbei«, sagte Leona erfreut und lächelte ihn verlegen an. Alex fiel ein Stein vom Herzen.

19.

Unterdessen waren sie beim Kolosseum angekommen. Alex war enttäuscht, denn für ihn hätte dieser Spaziergang noch viel länger dauern können. »Da wären wir«, sagte er aufgemuntert, um seine Enttäuschung zu überdecken. Leona schaute lächelnd zu ihm hoch und ließ dann ihren Blick über das mächtige Bauwerk schweifen.

»Es ist wunderschön, nicht wahr? Noch viel eindrücklicher als auf den Bildern.«

»Dann bin ich ja froh, dass ich dich gefunden habe. Sonst hättest du dieses Weltwunder nicht zu Gesicht bekommen. Wer weiß wo du heute sonst gelandet wärst.«

Leona reihte sich in die Warteschlange vor dem Eingang des Kolosseums und lachte. »Da hast du wohl recht, ich danke dir vielmals. Du hast etwas gut bei mir.«

Alex ließ seine Hände in die Hosentaschen gleiten und fragte zögerlich: »Dann … sehen wir uns morgen?«

Leona überlegte kurz. Sie nahm ihren ganzen Mut zusammen und fragte: »Kommst … du denn nicht mit rein?«

»Wie, du meinst … ins Kolosseum? Mit dir?« Alex war sichtlich überrascht.

»Ja, also, ich dachte bloß … du musst natürlich nicht … war bloß eine dumme Idee von mir. Tut mir leid. Du hast bestimmt besseres zu tun als alte Ruinen anzuschauen.« *Ich bin doch bescheuert. Was wird er wohl über mich denken? Wahrscheinlich, dass ich eine einsame Seele bin und mich sofort an den erst besten Typen*

215

klammere, der einfach bloß nett sein wollte - auch wenn er für mich nicht nur irgendein Typ ist. Er ist der süßeste Typ, der mir je begegnet ist.

Alex sah ihr eine Weile schweigend in die Augen und schluckte leer. Ein Lächeln zupfte an seinen Lippen. »Natürlich, sehr gerne sogar. Wenn du dir das wünschst?«

Leona errötete im Gesicht. »Du willst? Du darfst mir aber auch wirklich sagen, wenn du etwas anderes vorhast. Ich möchte dich ungerne aufhalten.« Sie klang überrascht und strich sich nervös eine Haarsträhne aus dem Gesicht.

»Wie könnte ich da nur nein sagen. Ich liebe das Kolosseum. Ich nehme an, du besuchst es zum ersten Mal?«, fragte Alex und stellte sich grinsend neben sie in die Warteschlange. Hinter ihnen hatte sich die Reihe bereits verlängert und Leona betete innerlich, dass sie von niemandem erkannt werden würde. Denn sie liebte es, dass Alex sie so mochte wie sie als ganz normaler Mensch war. Einfach Leona. Ohne den ganzen Tumult um ihre berühmte Familie.

»Wieso weißt du, dass ich zum ersten Mal hier bin?«, fragte Leona verblüfft. »Kannst du Gedanken lesen?«

Alex lachte. »Nein. Würde ich zwar gerne können. Deine Desorientiertheit hat dich aber irgendwie verraten, weißt du?« Neckisch stieß er sie sanft mit seinem Ellbogen an.

»Du hast recht. Da war ich wohl etwas zu offensichtlich, was?« Leona kicherte vergnügt.

Alex zwinkerte ihr zu. »Nur ein bisschen.« Verlegen fasste sie an die Stelle ihres Armes, wo er sie berührt hatte. Sie mochte es, wenn Alex ihre Haut berührte, auch wenn ihr diese Vertrautheit gewissermaßen Angst machte. Sie wusste nicht, ob sie dem Gefühl vertrauen konnte oder ob sie bloß zu viele Liebesfilme gesehen hatte, in denen die Frauen sich in den ersten Typen verliebten, der ihnen über den Weg lief. Sie hatte sich immer darüber lustig gemacht. Tiffany fand es amüsant, ihr dabei zuzusehen.

»Ich wette mit dir, dass es dir eines Tages genauso gehen wird«, hatte sie damals lachend gesagt.

»Ich glaube nicht. Irgendwie habe ich bei Männern den falschen Riecher.«

»Du wirst noch an mich denken, Süße.« Dabei hatte ihr Tiffany verführerisch zugezwinkert. Leona hatte die Augen gerollt, eine Hand voll Popcorn genommen und sich diese in den Mund gestopft.

Leona löste für sich und Alex ein Ticket, bevor sie durch den Sicherheitscheck gingen. Wie beim Flughafen musste Leona ihre Tasche auf ein kurzes Laufband legen und durch einen Scanner gehen, der zum guten Glück nicht piepte. Alex musste seinen Gürtel ablegen und erneut durchgehen, doch beim zweiten Mal war auch bei ihm kein Geräusch mehr zu hören.

Im Kolosseum angekommen kam Leona nicht mehr aus dem Staunen heraus. Sie liebte die Ruinen, die unzähligen unterirdischen Gänge und die Vorstellung, dass an diesem Ort früher Kämpfe stattgefunden hatten. »Wusstest du, dass gemunkelt wird, dass die Römer hier auch Seeschlachten veranstaltet haben?«, fragte Alex, als sie auf die Arena blickten.

»Du veräppelst mich doch, oder?«

»Warum sollte ich?«

Leona zuckte mit den Schultern. »Wie sollte das denn möglich gewesen sein?«

»Also, alles weiß ich auch nicht. Ich habe mal eine Dokumentation darüber gesehen. Anscheinend hatte es unter den Tribünen Zugänge gegeben, dank denen die Arena innert wenigen Stunden mit Wasser gefüllt werden konnte. Aber ich glaube, lange hatten sie dies meines Wissens nicht gemacht.«

»Hmm … und wo lief das ganze Wasser ab?«, fragte Leona grübelnd.

Alex atmete tief ein und stützte sich mit den Ellbogen auf den Stein, während er auf die Arena runter schaute. »Na, ich denke in den Tiber.«

Sie zuckte mit den Schultern und stützte sich ebenfalls, dicht neben Alex, ab. Ihre Arme berührten sich knapp nicht. »Alleine die Vorstellung, dass hier drin Seeschlachten stattgefunden haben könnten, ist beeindruckend. Aber sag mir eins: Wie haben sie die Schiffe hier reingebracht? Mit dem Hubschrauber?« Sie sah Alex mit hochgezogenen Augenbrauen an. Ein Moment lang herrschte Schweigen, bis beide losprusteten.

»Du hast recht, wie soll das möglich gewesen sein?« Alex fasste sich auf den Bauch und krümmte sich vor Lachen. »Wie du das eben gesagt hast. *Mit dem Hubschrauber.*«

Leona fand es sehr amüsant ihm bei seinem Lachanfall zuzuschauen und musste sich stark konzentrieren, nicht zu grunzen, da sie dies ab und zu bei wirklich starkem Gelächter musste. Sie konnte es gerade noch so knapp unterdrücken. Um sich zu beruhigen, schauten sie sich eine Weile nicht mehr an. Leona und Alex konzentrierten sich darauf, ruhig zu atmen.

Als Leona die Arena etwas genauer betrachtete, fiel ihr auf, dass das Kolosseum nicht rund, sondern ellipsenförmig war. Auf den Postkarten hatte es sich für sie immer rund angesehen. Genau in diesem Moment lief eine Touristengruppe an ihnen vorbei und die Stadtführerin erklärte, dass das Kolosseum nur ein Amphitheater genannt werden durfte, gerade *wegen* seiner elliptischen Form. Jetzt wusste sie das auch.

»Beeindruckend«, wagte sich Leona nach einigen Minuten zu sagen. Ihre Stimme klang ruhig und vom Lachanfall war in ihrer Tonlage nichts mehr zu hören. »Man spürt förmlich die Kraft, die von diesem Ort ausgeht. Irgendwie fühle ich mich gleichermaßen angezogen wie abgestoßen.«

»Warum abgestoßen?«, fragte Alex interessiert.

»Na, so viele Menschen und Tiere haben hier einen grauenvollen Tod erlitten. Stell dir mal vor, du hättest hier kämpfen müssen.« Leona lief ein Schaudern über den Rücken, während sie dies sagte.

»Du hast recht. Wo hättest du als Zuschauerin gesessen?«

»Ich wäre zu diesen Kämpfen nicht hingegangen«, antwortete Leona kurzerhand.

Alex zog die Augenbrauen hoch. »Bist du dir sicher? Und wenn du dazu gezwungen worden wärst? Rein hypothetisch.« Die Fragerei machte ihm sichtlich Spaß.

»Wahrscheinlich auf der obersten Tribüne.«

»Bei den Armen?«, fragte Alex lachend.

»Nun ja, da saßen doch die Frauen ... und Sklaven.«

»War ja auch fast das Gleiche, nicht wahr?«, sagte Alex ironisch, worauf Leona ihm einen empörten Blick zuwarf und ihren Ellbogen in seine Rippen rammte.

»Autsch. Du hast einen kräftigen Schlag, Leona. Das war nur dummes Gerede, das weißt du hoffentlich«, sagte Alex lachend und rieb sich über die Haut.

»Bei so einem Kommentar musst du nun mal mit solch einer Reaktion rechnen«, sagte sie und zwinkerte ihm zu.

»Es gab aber auch Frauen, die auf der untersten Tribüne saßen. Einige erhofften sich dadurch einen gut bezahlten und erfolgreichen Kämpfer anzulächeln.«

»Stimmt. Das ist aber auch traurig, wenn man bloß dem Geld und Ansehen hinterherjagt. So verpasst man vielleicht seine große Liebe, da man so von materiellen Dingen geblendet ist.« Leona wurde zum Schluss des Satzes immer leiser. Sie wusste nicht, weshalb sie dies sagte. Er sah ihr tief in die Augen - so tief, dass er sich in ihnen verlieren konnte. »Was ist?«, fragte Leona kichernd. Alex blinzelte einige Male, da er zu realisieren schien, dass er sie ein paar Sekunden zu lange angeschaut hatte.

Wie peinlich. Er wollte nicht, dass sie sich bedrängt fühlen musste, bloß weil er sie so gerne ansah.

»Ach nichts.« Er lächelte. »Willst du noch etwas anschauen?«

»Für mich passt das so. Wollen wir gehen?« Alex nickte, worauf sie gemeinsam das Kolosseum verließen.

»Ich fand den Nachmittag mit dir heute sehr schön«, sagte Alex, als sie draußen angekommen waren.

»Geht mir genauso. Und danke nochmals, dass du mir mit dem Weg geholfen hast. Das war sehr lieb von dir.«

»Das habe ich doch gerne gemacht.« Alex strahlte sie wie ein Honigkuchenpferd an und ließ seine Hände in die Hosentaschen gleiten. Leona knabberte nervös auf ihrer Unterlippe. Eigentlich wollte sie sich nicht von ihm verabschieden, doch nun war der Zeitpunkt gekommen.

»Dann … sehen wir uns morgen um sechs beim Brunnen?«, fragte Alex zögerlich. Er hoffte, dass sie ihn wiedersehen wollte.

»Klar, ich komme sehr gerne vorbei.« Sie nickte eifrig.

»Dann freue ich mich auf morgen. Mach's gut, Leona.« Er strich ihr zum Abschied sanft über den linken Arm, bevor er ihr den Rücken zuwandte und langsam davon ging.

Ein warmer Schauder rieselte durch ihren gesamten Körper. *Wie macht er das bloß?* Fragte sie sich unweigerlich. Eine ganze Weile stand sie noch da und schaute ihm hinterher, bis sie sich losriss.

Auf dem Rückweg zum Hotel musste sie ständig an sein herzliches Lachen und die lockigen, braunen Haare denken, durch die sie gerne mit ihren Fingern gefahren wäre. Sie hatte das Gefühl ihn schon eine Ewigkeit zu kennen. Noch nie zuvor hatte sie sich zu einem Menschen von Anfang an so hingezogen gefühlt, wie zu ihm. Ob dies ein gutes Zeichen war? Unbedingt musste sie ihn am nächsten Tag wiedersehen, dachte sie sich. Hoffentlich würde sie ihn nicht verpassen, schoss es ihr durch den Kopf, denn andernfalls würde sie ihn wohl nie wieder treffen. Nun ärgerte sie sich, dass sie ihre Handynummern nicht ausgetauscht hatten. Doch sie hatte sich nicht getraut danach zu fragen, dies hätte sie zu viel Überwindung gekostet.

Einige Straßen weiter entdeckte sie ein Optikergeschäft. Es klingelte, als sie den antiken Laden betrat. Das Licht war gedimmt und die Wände aus Stein verliehen dem Laden Charme.

»Was darf ich für Sie tun?«, fragte eine ältere, weibliche Stimme. Leona zuckte vor Schreck zusammen, denn außer ihrem Spiegelbild sah sie keine Menschenseele im Laden.

»Ich habe einen Patienten«, sagte sie ins Leere und schaute um sich. Langsam und gemächlich kam eine italienische Mamma hinter einer der Steinsäulen angewackelt. In aller Seelenruhe. Leona musste unweigerlich lächeln.

»Zeig mir den Patienten, Kind.« Die Frau hatte ein Tuch um den Kopf gebunden und oberhalb der Stirn zu einer Masche geknöpft. Mit ihren Händen machte sie eine auffordernde Bewegung.

»Hier, ich bin versehentlich draufgetreten. Können Sie die noch reparieren?« Leona zog beschämt ihre Augenbrauen hoch und biss auf die Zähne. Die Frau, welche unterdessen vor ihr zum Stehen gekommen war und zu Leona hochblickte, schüttelte den Kopf. »Kaputt«, sagte sie lediglich, nahm die beiden

Hälften der Sonnenbrille in ihre Hände und wackelte vor Leonas Nase herum.

»Schade. Das war meine Lieblingsbrille.« Leona seufzte.

»Musst du Acht geben auf Dinge, die du liebst«, sagte die Frau mit kräftiger Stimme. Sie klang irgendwie energisch, aber Leona spürte, dass dies an ihrem Temperament lag.

»Haben Sie vielleicht eine ähnliche Sonnenbrille in ihrem Sortiment?«, fragte Leona hoffnungsvoll.

Wieder schüttelte die Frau ihren Kopf. »Du nicht können Sache kaputtmachen, die du liebst und dann erwarten, dass du wieder dasselbe findest.«

Kommt es nur mir so vor, oder sprechen wir hier nicht nur über eine kaputte Sonnenbrille? Schoss es Leona durch den Kopf. *Wahrscheinlich hat die Frau gerade private Probleme.* »Da haben Sie natürlich recht, aber ich habe diese Brille wirklich sehr gemocht. Vielleicht dieselbe Form in einer anderen Farbe?« Sie zuckte mit den Schultern.

Die Frau legte die kaputten Brillenteile auf den Tresen hinter sich, lief geradlinig auf die Wand zu, an der unzählige Brillenmodelle auf Holzregalen präsentiert wurden und schnappte sich ein Modell. »Aufsetzen.« Sichtlich überfordert von dieser forschen Art, nahm Leona die Brille entgegen und setzte diese auf die Nase. »Wunderschön. Du aussehen wie Model«, sagte die Frau plötzlich richtig aufgeheitert und ein Lächeln huschte über ihre Lippen.

»Ich danke Ihnen«, sagte Leona mit einem Schmunzeln. Sie war überrascht, welch guten Geschmack diese Frau hatte. Das hätte sie nicht erwartet.

Im Spiegel betrachtete sie das Brillenmodell. Die große, runde Form schmeichelte ihren Gesichtszügen und die olivgrüne Farbe passte hervorragend zu ihrem blonden Haar. Die braunen Gläser, welche gegen unten heller wurden, verliehen dem Modell eine gewisse Leichtigkeit. »Sie ist wunderschön. Haben Sie noch ein anderes Modell für den Vergleich?«

»Du nehmen dieses Modell. Heutige Generation müssen lernen, dass nicht immer große Auswahl nötig ist. Manchmal erste Wahl ist die Beste.«

Einerseits nervte sich Leona ab der Tatsache, dass die Frau wohl besser zu wissen glaubte, was sie brauchte. Doch andererseits spürte sie, wie diese Aussage etwas in ihr bewegte. Leona betrachtete erneut ihr Spiegelbild. Es war alles so stimmig, weshalb wollte sie also noch eine Alternative sehen?

»Sie haben recht. Ich nehme sie.«

»Brava!« Die Frau klatschte in ihre Hände und watschelte zur Kasse.

Das Gesicht von Alex war noch immer von einem breiten Grinsen geziert, als er das gesamte Gespräch nochmals in seinen Gedanken abspielen ließ. Er hatte sich in Leonas Gegenwart geborgen gefühlt und der Abschied war ihm sehr schwergefallen. So ein Gefühl kannte er nicht.

In den letzten Jahren hatte er einige Mädchen kennengelernt und ein, zwei Beziehungen angefangen, doch diese dauerten höchstens ein paar Wochen, bis er sich eingestehen musste, dass bei ihm zu wenig Gefühle im Spiel waren. Da war einfach nicht dieser Funke, von dem ihm sein Vater immer erzählt hatte. Er glaubte, dass der Grund für seine Beziehungen war, dass er sich selbst beweisen wollte kein Versager mehr zu sein. Nach dem Gespräch mit Ruben hatte sich nämlich einiges verändert.

Claudio und Isaak waren mit ihm in ein Pub gegangen, wo sie Ruben traten. Sie hatten ihn zur Rede gestellt und ihm erklärt, dass es nicht okay gewesen war, was er Alex damals angetan hatte. Man hatte Ruben angesehen, dass es ihm leidtat, doch er hatte sich nie entschuldigt. Er war zu stolz gewesen, um seine Fehler zugeben zu können.

Es hatte sich herausgestellt, dass Ruben einen Alkoholiker als Vater gehabt hatte, welcher oft handgriffig gegenüber Ruben und dessen Mutter geworden war. Alex war klargeworden, dass dieses Verhalten wohl auf Ruben abgefärbt hatte. Auch wenn es seine Taten keinesfalls entschuldigte, hatte er ihm irgendwie leidgetan. Schließlich war Ruben damals ein Kind gewesen und konnte nur so handeln, wie er es von zuhause vorgelebt bekommen hatte.

Ruben hatte Alex ab diesem Tag in Frieden gelassen. Dies war der Grund, weshalb sich Alex wieder getraut hatte zur Schule zu gehen. Auch ein Grund dafür war gewesen, dass Frau Schmidt von der Schule suspendiert wurde, nachdem einige Mobbing-Fälle ans Licht gekommen waren, die sie ignoriert hatte. Mandy und Brad waren damals unheimlich stolz auf Alex gewesen, dass er diesen Schritt gewagt hatte.

Am Abend nach der Begegnung mit Leona, brachte Alex kaum ein Auge zu, denn er dachte die ganze Zeit über seine Songs nach. *Kann ich Leona so beindrucken? Wird ihr mein Gesangsstil gefallen? Kommt sie zum Auftritt?* Er wälzte sich von der einen auf die andere Seite seiner Matratze, hin und her.

Alex lebte in einem kleinen, blau lackierten VW-Bus, den er sich zu einem Wohnmobil umgebaut hatte. Er konnte sich kein Hotel leisten und außerdem blieb er nie für lange Zeit an demselben Ort.

Mit seinem Wagen war er flexibel und ortsunabhängig. Die Einrichtung war minimalistisch und praktisch. Gegenüber seines Schlafplatzes, der aus einer Matratze bestand, befand sich eine kleine Küche. Abgesehen von einem Herd, einem Wasserkocher und ein paar Schränken war diese nicht besonders ausgestattet.

Leona hatte hingegen eine halbe Ewigkeit unter der Regendusche im Hotelzimmer gestanden und ließ die weichen Wassertropfen über ihre Haut fließen. Sie hielt ihre Augen geschlossen und träumte vor sich hin. Sie malte sich tausende Szenarien aus, was alles passieren könnte, wenn sie Alex wiedersehen würde. Sie stellte sich vor wie es wäre ihn zu küssen und dass sie gemeinsam die Welt erkunden würden. Sie war sich bewusst, dass es bescheuert war, schon so weit voraus zu denken, denn sie kannte ihn ja kaum. *Aber träumen darf man doch mal.*

»Hallo Süße, wie geht's dir in *bella Italia*?«, fragte Tiffany neugierig, als sie mit Leona per Videocall telefonierte.

Leona hatte noch feuchtes Haar, trug ein viel zu großes T-Shirt und lag auf dem Bett. »Es ist großartig!«, schwärmte sie und grinste.

»Leo … «, quietschte Tiffany. »Ich kenne dieses Grinsen. Wie heißt er?«

Leona lachte. »Vor dir kann ich aber auch gar nichts geheim halten!«

»Wie meine beste Freundin tickt, weiß ich nun mal zu gut. Erzähl schon!«

»Wir haben uns heute erst kennengelernt. Ich bin plötzlich mit ihm auf der Straße zusammengestoßen. Ich hatte mich verlaufen und dann hat er mich zum Kolosseum begleitet. Ist das nicht süß?«

Tiffany musste lachen.

»Ja, ich weiß, was du jetzt sagen wirst: *Ich habe es dir ja gesagt*«, ahmte Leona ihre Freundin nach.

»Wollte ich gar nicht sagen.« Tiffany presste ihre Lippen zusammen und musste ein Lachen unterdrücken.

»Ach komm. Tu nicht so unschuldig. Ich kenne dich.«

»Okay, hast ja recht. Habe ich es dir doch gesagt!«, kreischte sie ins Telefon. »Und? Wie ist er so? Kennt er dich und deine Eltern?«

»Nein, er kennt mich nicht. Zum Glück nicht. Er heißt Alex und kommt aus England.« Leona lief rot im Gesicht an, als sie seinen Namen aussprach.

»Aww, da hat sich jemand aber gleich über beide Ohren verknallt. Meine kleine Miss Ich-glaube-nicht-an-Liebe-auf-den-ersten-Blick.«

»Ich bin nicht verliebt«, nuschelte Leona.

»Neeein, natürlich nicht. Ist ja auch nicht so, dass du Hitzewallungen kriegst, wenn du seinen Namen aussprichst.«

»Stimmt doch gar nicht.« Leona trocknete sich ihre feuchten Hände an der Bettwäsche ab.

»Und dann noch ein Engländer, oh lala. Es heißt, die seien heiß und haben viiiel Kohle. Hast dir einen guten geschnappt. Bleib dran, Süße!«, quietschte sie.

Leona rümpfte die Nase und winkte ab. »Ach Tiff, hör auf. Du weißt, dass ich nicht auf das Geld achte. Mir kommt es auf den Charakter an.«

»Pff, genau. Und was machst du, wenn er keine Kohle hat und ihr mal chic essen gehen wollt? So etwas gibt es dann nicht, meine Liebe. Geld macht einiges einfacher«, plapperte sie darauf los.

Leona ließ die Augen rollen. »Ach ja, und wie war das bei dir mit diesem Typen? Wie hieß er schon wieder ... habe ich doch glatt seinen Namen vergessen«, sagte Leona ironisch.

Tiffany hatte den Namen dieses Typen bestimmt eine Milliarde Mal erwähnt. Sie hatte von ihm geschwärmt, gesagt, was für ein Traummann er doch sei und dass die zehn Jahre Altersunterschied bloß ein Zeichen dafür seien wie reif sie war. Ständig erzählte sie davon, was er ihr alles zu bieten hatte und blablabla. Jedenfalls stellte sich schlussendlich heraus, dass Tiffany bloß eine von vielen kleinen Liebschaften war. Er hatte sich mit ihr vergnügt und mit seinem Geld geprotzt.

»Ach, Logan war doch ein Idiot. Fang mir bitte nicht wieder mit dieser Leier an. Immer wieder kommst du mir mit dieser alten Geschichte.«

»Stimmt, ist ja gerade mal knapp fünf Monate her.«

»Du bist nervig. Ich konzentriere mich jetzt erst mal auf meine Karriere. Die kann mich nicht betrügen.«

»Tu das, Tiff. Ich drück dir die Daumen, dass alles so für dich verläuft, wie du es dir wünschst.«

»Jaja, danke. Ich weiß das zu schätzen. Aber mal im Ernst. Kohle macht einiges einfacher, Leo.«

Leona ließ erneut die Augen rollen. »Es ist praktisch, wenn man Geld hat, ja, da gebe ich dir recht. Aber es steht bei mir nicht an erster Stelle.« Leona wollte ihr nicht erzählen, dass Alex ein Straßenmusiker war. Sonst hätte sie ihr noch einen viel längeren Vortrag gehalten.

Tiffany zog ihre Augenbrauen hoch. »Na, wenn du das sagst.« Sie redeten noch eine halbe Ewigkeit über Gott und die Welt, bis Leona müde wurde und das Gespräch beendete.

20.

Am nächsten Tag konnte für Leona die Zeit nicht schnell genug vorbeigehen. Gefühlt jede Minute schaute sie auf ihr Handy, um die Uhrzeit zu checken. Sie war nervös und verbrachte den Tag im Hotel. Sie hatte Angst, dass sie sich wieder verlaufen und nicht rechtzeitig zurück sein würde, um sich frisch zu machen.

Sie lag auf der Dachterrasse ihres Hotels in einer überdachten Sonnenliege, las ein Buch und schwamm ab und zu einige Längen im Pool. Sie schlürfte an ihrem fruchtigen Cocktail, der bewusst alkoholfrei war, weil sie wusste wie stark Alkohol bei ihrer zarten Figur einschlug. Sie wollte am Abend nicht torkelnd durch die Gassen stolpern.

Als die Sonne langsam tiefer sank, packte sie das Badetuch, ihren Roman und die Wasserflasche in die überdimensionale Strandtasche, zog ein luftiges Kleid über und begab sich zurück ins Hotelzimmer.

Während sich Leona frisch machte, kämpfte sich Alex zwischen den dicht aneinander stehenden Menschen zum Trevi-Brunnen vor, um sich auf seinen Auftritt vorzubereiten. Ständig schaute er auf, um zu überprüfen, ob Leona schon da war. Er war nervös und hoffte, dass sie ihn nicht vergessen hatte – oder noch schlimmer, bewusst nicht kommen würde, weil sie kein Interesse an ihm hatte.

Einige Touristen beobachteten Alex neugierig bei seinen Vorbereitungen. Um diese Uhrzeit war der Brunnen gut besucht, was ihn einerseits freute, da er so an Publikum kam, ohne sich zuerst mühsam eines zu ersingen, doch andererseits fühlte er sich sehr eingeengt und die Vorbereitungen erwiesen sich um ein Vielfaches mühsamer als an den jeweils anderen Standorten. Er hatte eine Spezialbewilligung, um seine Musik in Städten spielen zu dürfen, ansonsten wären die Carabinieri bereits aufgetaucht, um ihm einen Strich durch die Rechnung zu machen.

Für Alex war jeder Auftritt wieder aufs Neue eine Herausforderung. Er spielte selten am selben Ort zweimal. Dies bedingte, dass sein Publikum immer unterschiedlich war. An gewissen Orten blieben nur wenige Menschen stehen, an anderen war er von unzähligen Zuschauern umringt. Gewisse filmten ihn, andere hörten einfach nur zu. Alex war gespannt, wie er auf dieses Publikum wirken würde. Und vor allem interessierte es ihn, wie er bei Leona ankäme – vorausgesetzt, sie würde kommen.

Es dämmerte und die Lichter beim Brunnen gingen an. Das warme Licht schien auf die weißen Skulpturen, welche so noch viel schöner zur Geltung kamen, und das Wasser plätscherte ins riesige Becken. Alex stellte sich vor das Mikrofon, griff nach seiner Gitarre und stellte sich kurz vor. Danach begann er zu singen. Vor sich auf dem Boden hatte er einen Gitarrenkoffer offen hingelegt, damit ihm die Zuschauer Geld hineinlegen konnten.

Die Touristen lauschten beiläufig seiner Stimme, während sie den Brunnen, oder sich selbst vor dem Brunnen, fotografierten, um sich danach wieder vom Brunnen weg durch die

Menschenmenge zu kämpfen. Doch gewisse Menschen lauschten seiner Stimme mit geschlossenen Augen, während sie sanft mit dem Kopf zur Melodie des Liedes wippten. Jene Touristen, die ein Smartphone in den Händen hielten, richteten es auf ihn, um seine Kunst immer wieder anhören und vielleicht sogar mit anderen Menschen teilen zu können.

Alex ließ seine Finger über die Saiten seiner Gitarre gleiten und steckte die gesamte Energie in seine Lieder. Bei den anderen Auftritten hatte er seine Augen öfters mal geschlossen, da er so seine Gefühle besser vermitteln konnte, doch diesmal schaute er die ganze Zeit wachsam in sein Publikum - denn er wollte den Moment nicht verpassen, wenn Leona kommen würde.

Er war gerade mit seinem vierten Song zu Ende, als er seinen nächsten ankündete: »Der nächste Song bedeutet mir sehr viel. Es war der Erste, den ich selbst geschrieben habe. Ich hoffe, er gefällt Ihnen.« Das Publikum klatschte und schaute ihn gespannt an.

Alex hielt einen Moment inne, ließ den Blick über die Köpfe der Menschen schweifen, spielte die ersten Töne auf seiner Gitarre und begann dann zu singen. Als er gerade bei der zweiten Strophe einsetzte, sah er auf einmal, wie sich jemand durch die Menschenmenge nach vorne schlängelte und nicht weit von ihm entfernt stehen blieb. Eine wunderschöne, einen Meter siebzig große Blondine mit leichten Wellen im Haar und gekleidet in einem geblümten Sommerkleid stand im Publikum.

Es war Leona.

Alex strahlte, während er sang. Leona lächelte und winkte ihm verlegen zu. In Alex explodierte ein Feuerwerk. *Sie hat an mich gedacht!* Er hätte jubeln können, doch er musste sich auf seinen Text konzentrieren. Er packte noch mehr Energie und viel mehr Gefühle in seine Lieder, als er es sonst bereits tat. Er wollte ihr imponieren und hoffte, dass ihr seine Texte gefielen.

Wow, dachte sich Leona, *dieser Mann kann singen*. Sie lauschte seiner warmen Stimme, die in den Strophen sanft und in den Refrains so kräftig war. Und seine Texte waren perfekt auf die Melodie abgestimmt. Sie hatte das Gefühl, ihm immer näher zu kommen, denn diese Texte hörten sich sehr persönlich an.

Alex sah immer wieder zu ihr hinüber und strahlte sie mit einem breiten Grinsen an. Sein lockiges Haar hatte er zusammengebunden, wodurch sein schönes Gesicht noch viel besser zur Geltung kam als beim letzten Mal, als sie ihn gesehen hatte. Sein Gesicht war frisch rasiert und er trug ein rostrotes T-Shirt, das auf seiner leicht gebräunten Haut farblich wunderschön zur Geltung kam. Um seinen Hals hing dieselbe goldene Kette, die er am Tag zuvor getragen hatte. Es war eine Kette mit zwei Ringen als Anhänger. Leona fragte sich, was sie wohl für eine Bedeutung hatte.

Nachdem Alex seinen letzten Song zu Ende gesungen hatte und er die Töne auf seiner Gitarre ausklingen ließ, applaudierte das große Publikum begeistert. Es war ein unfassbar schönes Gefühl für Alex, an solch einem speziellen Ort wie dem Trevi-Brunnen gesungen und Menschen begeistert haben zu dürfen. Sein Koffer war bereits gut gefüllt mit Münzen und Noten, doch zum Schluss kamen noch einige mehr dazu. Einige Menschen bedankten sich sogar bei ihm für diesen schönen Auftritt.

Leona ging auf ihn zu, als gewisse Passanten langsam weiterzogen oder sich wieder auf das Fotografieren konzentrierten. »Hi Alex«, sagte sie mit erröteten Wangen und einem breiten Lächeln im Gesicht. »Du warst unglaublich. Du kannst so schön singen.«

Alex fiel ein Stein vom Herzen. »Hi Leona. Das ist lieb von dir. Schön, dass du gekommen bist.«

»Das habe ich dir ja schließlich versprochen. Und ich habe mich nicht verlaufen.«

Alex lachte. »Ich bin stolz auf dich. Hattest du einen langen Weg hier her?«

»Es geht so, ungefähr fünfzehn Minuten zu Fuß. Und du? Ist dein Hotel weit weg von hier?«

Alex räusperte sich, bevor er sagte, dass er auch keinen langen Weg hatte. Er schämte sich zu sehr, um ihr zu sagen, dass er sich kein Hotel leisten konnte. Seine Einnahmen reichten zwar aus, um sich genügend Essen zu besorgen und auch sonst geradeso knapp über die Runden zu kommen, doch ein Hotel wäre ihm definitiv zu teuer gewesen.

»Perfekt.« Leona überlegte, was sie sagen könnte. In ihrem Kopf drehten tausend Schmetterlinge Loopings, die ihr das Denken erschwerten. »Kann ich dir bei irgendetwas helfen?«

Alex winkte ab. »Um Himmels willen, nein. Nun bist du extra hierhergekommen, da musst du doch nicht noch arbeiten.«

Leona lächelte und zuckte mit ihren Schultern. »Das wäre kein Problem, ehrlich. Ich helfe gerne.«

»Das ist lieb von dir, aber überlass das mal mir.«

Leona respektierte seine Antwort und setzte sich auf den Rand des Brunnens hinter ihnen.

»Willst du eine Münze?«, fragte Alex, als er das erspielte Geld in einen Stoffbeutel umfüllte, bevor er diesen in seinen Rucksack verstaute.

Leona war überrascht. »Wieso? Das ist dein Geld.«

Alex lächelte. »Kennst du den Brauch nicht? Wenn du eine Münze in den Brunnen wirfst, darfst du dir etwas wünschen.«

»Ach, wie schön. Nein, das wusste ich nicht. Wirfst du dann auch eine Münze rein?«

»Natürlich.«

»Na gut, aber ich nehme meine eigene Münze. Du hast dir jede einzelne verdient mit deinem Auftritt.«

Alex neigte seinen Kopf zur Seite, als Leona gerade in ihrer Handtasche nach Münzen Ausschau hielt. Er kam ihr näher und setzte sich dicht neben sie. So dicht, dass sie seinen warmen Atem auf ihrer Stirn spüren konnte. Eine wundervolle Energie durchströmte ihren Körper und sie bekam Gänsehaut. Ihr Herz schlug schneller und sie schaute zu ihm hoch. Seine haselnussbraunen Augen schauten sie direkt an und seine Hände führte er sanft zu ihren.

»Hier«, flüsterte er. »Sieh es als kleines Dankeschön, dass du hierhergekommen bist. Das hätten die wenigsten für mich getan.« Er legte eine kleine Münze in ihre zarten Hände, die vor Aufregung ganz weich und nass waren.

»Ich müsste dir danken, dass ich dich singen hören durfte. Ich habe dir noch kein Geld eingeworfen«, nuschelte sie.

»Das hätte ich auch nicht angenommen. Dass du gekommen bist, ist schon Verdienst genug für mich«, sagte er sanft und umschloss mit seiner Hand auf ihrer, die Münze.

»Danke«, flüsterte sie.

»Und jetzt, schließe deine Augen, denk an deinen Wunsch und wirf die Münze ins Wasser.«

»Werfen wir gemeinsam?«

»Sehr gerne.«

Leona schloss ihre Augen und atmete einmal tief durch. Sie wünschte sich, dass sie für einmal den richtigen Mann gefunden hatte und Alex vertrauen konnte. Leona dachte ganz fest an ihren Wunsch, während sie die Münze ins Wasser warf.

»Was hast du dir gewünscht?«, fragte Leona, als sie sich wieder in die Augen schauten.

»Wenn ich dir das sage, würde der Wunsch nicht in Erfüllung gehen. Und das wäre sehr schade, das riskiere ich nicht.«

»Das war ein Test. Ich hätte dir meinen nämlich auch nicht verraten.« Sie biss sich sanft auf ihre Unterlippe und verschränkte verlegen die Arme.

»Bist du hungrig?«, fragte Alex nach einer kurzen Schweigepause.

Leona wirkte erleichtert. »Ich bin froh, dass du das ansprichst, denn mir knurrt der Magen. Kennst du ein gutes Restaurant?«

Alex stand auf und reichte ihr seine Hand. »Gleich hier in der Nähe gibt es ein gemütliches Restaurant. Du magst Pizza, oder?«

Leona nickte hastig. »Ich liebe Pizza! Führe mich an diesen himmlischen Ort.« Sie hielt kurz inne. »Aber wo kannst du dein Equipment unterbringen? Das ist nicht gerade wenig.«

»Ich kenne den Besitzer des Restaurants. Vor ein paar Tagen hatte ich bei ihm einen Auftritt. Ich kann meine Sachen dort sicher platzieren.«

Leona folgte ihm bis zur Pizzeria. Ihr war es nicht recht, dass er so schwer bepackt war, doch er wollte ihr nichts abgeben. Alex war nun mal ein Gentleman.

Beim Restaurant angekommen, begrüßten sich der Besitzer und Alex mit einem kumpelhaften Handschlag, als ob sie sich schon ewig gekannt hätten. Alex stellte ihm Leona vor, worauf der Besitzer erfreut lächelte und sagte, wie schön sie sei.

Leona lief im Gesicht rot an. »Grazie mille.«

Nachdem Alex gefragt hatte, ob er seine Gitarre, das Mikrofon und den Verstärker bei ihm in der Pizzeria für einen

Moment unterbringen dürfe, willigte der Besitzer verständnisvoll ein. Er winkte einladend und führte die beiden an einen Zweiertisch auf der Terrasse des Restaurants, welche von Kletterpflanzen und vereinzelten farbigen Blüten überdacht war. Da es bereits ziemlich dunkel war, leuchtete eine Lichterkette, die um die Holzbalken der Dachstütze geschlängelt war und auf den Tischen standen kleine Teelichter.

Auf der Terrasse herrschte eine romantische Stimmung, was Alex und Leona in Verlegenheit brachte. Alex zog den Stuhl von Leona nach hinten, damit sie sich setzen konnte. Sie bedankte sich erfreut und hängte ihre kleine Handtasche um den Rücken des Stuhls. Als sich Alex gegenüber von ihr hingesetzt hatte, kam der Kellner zu ihnen und nahm die Bestellung auf, in dem er diese in ein elektronisches Gerät tippte. Er bedankte sich und verschwand im Restaurant.

»Ich hoffe ich habe dir nicht zu viel versprochen«, sagte Alex grinsend.

»Das sehen wir bald«, erwiderte Leona neckisch. »Ich vertraue dir. Mal schauen, ob das eine gute Entscheidung war.«

»Nachträglich ist man immer schlauer, nicht wahr?«

Beide lachten.

»Wie lange bist du nun schon auf Tour?«, fragte Leona neugierig.

Er überlegte kurz. »Ungefähr seit drei Monaten. Ich habe in England begonnen und habe mich dann Schritt für Schritt in Europa durchgesungen.«

»Dann bist du aber schon eine ganze Weile unterwegs, wow. Und deine Familie vermisst du nicht?«, fragte Leona gerade, als ihnen der Kellner unauffällig die bestellten Getränke hinstellte.

Alex bedankte sich und nahm gleich einen Schluck von seiner Cola. »Doch, ich vermisse sie sogar sehr.« Er räusperte sich. »Meine Eltern sind … vor zwei Jahren verstorben. Sie hatten einen Autounfall. Ich habe noch nicht mit vielen Menschen darüber gesprochen, seit es passiert ist.«

Leona stellte ihr Wasserglas langsam auf den Tisch zurück, ohne davon getrunken zu haben. Sie schluckte leer. »Entschuldigung, ich wusste ja nicht … Mein Beileid.« Ihr war es unangenehm, dass sie diese Frage überhaupt gestellt hatte. Sie wollte ihm nicht zu nahetreten.

Doch Alex zeigte Verständnis. »Du musst dich nicht entschuldigen.« Er lächelte zwar, aber sie bemerkte, dass seine Augen auf einmal einen traurigen Ausdruck hatten.

»Wie waren sie?«, fragte Leona zögerlich und wusste nicht, ob sie dies überhaupt tun sollte. Sie hatte noch nie mit jemandem gesprochen, der seine Eltern verloren hatte und wollte sich nicht vorstellen, wie sich dieser Verlust bei ihren eigenen angefühlt hätte.

Alex kratzte sich am Kopf und legte dann seine beiden Hände auf den Tisch. »Ich hätte mir keine besseren Eltern vorstellen können. Sie konnten keine Kinder bekommen, weshalb sie sich entschieden haben, mich zu adoptieren. Von ihnen habe ich die Passion für die Musik. Wir lebten auf einem Bauernhof und meine Eltern hatten ein Herz für Tiere. Meine Mutter war wunderschön und hatte immer die richtigen Worte bereit. Mein Vater war der Ruhepol und ich konnte immer auf ihn zählen.«

»Das klingt nach wundervollen Menschen. Sind das die Ringe deiner Eltern?« Leona deutete auf seine Halskette.

»Ja, das sind ihre Eheringe. So sind sie immer bei mir.«

Leona gab sich einen Ruck, legte ihre Hand sanft auf seine und sagte liebevoll: »Schön, dass du nicht aufgibst und das lebst, was du liebst. Deine Eltern wären bestimmt stolz auf dich. Sie passen von da oben auf dich auf.«

Alex fasste Leonas Hand, in dem er seine umdrehte. »Ich danke dir für deine schönen Worte, Leona. Du bist ein Engel.

Sie hätten dich sehr gemocht«, flüsterte er. Er dachte an die Worte seines Vaters: »*Wenn du sie triffst, wirst du es spüren.*« Konnte es sein, dass ausgerechnet sie die Eine war? Es fühlte sich zumindest anders als mit all den anderen Frauen an, die er bislang getroffen hatte. Stets musste er eine Maske aufsetzen und so für die Frauen sein, wie sie sich ihn wünschten. Doch bei Leona konnte er sich fallen lassen.

Leona lief rot an und von ihrer Hand aus, welche Alex mit seinen Fingern umschlang, strömte warmes Blut durch ihren ganzen Körper. Sie hätte für immer in diesem Moment verharren können - doch dann kam der Kellner um die Ecke und servierte ihnen die frisch duftenden Pizzas.

Alex ließ die Hand von Leona langsam los und sie zog ihre hastig zurück, damit der Kellner Platz für den Teller hatte.

»Das duftet ja himmlisch!«

»Ich habe es dir ja gesagt.« Er zwinkerte ihr zu.

Sie wünschten sich einen guten Appetit und stachen mit der Gabel in den knusprigen Pizzaboden.

»Wie lebst du in Los Angeles?«, fragte Alex interessiert, nachdem er den ersten Bissen der Pizza genussvoll zerkaut und heruntergeschluckt hatte.

»Ich glaube, wir haben ein ziemlich gegensätzliches Leben.«

»Wirklich? Warum meinst du?«, fragte Alex erstaunt, weil sie ihm vom Charakter so ähnlich schien.

»Ich lebe bei meinem Vater in einer Patchwork-Familie. Meine Mutter wohnt am anderen Ende der Stadt, doch ich besuche sie regelmäßig. Ich kann mich eigentlich nicht beklagen, wie mein Leben bis jetzt verlaufen ist, auch wenn es nicht immer einfach war. Meine Eltern sind erfolgreich in ihren Jobs und dadurch haben sich für mich einige Türen geöffnet. Ich hätte viele Möglichkeiten, so erfolgreich wie sie zu werden, aber ich bin irgendwie … anders. Mir kommt es nicht so aufs Geld an, mir ist es viel wichtiger glücklich zu sein, weißt du?«

Alex lächelte und sagte: »Das macht dich so sympathisch. Ich wäre nie darauf gekommen, dass du aus einer wohlhabenden Familie kommst. Du bist so bodenständig und ich sehe dir an, dass du das Leben in vollen Zügen genießt. Das gefällt mir.«

»Ich gefalle dir?«, fragte Leona kichernd und nahm einen weiteren Bissen von ihrer Gemüsepizza.

»Wenn es anders wäre, würde ich nicht mit dir in diesem Restaurant sitzen.« Er hoffte, dass er nicht zu offensiv war.

Leona sagte sanft: »Das beruht auf Gegenseitigkeit. Irgendwie habe ich das Gefühl, wir hätten uns schon einmal getroffen. Kann das sein?«

Alex überlegte kurz. »Abgesehen von gestern, glaube ich nicht. Aber es geht mir wie dir. Du kommst mir vertraut vor. Vielleicht in einem früheren Leben?«

Beide lachten.

»Glaubst du an Schicksal?«, fragte Leona kurz darauf.

»Gute Frage. Bis vor kurzem hat mich mein Schicksal eher im Stich gelassen. Wenn es also so etwas wie ein Schicksal gibt, dann muss da noch eine große Belohnung auf mich warten«, sagte Alex und lachte.

»Tut mir leid, was meinst du mit *bis vor kurzem*? Ist denn etwas Schönes passiert?«

Alex kaute einige Male auf seiner Pizza und überlegte, ob er dies wirklich sagen sollte. »Nun ja …«, er räusperte sich. »Ich habe … *dich* getroffen. Ich hatte Glück. Wir können so gut miteinander reden.« Verlegen blickte er auf seinen Teller.

Leona neigte ihren Kopf zur Seite. »So etwas Süßes hat mir ja noch nie jemand gesagt.« Sie schmolz innerlich bei seinen Worten dahin.

»Nicht mal dein … Freund?«, fragte Alex zögerlich. Er musste dies einfach fragen. Nur um sicher zu gehen.

»Nein, nicht mal der«, sagte sie und seufzte.

Der Herzschlag von Alex setzte für einen Moment aus. »Du hast … also einen Freund? Wie schön!« Er räusperte sich.

»Du bist ja auch wundervoll und hast nur das Beste verdient. Gratuliere. Wie lange schon, wenn ich fragen darf?« *Ach was rede ich denn da. War ja klar, dass sie nicht wirklich Interesse an mir hat. Bestimmt braucht sie nur einen kleinen Flirt. Hatte vielleicht Streit oder sowas. Man weiß ja nie.*

»Knapp ein Jahr.«

»Mhm … schön … das ist … wirklich sehr schön«, nuschelte er. Seine Enttäuschung war kaum überhörbar.

Einige Atemzüge lang herrschte Stille.

Plötzlich lachte Leona auf. »Hast du mir jetzt echt geglaubt? Ich dachte immer, ich sei eine schlechte Lügnerin.«

»Du hast also … keinen … Freund?«, fragte Alex zögerlich, dessen Herz langsam wieder zu pumpen begann.

»Nein.« Sie kicherte amüsiert. »Ich bin single. Single und ganz allein in Rom. Mein Vater warnte mich schon vor flirtenden Italienern.«

»Ich bin kein Italiener, also … zählt das nicht«, sagte er und begann wieder zu strahlen.

»Hat dich das jetzt gewurmt?«, fragte sie, um ihn noch etwas zu ärgern.

»Nun ja, ich habe mir nur vorgestellt, wie sich dein imaginärer Freund hätte fühlen müssen, wenn er erfahren hätte, dass du mit einem anderen Kerl Abendessen gegangen wärst.«

»Klar. Nur deshalb.« Sie kicherte vergnügt.

»Und dann erst noch mit einem so gutaussehenden Typen wie mir, verstehst du? Der wäre doch echt explodiert vor Neid«, ergänzte Alex grinsend.

Leona musste herzhaft lachen. Sie mochte seinen Humor.

Nachdem sie den letzten Bissen zu sich genommen und ihr Besteck in den Teller gelegt hatten, verlangten sie die Rechnung. Alex wollte Leona einladen, worauf eine lange Diskussion startete, weshalb Leona das nicht verlangen würde und ihr das nicht recht sei - bis Alex gewann und das Essen übernahm. Leona bedankte sich bei ihm und beteuerte erneut, dass sie dies nicht verlangt hätte. Alex war froh, dass sie nachgegeben hatte, sonst wäre er enttäuscht gewesen und hätte sich ein kleinwenig entmannt gefühlt.

Als sie sich vom Tisch erhoben, rieb sich Leona über ihre Arme.

»Ist dir kalt?«, fragte er aufmerksam.

»Ein bisschen, aber es geht schon.«

Alex öffnete seinen Rucksack, den er unter dem Tisch hervorholte und zog eine Stoffjacke heraus. Er ging auf Leona zu und legte diese vorsichtig um ihre Schultern.

»Ich danke dir«, flüsterte sie und schlüpfte durch die viel zu langen Ärmel, welche sie bis zu ihren Ellbogen hochkrempelte. Irgendwie hatte sie das Gefühl diesen Moment schon einmal erlebt zu haben. Sie überlegte kurz, wobei sie ihre Stirn runzelte.

»Was ist? Stimmt etwas mit meiner Jacke nicht?«

Leona entspannte ihre Gesichtszüge wieder und lächelte. »Nein, alles gut. Deine Jacke ist perfekt.«

»Dann bin ich ja erleichtert.«

Sie verabschiedeten sich vom Besitzer der Pizzeria, welcher sagte, dass sie immer wieder herzlich willkommen seien, und Alex nahm sein Equipment wieder mit.

Gemächlich und mit vollen Bäuchen spazierten sie von dem Restaurant davon. Die alten Häuserfassaden wurden von warmen Lichtern beleuchtet und es wehte ein kühler Abendwind durch die Gassen.

»Ich mag Rom«, sagte Leona nach einer Weile.

»Geht mir ebenso. Eigentlich wollte ich zuerst nach Florenz, doch es hat mich hierhin gezogen.«

»Also doch Schicksal?«, fragte Leona und schmunzelte.

»Vielleicht.« Alex zwinkerte ihr zu.

»Warum glaubst du, sind wir hier auf der Erde? Du musst nicht antworten, wenn du diese Frage irgendwie komisch findest. War nur gerade so ein Gedanke.«

»Du musst dich doch nicht entschuldigen, Leona. Um ehrlich zu sein, habe ich mich das auch schon sehr oft gefragt.«

»Und hast du eine Antwort darauf gefunden?«

Alex lachte auf. »Eben leider nicht. Wie gerne ich wissen würde, für was all das gut sein soll, was wir hier machen. Was denkst denn du?«

»Hmm … schwere Frage. Wenn ich das meine Mom fragen würde, würde sie sagen, wir sind hier, um zu glänzen. Das glaube ich nicht. Meine beste Freundin würde wohl sagen, wir sind hier, um all den Scheiß zu machen, der uns einfällt. Sie ist so ein typischer Lebe-den-Moment-Typ. Ich denke, wir sind hier, um …« Alex schaute sie gespannt an. »Ganz ehrlich? Ich weiß nicht was ich denke. Keine Ahnung. Ich weiß ja nicht einmal was ich in meinem Leben erreichen will. Total planlos. Wie eine Feder im Wind fühle ich mich.«

Alex zog seine Mundwinkel hoch. »Vielleicht finden wir das ja noch heraus. Gibst du mir Bescheid, falls du mehr weißt?«

Sie lachte. »Versprochen.«

Eine Weile schwiegen sie, bis Alex stehen blieb und Leona anschaute. »Ich muss nun da lang«, sagte er enttäuscht und zeigte in eine leere Gasse.

Leona blickte zu ihm hoch und zog ihre Mundwinkel nach unten. »Schade, verlässt du mich schon?«

Alex stellte seine Gitarre auf den Boden, da ihn diese auf dem Rücken störte und strich Leona eine gewellte, blonde Strähne aus dem Gesicht. »Du ... darfst natürlich auch gerne mitkommen, wenn du willst«, flüsterte er sanft. Sein Herz pochte und am liebsten hätte er sie direkt geküsst. Ihre vollen Lippen sahen so zart und weich aus, dass er seine Augen kaum von ihnen lassen konnte. Ihren Atem spürte er auf seinem Kinn, so nahe standen sie sich.

Ihr wurde warm am ganzen Körper, ihre Knie waren so weich wie Pudding und sie atmete schneller. »Ich glaube, ich muss da lang«, hörte sie sich sagen und fragte sich im selben Moment, weshalb sie das tat.

»Okay«, flüsterte er.

»Aber ich gebe dir meine Nummer, ja? Damit wir uns bald wiedersehen«, sagte Leona mit zittriger Stimme. Sie fühlte sich benommen und musste sich konzentrieren, geradezustehen. Obwohl sie keinen Tropfen Alkohol getrunken hatte, fühlte es sich genauso an und in ihren Adern wurde das Blut wie wild durch den Körper gepumpt. Dieses Gefühl war neu für sie und sie konnte es nicht einordnen. War das ein gutes Zeichen?

»Unbedingt«, erwiderte Alex, welcher sofort sein Handy aus der Hosentasche zog. Sie tippte ihre Nummer in sein Smartphone und reichte es ihm mit zittrigen Fingern wieder zurück, als sie ihren Kontakt gespeichert hatte.

»Melde dich bei mir. Wir sehen uns.«

Alex nickte, während er tief in ihre Augen schaute. »Das werde ich. Versprochen. Pass auf dich auf.«

Leona winkte ihm schwach mit ihren Fingern zu, während sie rückwärts von ihm weglief und gradewegs einen Pfosten rammte, vor dem Alex sie gerade noch warnen wollte.

Beide kicherten und er meinte lachend: »Ich sagte, du sollst auf dich aufpassen!«

Leona hielt sich peinlich berührt die Hände vor den Mund, drehte sich um und verschwand in einer leeren Gasse.

Mist, dachte sich Alex. »Du kannst auch gerne mitkommen, wenn du willst«, äffte er sich selbst nach. Wie das klang - als ob er mit ihr gleich ins Bett hüpfen wollte. Als wenn er nichts anderes im Kopf hätte. Schon klar, dass sie einen Rückzieher gemacht hatte. Er war zu aufdringlich gewesen. Zum Glück hatte sie ihm ihre Handynummer gegeben, ganz verkehrt konnte er also doch nicht gehandelt haben.

Er schwang sich seine Gitarre wieder auf den Rücken und machte sich auf den Heimweg. Seine Gedanken kreisten nur um Leona und es kribbelte in seinem ganzen Körper. Er war so kurz davor gewesen sie zu küssen, dass er sich über sich selbst ärgerte, weshalb er es nicht einfach getan hatte. Doch was wäre gewesen, wenn sie dies nicht gewollt hätte? Er wusste, dass sie jemand ganz Besonderes war und dass er sich noch mehr Mühe geben musste, bis er diesen Schritt wagen konnte.

»Ich Dummerchen«, flüsterte Leona vor sich her, als sie in der Gasse verschwand. Fast hätte er sie geküsst und sie kriegte kalte Füße. Sie war kurz davor gewesen und hätte nichts lieber getan, doch die Vorsicht hatte sie zurückgehalten. Ihr Verstand hatte sie davon abgehalten, einen Mann zu küssen, den sie kaum länger als einen Tag kannte.

Sie wusste, wie es war, ihr Herz an einen Menschen zu verschwenden und sie wollte ihr Herz nicht wieder an jemanden verschenken, um es danach zu bereuen. Das hatte sie sich damals nach der Sache mit Kaylab geschworen. Doch es schien alles so perfekt und eigentlich hätte sie sich einfach darauf einlassen können - es passieren lassen.

Kann es denn überhaupt perfekt sein? Sind seine Gefühle echt oder bilde ich mir das alles nur ein? Ihre Gedanken kreisten und auf dem ganzen Weg ins Hotel redete sie sich ein, dass er sich schon melden würde, wenn er Interesse hätte. Das war auch der Grund, weshalb sie nicht nach seiner Nummer gefragt hatte. Denn so war der Ball bei ihm.

Jene Nacht hatte Leona einen seltsamen Traum. Sie träumte von einem blauen Jungen mit Hörnern auf den Schultern und der Stirn. Der Junge hatte blond gelocktes Haar und saftig grüne Augen.

Er lief auf sie zu und sagte, dass sie mitkommen sollte, dass sie eine Aufgabe habe. Langsam verblasste das Bild vor ihren Augen, während eine Stimme hauchte: »Folgt euren Herzen.«

Sie fiel zurück in den Tiefschlaf.

Als Leona am Morgen erwachte, erinnerte sie sich vage an diesen seltsamen Traum.

»Was für einen Schrott habe ich denn da schon wieder zusammengeträumt?«, flüsterte sie verschlafen vor sich her. Doch so wirr ihr dieser Traum auch vorkam, so real fühlte er sich an.

Was für eine Aufgabe sollte das denn sein?

Leona überlegte kurz und rollte dann ihre Augen. *Bestimmt nur ein Hirngespinst*, redete sie sich ein.

Sofort fiel ihr Alex ein und sie griff hastig nach ihrem Smartphone, um ihre Nachrichten zu checken. Sie scrollte nach unten, doch außer gefühlt tausenden Sprachnachrichten von Tiffany und Textnachrichten von ihrer Mutter, war da nichts.

Leona seufzte enttäuscht, ließ ihr Handy auf die Bettdecke fallen und ihren Kopf zurück ins Kissen sinken. Sie lächelte, als sie an den Abend zuvor zurückdachte. Alex schien so perfekt. Nur schon beim Gedanken an ihn flatterten unzählige Schmetterlinge in ihrem Bauch umher.

Wann würde er sich bei ihr melden?

Alex starrte den ganzen Morgen auf sein Handy. Am liebsten hätte er ihr schon am Abend direkt nach der Verabschiedung geschrieben, wie leid es ihm tat und was er doch für ein Idiot sei, sie so zu überrumpeln. Und genau das war der Grund, weshalb er sich zurückhielt und ihr noch nicht schrieb. Sie sollte nicht denken, dass er sie mit Nachrichten voll textete, kaum hatte er ihre Nummer. Er wollte ihr die Zeit geben und sich bei ihr melden, wenn der Moment passen würde.

Er robbte sich von seiner Matratze, richtete sich auf und bereitete sich eine Tasse Grüntee zu. Er setzte sich vor seinen VW-Bus und frühstückte an dem kleinen Klapptisch, den er dort aufgestellt hatte. Er biss in das süße Marmeladenbrot und der Duft des saftigen Apfels stieg ihm in die Nase.

Die Sonne schien direkt auf sein Gesicht. Er schloss die Augen und lächelte zufrieden, während sein Gesicht von den Sonnenstrahlen gewärmt wurde.

Er dachte an seine Eltern. Seit er am Abend zuvor Leona von seiner Geschichte erzählt hatte, wirbelte dies einiges in ihm auf. Er erinnerte sich an den Moment zurück, als er seine

Lieblingskuh Emma am Hals gekrault hatte. Seine Eltern waren ohne ihn einkaufen gefahren, weil er gesagt hatte, er müsse noch etwas für die Schule erledigen, was aber nur eine Ausrede gewesen war. Er hatte bloß keine Lust gehabt, sich in dem vollen Supermarkt durch die Regale zu kämpfen. Denn zu dieser Tageszeit und so kurz vor Weihnachten, waren alle ihre Einkäufe erledigen gegangen.

Er hatte gerade frisches Wasser in den Trog der Kühe gefüllt, als plötzlich ein Polizeiwagen auf den Hof vorgefahren war. Alex war aus dem Stall getreten und auf die zwei Polizisten zugelaufen, die breitschultrig aus dem Wagen gestiegen waren.

Es hatte geknirscht, als Alex mit seinen Stiefeln durch den Schnee gestapft war. »Was gibt's?«, hatte er gefragt und seine Arme um sich geschlungen, da ihm kalt war.

»Sind Sie Alex Miller?«, hatte der eine Polizist gefragt.

Alex hatte genickt, während er seine Stirn gerunzelt und sich gefragt hatte, was der Grund für deren Besuch war.

Unterdessen waren beide Männer vor ihm stehen geblieben und hatten ihn angeschaut. Deren Gesichtsausdruck hatte sich verändert. Sie hatten nicht mehr streng und distanziert gewirkt, sondern eher bedrückt. »Wir müssen Ihnen eine traurige Nachricht überbringen. Wir haben den Wagen Ihrer Eltern auf einer Hauptstraße vorgefunden.« Der Polizist hatte kurz innegehalten und leer geschluckt, bevor er weitergesprochen hatte. »Ein Wagen schoss mit zu hoher Geschwindigkeit aus einer Seitenstraße. Es gab keine Überlebende. Sie haben unser Beileid.«

Alex hatte die beiden Männer fassungslos angestarrt und nicht wahrhaben wollen, was sie gesagt hatten. Seine Eltern sollten tot sein? Mandy und Brad – die großherzigsten und ehrlichsten Menschen, die er kannte?

Ihm hatte es den Boden unter den Füssen weggezogen und Tränen waren in seine Augen geschossen.

Es war ihm das Blut in den Adern gefroren, als ihm ein Gedanke durch den Kopf geschossen war. *Hätte ich den Unfall verhindern können, wenn ich mit ihnen mitgefahren wäre?* Er hatte sich so unfassbar schuldig gefühlt und seine gesamte Welt war innert Sekunden in sich zusammengefallen.

Für Alex hatte sich ab diesem Moment einiges in seinem Leben verändert. Er war zu seinen Großeltern gezogen, welche zwei Autostunden vom Bauernhof entfernt lebten. Der Bauernhof, mit all seinen geliebten Tieren, war an eine andere Familie verkauft worden, die ihm versprochen hatte, gut auf den Hof aufzupassen und die Liebe zu den Tieren weiterhin zu pflegen.

Alex hatte seine Ausbildung zum Landschaftsgärtner abgebrochen und sich seiner Musik gewidmet. Er hatte das Gefühl, seine Eltern so nahe bei sich zu haben. In dieser Zeit war er oft auf Partys gegangen und hatte seinen Kummer im Alkohol ertränkt.

Den Tag durch hatte er fast die ganze Zeit geschlafen oder neue Lieder komponiert. Die Werke, welche in jener Zeit entstanden waren, hörten sich traurig und manche gar düster an.

An einem Tag, zwei Monate nach dem Tod seiner Eltern, war er am Tiefpunkt angelangt. Er hatte sich aus der Wohnung seiner Großeltern geschlichen, war in den nächsten Bus gestiegen und, mit einer Kapuze über seinem Gesicht, bis zur Endstation durchgefahren. Nachdem der Busfahrer schon einige Male durch die Sprechanlage darum gebeten hatte, dass alle Passagiere aussteigen sollten, war dieser zu ihm nach hinten gekommen.

»Soll ich jemanden für dich anrufen? Du siehst gar nicht gut aus«, hatte der pummelige Mann gesagt.

Alex hatte nicht gezögert, war aufgestanden und hatte den Bus ohne ein Wort zu sagen verlassen. Eine ganze Weile war er der Straße entlanggelaufen, bis er irgendwann zu einer Brücke kam. Er hatte sich auf den Rand gesetzt und in die dunkle Tiefe geblickt.

Tausende Gedanken waren durch seinen Kopf geschossen. Die einen hatten ihm gesagt, dass er springen solle, da er danach frei sein würde – er von seinem Leiden erlöst wäre. Die anderen hingegen hatten ihn davon abhalten wollen, ihm gesagt, dass er noch zu jung sei und noch vieles im Leben erreichen konnte.

Alex hatte zu schreien begonnen. So laut zu schreien, dass man ihn am anderen Ende der Welt hätte hören müssen. Er hatte geweint und sein Herz hatte gebrannt. Alles, was er gespürt hatte, war purer Schmerz.

Er hatte sich vorgebeugt, wäre bereit gewesen sich einfach fallen zu lassen - als eine Stimme in seinem Kopf ertönt war. Die Stimme von seinem besten Kumpel Isaak. *»Du musst dich beschissen fühlen, Mann. Ich werde nie wissen, wie du dich fühlst. Aber bitte versprich mir, dir nichts anzutun. Solltest du jemals so tief sinken, dass du dir etwas antun würdest – bitte, ruf mich an. Wir werden das gemeinsam schaffen. Ich schulde dir noch so einiges.«*

Alex war zusammengezuckt und hatte kurzerhand in seine Jackentasche gegriffen. Er hatte sein Handy gezückt und den Kontakt gewählt.

»Hi Mann, wie geht es dir?« Isaaks Stimme hatte fröhlich geklungen.

»Soll ich springen?«, hatte Alex monoton gefragt, ohne groß um den heißen Brei zu reden. Er hatte zu weinen begonnen.

»Fuck. Alex, wo bist du?« Die Stimmfarbe hatte sich von einem auf den andern Moment verändert. Sie war tiefer und ernst geworden.

»Ich weiß nicht. Auf irgend so einer Scheißbrücke.«

»Okay ... fuck ... und warum genau willst du springen?«

»Ich fühle mich so leer. Alle haben mich verlassen. Weißt du, als ich klein war, hatte ich nie daran geglaubt, dass ich jemals eine richtige Familie haben würde. Sie haben mir eine gegeben. Verdammt, warum genau sie? Ich will bei ihnen sein!«

»Mein Freund, ich kann dich verstehen. Verdammt, ich fühle jeden Tag mit dir. Doch du bist nicht allein. Du hast mich, Claudio und die anderen Idioten, die dich jedes Mal zum Lachen bringen.«

Alex hatte für einen kleinen Moment schmunzeln müssen, gefolgt von weiteren Tränen. »Ich weiß, ich weiß ... aber ihr seid nicht sie, verstehst du? Ich sehe keinen Sinn mehr in meinem Leben.«

»Hmm ... du brauchst einen Sinn?«

»Ja, verdammt. Irgendeinen verfickten Sinn, um dieses verdammte Leben weiterführen zu wollen.«

Isaak hatte für einen Moment geschwiegen. »Weißt du was? Ich gebe dir diesen verfickten Sinn. Schick mir deinen Handy-Standort durch. Ich komme dich holen.«

»Wie, jetzt? Du hast bestimmt eine Stunde, bis du bei mir bist.«

»Süßer, für dich fahre ich bis ans andere Ende der Welt, wenn es sein muss.«

Mit diesem Spruch hatte er Alex zum Lachen gebracht. Einem Lachen, das aus tiefstem Herzen gekommen war, eines, das seinen Schmerz durchbrechen konnte – Licht in die Dunkelheit gebracht und ihm einen Funken Lebensenergie geschenkt hatte.

Eine Stunde später war Isaak tatsächlich in einem olivgrünen Oldtimer auf die Brücke gefahren. Es hatte Alex so gutgetan, diesem Bären von Mann in die Arme zu fallen. Isaak war mehr als nur ein Freund für ihn geworden – er war mittlerweile wie ein Bruder.

Isaak hatte ihm auf die Schulter geklopft und geschluchzt: »Schön, dass du an mich gedacht hast. Ich bin froh, dass du nicht gesprungen bist.«

»Danke Mann. Ich weiß nicht, was ich ohne dich getan hätte.«

Während der Autofahrt hatte Alex seinen Großeltern eine Textnachricht geschrieben, worin stand, dass es ihm gut ginge und dass er bei Isaak übernachten würde. Er hatte nicht gewollt, dass sie sich Sorgen um ihn machen mussten. Erst da war ihm klar geworden, was er ihnen beinahe angetan hätte. Kaum zu glauben, dass er so egoistisch gewesen war.

Am nächsten Morgen war Isaak mit Alex zu seinem Arbeitsplatz gefahren. Er war Automechatroniker und hatte es geliebt, Wagen zu restaurieren, die andere auf den Schrottplatz gebracht hätten.

»Darf ich vorstellen: Dein verfickter Grund zu leben!«, hatte Isaak überglücklich verkündet, als er Alex den rostigen Bus gezeigt hatte.

Alex hatte die Nase gerümpft. »Eine Schrottkarre sollte mein Grund zum Leben sein? Na, du bist mir ja ein guter Freund.«

»Ihr zwei seid euch ziemlich ähnlich, weißt du?« Isaak hatte auf das rostige Blech geklopft.

»Ach ja? Ich finde ja, ich sehe um einiges besser aus.«

»Da hast du natürlich recht. Aber in deinem Inneren sieht es ziemlich genauso kaputt aus, oder?«

Alex hatte mit den Schultern gezuckt. »Schon möglich.«

»Ich glaube du weißt es. Es sieht folgendermaßen aus: Du kommst jeden Tag für ein paar Stunden hierher und dann machen wir aus diesem Rosthaufen deinen Tour-Bus.«

»Meinen … was?«

»Ich, als dein Therapeut – sozusagen – verordne dir eine Tour durch Europa. Du singst deine eigenen Songs und schaust wie sie bei deinem Publikum ankommen. Und vielleicht triffst du nebenbei noch ein paar süße Mädels, die deinen Kopf auf andere Gedanken bringen. Na, wie klingt das?«

Alex hatte laut gelacht. »Du spinnst doch.«

»Tu ich das? So wie ich dich kenne, ist es genau das, was du dir erträumt hast. Du fragtest nach einem Grund in deinem Leben? Voilà, ich gebe ihn dir.«

Alex hatte in der nächsten Zeit oft über die Worte von Isaak nachgedacht. Und irgendwann hatte er sich eingestehen müssen, dass es wirklich genau das gewesen war, was er insgeheim schon immer gewollt hatte.

22.

Auf Beolania

Aaron marschierte mit seinen Wachen in den Palast und stürmte in einen großen Saal. Der Boden des Saals bestand aus dunklem, poliertem Marmor und die Wände ragten weit in die Höhe. Anders als in anderen Räumlichkeiten des Palasts, hatte dieser Saal keine Glaskuppel als Dach. Der Raum war dunkel, einzig ein giftgrüner, leuchtender Stein durchbrach die Dunkelheit. Dieser schwebte über einer mächtigen Säule, hinter der eine riesige, gläserne Scheibe zu sehen war.

Der eine Beola griff nach dem Stein und hielt ihn vor die Scheibe. »Öffne das Portal, welches gestern aktiv war!«

Langsam begann sich auf der Scheibe etwas zu verändern. Grüne Lichter begannen wie wild im Kreis umher zu schwirren. Ein riesiges Portal erschien. Die Wache platzierte den Stein wieder an seinen ursprünglichen Platz, als plötzlich das Portal in sich zusammenfiel.

»Was hast du getan?«, fragte Aaron den Beola forsch.

»Ich weiß nicht, eure Gottheit. Ich habe strikt nach der Anweisung gehandelt.«

»Lass mich mal durch. Man muss anscheinend alles selbst machen, niemand ist mehr zu gebrauchen«, knurrte er. Aaron griff nach dem Stein und hielt ihn erneut vor die Scheibe. Wieder tauchte das Portal auf. Vorsichtig schritt er darauf zu und streckte seine Hand danach aus. Er hatte es berührt und hätte eigentlich hindurchsteigen können, als es wieder verschwand.

Drei weitere Male versuchte es Aaron, doch sobald jemand das Portal berührte, verschwand es auf der Scheibe. Aaron fluchte, setzte den Stein zurück an seinen Platz und verließ ohne ein Wort zu sagen den Saal. Die Wachen starrten ihm hinterher.

Nachdenklich saß er in einem riesigen, königsblauen Sessel vor dem knisternden Kaminfeuer und hielt eine transparente Platte in seinen Händen, über die er mit seinem Zeigefinger hastig hin und her wischte. Es war eine Karte, auf der alle Planeten des Universums zu sehen waren. Jede Galaxie, jede Sonne war auf dieser Karte zu finden.

Aaron nahm nichts um sich herum wahr. Sein Blick war bloß auf diese eine Scheibe gerichtet. Nichts war ihm in diesem Moment wichtiger, als diesen einen Planeten zu finden, von dem Clemens gesprochen hatte. Eine unangenehme Stille beherrschte den Palast. Jede einzelne Wache wartete auf Anweisungen von Aaron. Sie marschierten die langen Gänge auf und ab und nickten einander emotionslos zu, wenn sie aneinander vorbeiliefen.

Aaron suchte stundenlang.

Er war kurz davor, vor Wut zu platzen, als er endlich diesen aussergewöhnlichen, farbenfrohen Planeten namens *Erde* fand. Er scrollte näher an den Planeten heran, in dem er seinen rechten Zeigefinger und Daumen auf der Platte auseinanderwischte.

»Habe ich dich«, nuschelte er. »Warum widersetzt du dich meiner Macht?«

Hastig erhob er sich vom Sessel, stürmte in den Gang und brüllte: »Ich brauche eine Armee! Soldaten, kommt auf der Stelle zu mir, dies ist ein Befehl!«

Zehn Soldaten stürmten aus allen Ecken des Palasts. Sie waren in schwarze Seidengewänder gekleidet und hielten kugelförmige Schusswaffen in den Händen.

Sie marschierten an Aarons Seite durch die langen Gänge des Palastes zur Raumschiffgarage. Aus Luken, welche sich im Boden öffneten, tauchten unzählige dominante Kampfraumschiffe auf. Genau wie die anderen Raumschiffe schwebten sie über dem spiegelglatten Boden.

Die Kampfraumschiffe waren riesig, schwarz und mit schusssicheren Frontscheiben ausgestattet. Sie hatten eine ovale Form und waren mit dominanten Seitentüren bestückt. Kampfraumschiffe hatten mehr Schubkraft als die herkömmlichen Maschinen.

Aaron stürmte auf die größte Maschine zu. Die riesige Kapsel des Decks öffnete sich und kurz darauf hob er ab. Fünf weitere, bewaffnete Kampfraumschiffe folgten ihm.

»Wir sind auf Kurs«, informierte Aaron seine Armee über Funk.

Während die Raumschiffe in die Höhe rasten, schienen die letzten, wenigen Sonnenstrahlen über die neblige Stadt. Beolas starrten durch ihre gläsernen Kuppeln in den Himmel hinauf und fragten sich, was hier vor sich ging. Sie ahnten, dass etwas nicht stimmte.

Aaron war so fokussiert auf die Route und sein Ziel, welches auf der Navigationsansicht seiner Frontscheibe grün aufleuchtete, dass er nicht bemerkte, dass noch ein weiteres Kampfraumschiff vom Deck abhob. Eines, das er nicht auf seinem Radar hatte.

In diesem Raumschiff saß Clemens.

Otis & Liv

Hi Leona, wie geht es dir? Ich bin's, Alex. Die Nachricht leuchtete auf Leonas Smartphone auf.

»Er hat mir geschrieben!«, jauchzte sie, worauf sie einige erschrockene Blicke von anderen Menschen einstecken musste, die im selben Café saßen. »Entschuldigung«, flüsterte sie leise und zuckte beschämt zusammen, bevor sie wieder grinsend auf ihr Telefon blickte.

Soll ich ihm direkt antworten? Er hatte sich einen ganzen Tag lang nicht bei ihr gemeldet. Weshalb sollte sie ihm also direkt antworten? Sie war nicht leicht zu haben und sie wollte ihm nicht vermitteln, dass sie die ganze Zeit auf ihr Handy gestarrt und auf seine Nachricht gewartet hatte. Auch wenn es natürlich genau so war.

Schweren Herzens legte sie ihr Handy zögerlich wieder neben sich auf den Tisch und nahm ihre Finger davon. »Reiß dich zusammen, Leona«, flüsterte sie sich selbst zu und nahm einen Schluck Kaffee. »Nur eine Stunde, dann darfst du ihm schreiben.«

Sie beobachtete die Passanten, welche am Café vorbeigingen und tippte nebenbei nervös mit ihren rot lackierten Fingernägeln auf dem Handydisplay umher. Es war ein wundervoller Tag. Die Menschen lachten und waren in lebhafte Gespräche vertieft.

Nach einer gewissen Zeit warf sie erneut einen Blick auf ihr Smartphone, um die Zeit zu checken. Erst eine Minute war vergangen, seit sie das letzte Mal darauf geschaut hatte. Leona seufzte genervt und ließ sich in den Stuhl sinken.

Alex starrte noch immer auf sein Handy und dachte über die gesendete Nachricht nach. War das zu wenig? Sollte er noch etwas ergänzen oder war das dann zu viel? Bereits eine Stunde war vergangen, seit er die Nachricht versendet hatte und noch immer hatte er keine Antwort von Leona. Wie lange musste er wohl warten, bis er von ihr hörte?

Plötzlich summte sein Telefon. Sofort spickte er auf und starrte auf die Nachricht.

Hi Alex, schön von dir zu hören. Mir geht es sehr gut, danke der Nachfrage. Und dir?

Er lächelte und schrieb: **Das freut mich. Mir auch. Ich würde mich aber freuen, wieder einmal etwas mit dir unternehmen zu können.**

Leona: **Das fände ich sehr schön. An was hast du gedacht?**

Alex: **Wir könnten morgen Rom gemeinsam erkunden. Was meinst du dazu?**

Leona: **Sehr gerne. Das wird ein schöner Geburtstag.**

Alex: **Du hast morgen Geburtstag? Das glaube ich jetzt nicht. Ich auch! Wie alt wirst du?**

Leona: **Das ist ja ein Zufall! Ich werde zwanzig und du?**

Alex: **Das glaube ich ja nicht. Ich auch! Du veräppelst mich Leona, gib es zu!**

Leona: Nein, ich schwöre auf mein Leben. Das ist schon ein bisschen gruselig, nicht?

Alex: Du sagst es. Wir sind uns wohl noch ähnlicher, als wir dachten.

Leona: Anscheinend hast du da gar nicht so unrecht. Wo wollen wir uns morgen treffen?

Alex: Ich hole dich bei deinem Hotel ab, wenn das okay für dich ist. Schickst du mir die Adresse?

Leona überlegte kurz und fragte sich, ob es wohl nicht intelligenter wäre, wenn er nicht wüsste, wo ihr Hotel war. Doch dann ärgerte sie sich über sich selbst, dass sie immer vom Schlimmsten ausging, schließlich fühlte sie sich in seiner Nähe wohl und er vermittelte ihr ein Gefühl von Sicherheit. Deshalb schüttelte sie ihren Kopf, schob die negativen Gedanken zur Seite und schickte ihm die Adresse.

Am nächsten Morgen wurde Leona von dem Summen ihres Telefons geweckt. Gefühlte tausend Mal hatte sie ihr Handy ignoriert und sich die Ohren mit ihrem Kopfkissen zugedeckt. Doch nichts zeigte die erhoffte Wirkung, weshalb sie nach einer gewissen Zeit genervt ihr Handy packte und sich die unzähligen Nachrichten und die verpassten Anrufe anschaute.

Alle schickten Geburtstagsglückwünsche in Form von Texten, Liedern, Bildern und Sprachnachrichten. Leona seufzte, als ihr dämmerte, dass sie jedem Einzelnen für deren Nachricht würde danken müssen.

»Ihr seid ja süß. Aber Leute, es ist nur ein Geburtstag«, flüsterte sie müde.

In dem Moment klingelte ihr Telefon. »Hallo Dad!«, jauchzte Leona erfreut, als sein Gesicht auf ihrem Bildschirm auftauchte.

»Hallo mein Sonnenschein. Alles Gute zu deinem zwanzigsten Geburtstag!« Seine Mähne war zerzaust und die Barthaare zeigten in alle Richtungen.

»Bist du extra wegen mir mitten in der Nacht aufgestanden?«, fragte sie kichernd.

»Warum kommst du darauf?«

»Nur so eine Ahnung.« Leona lachte und zwinkerte ihm zu. »Schön, dich zu sehen.«

»Wie gefällt dir Rom?«, fragte Tom und gähnte.

»Die Stadt ist wundervoll!«

»Hast du schon neue Leute kennengelernt?«

»Du stellst heute so viele Fragen, Dad.« Sie wollte ihm nicht sagen, dass sie einen süßen Engländer kennengelernt hatte. Es war etwas anderes, mit Tiffany darüber zu sprechen.

»Mich interessiert es nun mal, wie es meiner Tochter geht«, sagte er liebevoll und neigte seinen Kopf zur Seite, ohne weiter auf die Frage einzugehen. Das liebte sie so an ihrem Vater. Wenn er spürte, dass sie über etwas nicht sprechen wollte, respektierte er dies und wechselte das Thema.

»Mir geht es sehr gut, du musst dich um nichts sorgen.«

»Dann bin ich froh. Lexi vermisst dich übrigens sehr. Sie spricht kaum. Aber wenn sie spricht, dann nur, um uns mitzuteilen, dass wir ihr auf den Keks gehen. Sie ist deinem sechzehnjährigen *Ich* meinem Geschmack nach etwas zu ähnlich.« Tom rieb sich die Augen.

Leona schmunzelte. »Gib ihr Freiraum, das wird schon. Bald bin ich wieder zu Hause, dann rede ich mit ihr, ja? Sag ihr, dass ich sie auch vermisse und dass sie mir jederzeit schreiben oder mich anrufen darf.«

»Das mache ich, mein Liebling. Also, ich lasse dich mal wieder in Ruhe. Dein Dad rückt dir nicht länger auf die Pelle. Genieß deinen Geburtstag.« Er winkte müde in die Kamera.

Leona schickte ihm einen Luft-Kuss über ihre Hand und drückte auf den roten Knopf, um den Anruf zu beenden. Sie blickte auf ihre Handy-Uhr, wobei ihr auffiel, dass sie sich bereit machen musste, um sich zur verabredeten Zeit mit Alex treffen zu können. Die anderen Nachrichten würde sie am Abend beantworten, dachte sie sich.

Alex kam gerade vor dem Hotel an, als Leona durch die Tür gelaufen kam, welche von einem Portier für sie aufgehalten wurde. Alex schluckte leer, als er sie sah. Sein Herz machte einen Sprung. Sie war wunderschön und bereits ihr Anblick zauberte ihm ein Lächeln ins Gesicht.

»Pünktlich wie die Uhr«, sagte Leona strahlend, als sie auf ihn zulief. Ihr luftiges, türkis farbenes Sommerkleid flatterte im Wind und ihre vollen Lippen trugen einen zarten, rosafarbenen Lippenstift.

»Ich lasse dich doch an deinem Geburtstag nicht warten«, sagte er zuvorkommend.

»An *unserem* Geburtstag«, ergänzte sie kichernd.

Der Tag war wunderschön. Sie zogen durch die Gassen von Rom und begutachteten einige Denkmale.

»Wow, dann ist deine Familie ja richtig berühmt. Jetzt ist es mir schon fast peinlich, dass ich dich nicht erkannt habe«, sagte Alex, als Leona von ihrem Leben in der Öffentlichkeit erzählte. Sie musste es loswerden, denn auch wenn sie dies nicht immer mochte, war es nun mal ein Teil von ihr.

»Ach, zerbrich dir nicht den Kopf darüber. Ich bin dir sogar sehr dankbar, dass du mich nicht kanntest. Weißt du, viele Menschen haben sonst immer so viele Vorurteile. Du hast mich so kennengelernt, wie ich wirklich bin. Das finde ich schön.« Sie blickte lächelnd zu ihm hoch.

»Hast du dich schon mal mit jemandem wie mir abgegeben?«, fragte Alex zögerlich und ließ seine Hände in die Hosentaschen gleiten. Er fühlte sich plötzlich nur noch halb so viel Wert und hatte das Gefühl, ihr das Wasser nicht reichen zu können.

Leona runzelte die Stirn. »Wie meinst du das?«

»Du hast doch sonst immer mit so erfolgreichen Menschen zu tun. Menschen, die in ihrem Leben schon viel erreicht haben und noch vieles erreichen werden – denen alle Türen offenstehen. Ich bin eher das Gegenteil. Ich muss zuerst alle Türen selbst durchtreten.«

»Und du denkst, das ist schlecht?«, fragte sie und blickte zu ihm hoch. Sie musste ihre Augen zusammenkneifen, da die Sonne sie blendete. Ihre Sonnenbrille hatte sie sich ins offene Haar gesteckt, damit Alex ihr in die Augen schauen konnte. Sie hätte sich sonst unhöflich gefühlt, ihn durch getönte Scheiben von ihr zu trennen.

»Irgendwie schon, ja.«

Sie zögerte einen Moment und griff dann nach seiner Hand. Erstaunt schaute er sie an und musste sofort lächeln.

»Womit habe ich das denn verdient?«

»Komm, setz dich zu mir.« Dicht nebeneinander ließen sie sich auf eine Treppenstufe nieder. »Ich glaube, du stellst dir diese Welt, in der ich lebe, total falsch vor. Das ist eine Scheinwelt. Jeder will bloß die beste Seite von sich zeigen und würde alles dafür tun, um noch mehr Kohle zu scheffeln. Ich persönlich bin allergisch auf diese Einstellung. Wie ich dir neulich Abend gesagt habe, würden mir sehr viele Türen offenstehen. Aber ich will nicht durch sie hindurchgehen, weil ich Angst habe, was aus mir werden könnte, wenn ich mich für eine falsche Tür entscheiden würde.«

Alex schaute ihr tief in die Augen. Er sog jedes Wort, das sie sagte, in sich auf und hätte ihr stundenlang zuhören können, ohne auch nur ein Wort zu sagen.

»Ich mag dich Alex. Und ich mag dich genau aus diesem Grund, weil du eben nicht in dieser Welt lebst. Ein Teil von mir wusste schon immer, dass ich anders bin. Du solltest nicht derjenige sein, der zu mir aufblickt. Mir wurde alles in die Wiege gelegt. Was du hingegen erreicht hast und schon alles durchmachen musstest, bewundere ich.«

Er wollte etwas sagen, doch es hatte ihm die Stimme verschlagen. So gerührt war er von ihren Worten. Konnte es wirklich sein, dass sie ihn sah? Und nicht nur äußerlich, sondern sein Herz sehen konnte? Jedenfalls fühlte es sich so an und das war ungewohnt. Ungewohnt schön.

Leonas Augen funkelten und strahlten ihn an. Die blaue Farbe erinnerte ihn an den klaren See beim Baumhaus von früher. Ein Gefühl von Heimat und Geborgenheit machte sich in seinem Körper spürbar. Sie hatte das Gesicht eines Engels und die süßen Lachgrübchen auf ihren Wangen brachten ihn um den Verstand. Es kribbelte in seinem ganzen Körper und er fühlte sich zu ihr hingezogen.

Ohne zu zögern, ließ er seine Hand in ihren Nacken gleiten und atmete ihren süßen Duft ein. Ihre Wangen erröteten verlegen und sie biss sich auf ihre Unterlippe. Sanft legte sie ihre weiche Hand auf sein Knie, was bei ihm Gänsehaut entfachte. Er kam Leona langsam näher und schloss seine Augen. Auch sie ließ ihre Lider zufallen und sich von ihren Gefühlen leiten. Sie spürte seinen warmen Atem auf ihren Lippen. Gerade hätten sich ihre Lippen berührt. Bestimmt hatte nur noch ein Millimeter gefehlt, als plötzlich ein grässliches Geräusch ertönte, das die beiden erschrocken aufhorchen ließ.

Kaum hatten sie ihre Augen geöffnet, sahen sie eine in Leuchtweste gekleidete Frau vor ihnen stehen, die unermüdlich in ihre Trillerpfeife blies und mit ihren Armen wie wild in der Luft umherfuchtelte.

Leona und Alex starrten die Frau genervt an und fragten sich, was ihr eigentlich einfiel, sie genau in diesem innigen Moment zu stören. Die Frau nahm ihre Trillerpfeife aus dem Mund und rief ihnen etwas auf Italienisch zu. Alex gab ihr zu verstehen, dass sie kein Italienisch verstünden.

Die Frau wedelte darauf wieder mit ihren Armen in der Luft und rief in gebrochenem Englisch: »Sie dürfen auf der Spanischen Treppe nicht sitzen!«

Alex warf ihr einen entschuldigenden Blick zu und sagte, dass es nicht wieder vorkommen würde. Diese nickte und pfiff die nächsten Touristen an, die sich wohl ebenfalls nicht im Klaren darüber waren, dass dies verboten war.

Leona musste kichern und strich sich eine Haarsträhne aus dem Gesicht. »Wusstest du davon?«

»Ich Idiot habe sogar noch darüber gelesen, aber habe es wieder vergessen. Tut mir leid.«

»Das macht doch nichts«, sagte Leona grinsend und senkte verlegen ihren Blick.

»Finde ich schon«, murmelte er.

»Hast du … Hunger?«, fragte sie dann nach einer kleinen Schweigepause, da der romantische Moment definitiv verpufft war.

23.

Alex und Leona setzten sich auf die Terrasse eines gemütlichen Restaurants und bestellten sich einen cremigen Trüffel-Risotto. Sie beobachteten die Passanten, welche auf dem Platz vor ihnen vorbeizogen und mussten darüber lachen, wie lange gewisse Menschen für ein Foto posieren konnten.

Eine ungefähr sechzigjährige Frau zum Beispiel, hatte sich in ein jugendliches Outfit mit kurzen Lederhosen und einem Oberteil aus Spitze geworfen und inszenierte immer wieder einen großen Schritt, bei dem ihr vorderer Fuß in der Luft schwebte. Ständig verlor sie das Gleichgewicht und kippte nach vorne. Zur Abwechslung schmiegte sie sich hin und wieder an eine Fassade und warf sich in eine sexy Pose. Ihr Botox-Gesicht konnte kaum Emotionen ausdrücken, bloß ihre aufgespritzten Lippen formte sie bei jeder Pose zu einem Kussmund. Fotografiert wurde sie von einem jungen Mann, der ihr Enkel hätte sein können.

»Zeig ihnen doch bitte einmal, wie das richtig geht«, sagte Alex und lachte.

»Ich würde das nie freiwillig machen, glaub mir. Für meinen Job ist das was anderes. Verstehst du?«

»Absolut. Mode ist meine Welt.«

Beide prusteten los, worauf Leona die Kontrolle über ihr Messer verlor, das ihr prompt mit einem lauten Scheppern zu Boden fiel. Sofort kam ein Kellner angerannt und brachte ihr ein Neues.

»Ich danke Ihnen«, sagte sie beschämt.

»Reiß dich mal zusammen. Das ist ja peinlich mit dir hier«, sagte Alex ironisch und zwinkerte ihr zu.

Sie musste lachen.

Diesmal übernahm Leona die Rechnung. Es war die Voraussetzung, dass sie gemeinsam in dieses Restaurant gegangen waren. Alex war dies sichtlich unwohl, denn während sie die Rechnung bezahlte, schaute er unbeholfen in der Gegend umher und tippte nervös mit den Fingern auf seine Oberschenkel.

»So, jetzt hast du es ja schon hinter dir. War das nun so schlimm für dich?«, fragte Leona und zwinkerte ihm zu, als der Kellner im Restaurant verschwunden war.

Alex räusperte sich und tat so, als hätte er sie nicht gehört. »My Lady, darf ich Ihnen behilflich sein?«, fragte er mit einer lustigen, aufgesetzten Stimme und hielt ihr seine Hand entgegen.

Leona musste lachen, griff danach und antwortete in britischem Akzent: »Of course. Sie sind ein Gentleman, Mr. Miller.« Langsam erhob sie sich vom Stuhl und hakte sich bei seinem rechten Arm ein. Leona durchströmte ein Gefühl von vollkommenem Glück und ihr Herz machte einen Sprung nach dem anderen. Sie konnte so sein, wie sie war und das war ein wundervolles Gefühl. Egal wie bescheuert sie sich aufführte, Alex setzte immer noch einen drauf.

Sie gönnten sich an einer Eisdiele ein zweistöckiges Gelato. Alex entschied sich für Mocca und Schokolade, Leona für Erdbeere und Kirsche. Sie naschten genussvoll vom Eis, während die Sonnenstrahlen auf ihre Köpfe hinunterbrannten. Ab und zu wurden sie von Passanten angehalten, die Leona um ein Autogramm baten und Alex fand es süß, wie sehr sie sich trotz ihrer Bescheidenheit darüber freute, wenn sie jemand erkannte.

Gegen den Abend hin schoben sich immer mehr Wolken vor die Sonne und es wurde etwas kühler.

»Schon witzig, dass wir am selben Tag Geburtstag haben, nicht?«, sagte Leona.

»Du hast recht. Wir sind am selben Tag geboren, doch unsere Leben verliefen so unterschiedlich. Und schlussendlich treffen wir uns hier in Rom.«

»Das klingt fast so, als ob es von Anfang an klar war, dass wir uns irgendwann treffen würden«, scherzte sie.

Alex wollte gerade etwas sagen, als er einen Tropfen auf seiner Stirn spürte. »Ich glaube es fängt an zu regnen.«

Leona blickte zum Himmel empor. Es rieselten immer mehr kühle Tropfen auf ihre Köpfe runter, bis es wie auf Knopfdruck plötzlich stark zu regnen begann. Alle Menschen um sie herum flüchteten unter ein Dach oder verschanzten sich in einem Restaurant.

»Folge mir!«, rief Alex, der sie an der Hand packte und mit ihr durch den Regen rannte.

»Wohin bringst du mich?«, fragte sie lachend.

»Du wirst schon sehen!«

Leonas Kleid war durchnässt, das gewellte Haar klebte an ihrer Haut und vereinzelte Strähnen verdeckten ihr die Sicht.

Nach einigen Minuten kamen sie an einem Park nahe des Tibers an. Von weitem sah Leona einen blauen VW-Bus. Als sie geradewegs darauf zu rannten, fragte sie sich, was er ihr wohl zeigen wolle.

Vor dem Bus blieben sie stehen. Alex kramte in seiner Hosentasche, fischte seine Schlüssel heraus und öffnete die Tür.

»Du wohnst hier?«, fragte Leona erstaunt.

Alex war verlegen. »Gefällt es dir nicht?« Er ließ sie über die zwei Treppenstufen in seinen Bus steigen, während er eine Lichterkette anzündete, die seinen Wagen warm beleuchtete.

Leona begutachtete den Wohnbereich. Sie nahm seinen vertrauten Duft wahr und fühlte sich sofort wohl. Die kurzen, cremefarbenen Vorhänge an den Fenstern und die Bücher, welche sich neben seiner Matratze auf dem Boden stapelten, ließen den Raum gemütlich und wohnlich erscheinen.

Sie drehte sich schnell zu ihm um, lächelte und jauchzte: »Ich liebe es!«

»Tatsächlich?«, fragte Alex erstaunt.

»Ja, es ist so gemütlich und einfach. Genau so mag ich es. Klein, aber fein!«, schwärmte sie.

Es war der absolute Gegensatz zu ihrem Leben in Los Angeles und genau das war es, was ihr so gefiel. Schon immer wäre sie mit weniger ausgekommen - war auf den ganzen Luxus nicht angewiesen. Alex bestätigte ihr Gefühl, dass man auch ohne viel Bling-Bling ein erfülltes Leben haben konnte.

»Du bist unglaublich perfekt. Weißt du das?«, flüsterte Alex sanft, während er Leona direkt in ihre strahlend blauen Augen schaute. Bei ihrem Anblick schmolz er innerlich dahin.

Sie musste kichern und wandte ihm den Rücken zu. Mit ihrer Hand strich sie über die Küchenablage. »Aber jetzt mal ehrlich, Alex. Wie vielen Frauen hast du diesen Bus schon gezeigt?«

»Um ehrlich zu sein … bist du die Einzige«, sagte er sanft.

Leona spürte, wie sich zwei warme Hände auf ihre Hüften legten. Bloß diese eine Berührung reichte aus, um ihr Herz doppelt so schnell schlagen zu lassen.

Langsam drehte sie sich zu ihm um und legte ihre Hand auf seinen rechten Kieferknochen. Sie strich ihm mit ihrem Daumen einen Tropfen von der Haut, welcher langsam nach unten floss. Sein nasses Haar hing flach an seinem schönen Gesicht entlang hinunter und das weiße T-Shirt klebte an seinem Körper, wodurch Leona seine männlich definierte Statur hindurchschimmern sah.

»Wirklich?«, fragte sie leise. Alex nickte schwach und strich ihr eine blonde Strähne aus dem Gesicht, die auf ihren Lippen klebte. Langsam kam er ihr näher. Er atmete tief, als er ihre Nase zart berührte. Leonas Herz hämmerte und sie schloss ihre Augen. Sie atmete seinen warmen, vertrauten Duft ein und spürte, wie er seine weichen Lippen sanft auf die ihren legte. Endlich – endlich konnte sie ihn küssen. Sie fühlte sich geborgen in seiner Nähe und konnte sich fallen lassen.

Alex hatte seine Augen geschlossen und küsste sie zärtlich. Es fühlte sich an, als würden ihre Lippen ineinander verschmelzen, und er zog ihren Körper langsam an sich heran. Er umfasste ihren Rücken, küsste sie immer leidenschaftlicher. Jede Berührung löste in ihrem Körper einen erneuten Stromimpuls aus und ihr wurde wärmer. Sie atmete schneller und griff in sein Haar. Alex ließ seine Hände an ihrem Rücken entlang tiefer sinken und hob sie auf. Leona schlang ihre Beine fest um seine Hüften. Er setzte sie auf die Küchenablage. Alex atmete ihren süßen Duft ein und war angetan von ihrer Zärtlichkeit.

Sie fühlten sich verbunden. Leona wurde heiß am ganzen Körper – überall kribbelte es. Es fühlte sich einfach so richtig an. Sie wollte ihn spüren. Kurzerhand griff sie nach seinem nassen T-Shirt und zog es ihm aus.

»Du bist wunderschön«, hauchte er.

Sie lächelte, biss sich auf die Unterlippe und begann ihn wieder zu küssen, um ihm zu signalisieren, dass er nicht reden sollte. Sie ergriff seinen kräftigen Nacken, während er ihr einen Träger des Kleides über ihre zarten Schultern streifte.

»Ist das okay für dich?«, hauchte er.

»Ja«, flüsterte sie entschlossen und nickte hastig.

Er lächelte, hob sie auf und legte sie vorsichtig auf die Matratze, welche nebenan auf dem Boden lag.

»Du würdest mir sagen, wenn dir das zu schnell geht, ja? Ich will dich nicht drängen«, hauchte er.

»Du drängst mich zu gar nichts, Alex. Ich will es auch.« Sie blickte tief in seine braunen Augen, strich ihm liebevoll über sein Haar und begann ihn wieder leidenschaftlich zu küssen. Ihre warme Haut berührte seine und es fühlte sich an, als würden sie ineinander verschmelzen.

Alex zuckte zusammen, denn er träumte. »Ihr könnt Beolania retten«, sagte eine blaue Gestalt mit rotem Haar, welche Alex nur verschwommen vor seinen Augen sah.

»Ich vertraue Ava«, hörte er eine zarte Stimme sagen und wandte seinen Kopf dem Mädchen neben ihm zu. Es sah ihn mit ihren haselnussbraunen Augen an, aus denen Tränen flossen.

»Ich passe auf dich auf«, flüsterte er dem Mädchen zu, welches nach seiner Hand griff. Gemeinsam sprangen sie in ein türkisfarbenes Portal.

»Folgt euren Herzen«, hallte eine männliche Stimme in seinem Kopf nach.

Alex erwachte, schüttelte seinen Kopf und rieb sich die Augen. Es war nicht das erste Mal, dass er diesen Traum hatte, doch jedes Mal kamen mehr Einzelheiten dazu. Was dies wohl für eine Bedeutung hatte?

Er fuhr sich über seine Arme, da ihm kühl war und drehte seinen Kopf zur Seite, wo er Leona friedlich neben sich schlafen sah. Sie hatte die gesamte Bettdecke für sich beansprucht. Er schmunzelte und strich behutsam eine Strähne aus ihrem Gesicht.

Er setzte sich auf, zog sich an und verließ den Bus, um für Leona und sich Frühstück zu besorgen. Hinter sich zog er die Tür leise zu.

Der Rasen war vom Regen am Vorabend noch durchnässt, doch der Himmel war strahlend blau. Vögel zwitscherten und Sonnenstrahlen schienen zwischen den Blättern der Pinienbäume hindurch.

Alex lächelte zufrieden, als er an den Abend zurückdachte. Es kribbelte noch immer in seinem ganzen Körper und er hatte das Gefühl, alles erreichen zu können. Er fühlte sich großartig.

Alex stellte sich in die Schlange vor dem kleinen Café und genoss den angenehmen, kühlen Wind, der über seine Haut wehte. Als er das Geschäft betrat, strömte ihm ein warmer Duft von gebackenem Brot und frischem Kaffee in die Nase. Er liebte diesen Duft, weshalb er die Luft tief einatmete. Die Angestellten mussten laut miteinander sprechen, um sich zu verstehen, da die Kaffeemaschinen in Dauerschleife laut brummten und das Geschirr schepperte, wenn sie dieses neben das Waschbecken stellten.

Nachdem Alex die Bestellung für zwei Becher Kaffee und Cornetto aufgegeben hatte, ließ er seinen Blick über die Magazine schweifen, welche in einem Metallständer neben der Theke aufgestellt waren. Unzählige farbige Magazine mit kräftigen Aufschriften blitzten ihm entgegen. Er fragte sich gerade, wer wohl solche Magazine lesen würde, als sein Blick bei einer Schlagzeile hängen blieb. Er zog das Magazin zögerlich aus der Halterung und starrte auf das Titelbild.

Auf diesem war Leona mit ihm gemeinsam, in ihrem innigen Moment auf der Spanischen Treppe, zu sehen. Auf dem Bild sah es aus, als hätten sie sich dort geküsst. Die Schlagzeile, welche fett auf dem Magazin aufgedruckt war, ließ ihn schaudern:

Sommer-Romanze
Leona Parker knutscht mit Straßenmusiker in Rom!

Alex blätterte hastig zur Seite, welche auf dem Titelblatt angegeben wurde. Dort konnte er den ganzen Artikel lesen:

Das Nachwuchsmodel Leona Parker (20) ist auf bestem Weg, denselben Erfolg wie ihre Mutter Liz Parker zu erlangen. Erst vor einigen Tagen stand sie für die kommende Herbstkollektion der Modemarke F@SHION Modell. Doch nun wurde sie knutschend mit einem Straßenmusiker in Rom beobachtet.

Hat sie einen neuen Lover?

Es scheint, als würde sie ihre Karriere vernachlässigen und das Ansehen ihrer Familie in den Schmutz ziehen. Offensichtlich ist, dass ein Straßenmusiker nicht mit ihrem Lebensstandard mithalten kann. Hoffen wir, dass es sich hierbei nur um einen heißen Ferienflirt handelt.

Nebst dem Bild, welches das Deckblatt zierte, waren im Artikel noch zwei weitere Fotos abgebildet. Eines vom Abend am Trevi-Brunnen, wo Leona ihm beim Singen zuschaute und ein weiteres, wo sie sich an den Händen hielten.

Wie konnten die uns unbemerkt ablichten? Alex schluckte leer und hatte gar nicht bemerkt, dass ihm der Mann an der Theke bereits ungeduldig seine Bestellung entgegenstreckte. Er zuckte zusammen, nahm die Papiertüte und Pappbecher entgegen und bezahlte seine Bestellung zusammen mit dem Magazin, welches er danach in die Tüte steckte.

Auf dem Rückweg zu seinem Bus, kam er ins Grübeln. Konnte es sein, dass die Presse recht hatte? Er konnte ihr wirklich nicht viel mehr bieten, als seine gesamte Hingabe. Doch reichte das aus oder wäre er ihr mit der Zeit zu langweilig?

Alex zweifelte an sich selbst und ärgerte sich, dass er sie in diese Lage gebracht hatte.

»Guten Morgen«, flüsterte er Leona liebevoll ins Ohr, worauf sie langsam ihre Augen öffnete.

»Hi Alex«, flüsterte sie mit einem müden Lächeln.

»Ich habe uns Frühstück besorgt.« Er hielt die Tüte in die Luft.

»Du bist der Beste«, sagte sie strahlend und drückte ihm einen Kuss auf die Wange.

»Ich habe dir ein T-Shirt von mir hingelegt, dein Kleid ist noch ganz nass. Ich habe es draußen über die Wäscheleine gelegt.«

Sie bedankte sich, worauf Alex sich schon mal nach draußen an den Klapptisch setzte und auf Leona wartete, während sie sich sein T-Shirt überzog. Sie roch daran, da es nach ihm duftete. Zufrieden lächelte sie.

Langsam stand sie auf und wollte gerade nach draußen zu Alex gehen, als ihr etwas aus der Papiertüte, die auf der Küchenablage lag, entgegenblitzte.

»Was soll das sein?«, fragte Leona irritiert, als sie die Stufen herunterstieg.

Alex stellte gerade ihren Kaffee auf den Klapptisch, als er stotterte: »Das sind wir.«

»Ja, das sehe ich auch. Von wo hast du dieses Magazin?«, fragte sie aufgewühlt.

»Aus dem Café. Ich dachte, du solltest das auch sehen«, nuschelte er und nahm einen Schluck aus seinem Becher. Er hatte den Plastikdeckel abgenommen, damit der Kaffee etwas auskühlen konnte.

»Diese verdammten Medien!«, schnauzte Leona. »Lassen einen aber auch nie in Ruhe. Glaub denen kein Wort, was die da schreiben. Die wissen genau, auf welchen wunden Punkt sie drücken müssen.« Leona ließ sich auf den Stuhl fallen und schnaubte so aufgeregt, dass sich ihre Nasenflügel auf und ab bewegten.

»Danke für das Frühstück, Alex. Das ist so lieb von dir«, sagte sie, als sie sich ein wenig beruhigt hatte. Genussvoll biss sie in das süße, luftige Cornetto und nahm einen Schluck vom cremigen Kaffee.

Alex lächelte, wirkte aber nachdenklich. »Die sagen, dass ich deine Familie in den Dreck ziehe«, nuschelte er nach einer kurzen Schweigepause.

»Das musst du nicht glauben. Ich habe dir doch von meiner Familie erzählt. Du weißt, wie ich zu meinem Leben stehe. Ich bin nicht wie sie«, sagte Leona sanft und neigte ihren Kopf zur Seite, während dem sie einen weiteren Bissen von dem leckeren Gebäck nahm.

»Und ich bin nicht nur ein Sommerflirt für dich? Was passiert, wenn du zurück nach Los Angeles fliegst und du in dein gewohntes Umfeld kommst?«, hakte er nach.

»Na und? Ich sehe das Problem nicht.« Leona runzelte die Stirn.

»Du hast bestimmt noch andere Typen, die mehr zu bieten haben als ich.«

»Wie bitte? Wie denkst du auf einmal von mir?«

»Ich meine damit ja nur, dass du etwas Besseres verdient hast, als so was.« Er zeigte mit einer abschätzigen Geste auf seinen VW-Bus und ließ seine Hand danach schlaff in den Schoß fallen.

»Ach Alex. Wie schon gesagt kommt es mir aber nicht darauf an was für einen Wagen du fährst, was für Klamotten du trägst oder wieviel Geld du mit deiner Arbeit verdienst. Das, was zählt, bist einzig und allein du als Mensch. Verstehst du denn nicht, dass ich das ernst meine?«

»Das kann ja im Moment stimmen. Aber ich muss auch bald wieder weiter. Ich bleibe nicht ewig hier in Rom. Wer weiß, wann wir uns wiedersehen können. Und bis dahin hast du dir bestimmt schon einen Neuen angelächelt.«

In ihrem Bauch braute sich eine Wut zusammen. Sie sprang von ihrem Klappstuhl auf und schrie: »Spinnst du? Wie du das eben gesagt hast. Als ob ich so ein Betthäschen wäre, das sich gleich an den nächsten schmeißt. Und außerdem kennen wir uns gerade einmal ein paar Tage. Wie soll ich denn bitte wissen, wie es mit uns weitergeht?« Ihr Kopf lief vor Wut rot an.

»Wir wissen doch beide, dass das nicht funktionieren kann.«

Kaum hatte Alex diesen Satz ausgesprochen, blieb der Mund von Leona offenstehen. Sie fasste sich an die Brust. Es fühlte sich an, als hätte er einen Pfeil durch ihr Herz gerammt.

»Ach ja? Schön, dass ich das anscheinend hätte wissen sollen. Ist das dein Ernst? Kaum hast du mit mir geschlafen, sagst du mir, dass das mit uns doch eigentlich gar nichts werden kann? Nicht ich bin hier diejenige die einen Sommerflirt sucht, verdammt Alex, das bist anscheinend du! Und jetzt tust du so, als ob ich das Problem bin? Du bist hier derjenige, der die Probleme verursacht. Und ich Idiot habe dir auch noch vertraut!« Leona schnappte sich ihr Kleid von der Wäscheleine, stürmte in den VW-Bus, zog sich um und knallte ihm sein T-Shirt auf den Stuhl, auf dem sie soeben gesessen hatte.

»Leona, das habe ich nicht so gemeint. Bleib doch hier«, sagte Alex, als er merkte, dass er zu weit gegangen war.

»Das mit uns kann ja anscheinend sowieso nicht funktionieren. Und wie es scheint, bist du dir ja ziemlich sicher, dass ich gleich zum nächsten ins Bett hupfen werde. Anscheinend gibt es keinen Traumprinzen – alles nur Arschlöcher die nur an das Eine denken. Und ich dachte im Ernst, du wärst anders. Ich wünsche dir noch ein schönes Leben, Alex!«, schrie Leona mit Tränen in den Augen und lief stinksauer davon.

»Ich Idiot!«, brüllte er, als Leona den Park verlassen hatte. Er schlug mit seiner Faust auf den Tisch, worauf der Kaffee überschwappte und auf seine Jeanshose ausleerte. Alex warf die Hände in die Luft und fluchte.

Hätte ich doch bloß meinen verdammten Mund gehalten. Es schmerzte ihn, Leona zum Weinen gebracht zu haben. Er wollte nur das Beste für sie und hatte Angst, dass er nicht das Beste für sie war. Doch war es die richtige Entscheidung, sie gehen zu lassen? Er hatte sich noch nie so lebendig gefühlt wie mit ihr an seiner Seite. Der Abend zuvor war so wundervoll gewesen. Er konnte sich fallen lassen und sich in ihren Augen verlieren. Er fühlte sich wichtig und hatte das Gefühl, gebraucht zu werden. Dieses Gefühl hatte er schon so lange nicht mehr gehabt, seit seine Eltern verstorben waren. Wahrscheinlich hatte er nur Angst, Leona auch noch zu verlieren – Nun ja, das hatte er jetzt auch – ob das besser war?

Was hätten ihm wohl seine Eltern geraten? Es waren solche Momente, in denen er sich gewünscht hätte, seine Eltern um Rat fragen zu können. Doch bei einem war er sich sicher: Leona hatte vollstes Recht, so reagieren zu dürfen. Denn er hatte sich wie ein Idiot aufgeführt.

Was für ein Mistkerl. Dachte Leona, während sie über die Brücke lief, um den Tiber zu überqueren. Tränen trieften über ihr Gesicht und ihr Herz brannte. Noch nie zuvor hatte sich ihr Herz so grauenvoll angefühlt. Am liebsten wäre sie direkt von der Brücke gesprungen, um diesem furchtbaren Schmerz ein Ende zu bereiten, doch diesen Gedanken ließ sie einen Gedanken sein und riss sich innerlich zusammen. *Verdammt Leona, das ist bloß ein weiterer Typ, der dich verarscht hat. Du hast bis jetzt noch jeden Liebeskummer überlebt, dann wird es dieses Mal nicht anders sein.*

Doch weshalb fühlte es sich bei diesem Mal so anders an? Warum wäre sie bei diesem Mal am liebsten wieder zu ihm zurückgerannt, um ihn in die Arme zu schließen, anstatt ihm eine Ohrfeige zu verpassen, wie sie es bei Kaylab am liebsten getan hätte? Oder bei dem Typen auf der Modenschau in den sie sich so verguckt hatte, der ihr schöne Augen gemacht hatte, bloß um ein Nacktfoto von ihr ergattern zu können, um dieses dann ins Netz zu stellen? *Verdammt, war das ein Arsch gewesen.* Es hatte sich sogar herausgestellt, dass er gar nicht auf Frauen stand, sondern dies bloß gemacht hatte, um nicht sein wahres Gesicht zeigen zu müssen. Nicht dass dies ihm irgendjemand verübelt hätte. Sie zumindest nicht. *Ist ja nichts Schlimmes.*

Aber bei Alex war das anders. Sie hatte Sehnsucht nach ihm, obwohl sie ihn im selben Moment so sehr hasste für die Aktion, die er eben gerade abgezogen hatte. Wie konnte er nur so herzlos sein, nachdem sie gemeinsam die schönste Nacht ihres Lebens verbracht hatten? Nach dem alles wie im Märchen verlaufen war?

Leona lief zielstrebig durch die Straßen von Rom, schaute nicht links oder rechts, sondern nur gerade aus. Sie wollte so schnell wie möglich ins Hotel.

Plötzlich blitzte etwas auf.

Sofort blieb sie stehen und wandte ihren Kopf nach rechts. Neben einem kleinen Kaffee lauerte ein Paparazzo und verfolgte jeden Schritt, der Leona machte.

»Sie!«, brüllte Leona und lief energischen Schrittes auf den Mann zu. »Hören Sie verdammt noch mal damit auf mich ständig zu verfolgen und kümmern Sie sich um Ihren eigenen Kram!«

In ihren Gedanken tauchte bereits die nächste Schlagzeile auf: **Topmodel flippt aus. Nach dramatischem Liebes-Aus stürzt sich Leona Parker auf einen Paparazzo.**

Als der Mann ein Bild nach dem anderen knipste und keine Anstalten machte damit aufzuhören, begann Leona zu rennen und stürzte sich auf seine Kamera. Der Mann wollte gerade lossprinten, als sie gerade noch nach dem Band an der Kamera greifen konnte.

»Geben Sie mir sofort die Kamera zurück«, knurrte der Mann. Er hatte eine schwarze Sonnenbrille auf, weshalb sie ihn nicht erkennen konnte. Mit der Zeit kannte sie nämlich die Paparazzi, die sie und ihre Familie verfolgten. Doch dieser schien ihr neu.

»Zuerst löschen wir mal schön diese Bilder, die Sie soeben gemacht haben«, zischte Leona und begann an den Knöpfen der Kamera herumzudrücken.

»Wagen Sie es nicht, Ms. Parker«, der Mann klang energisch und wollte gerade nach der Kamera greifen, als Leona so tat, als würde sie diese fallen lassen.

»Passen Sie doch auf!«, brüllte er.

»Ups«, sagte sie mit aufgesetzt, kindlicher Stimme und hielt dabei ihre Hand vor den Mund. »Jetzt hören Sie mir mal genau zu. Entweder Sie lassen mich jetzt in Ruhe diese Bilder löschen, oder ich schmeiße Ihnen Ihre Scheißkamera auf den Boden.« Leona wählte dabei einen ruhigen, sanften Tonfall, damit wenigstens die Passanten das Drama nicht mitbekamen. Sie wollte nicht noch mehr Aufsehen erregen.

»Das würden Sie nicht wagen«, brummte der Mann und zog die Augenbrauen zusammen. Seine Miene verfinsterte sich sichtlich.

»Wollen wir wetten?« Leona lächelte ihn freundlich an und hielt die Kamera in die Höhe. Sie stand dabei auf ihren Zehenspitzen, um noch mehr Entfernung zum Boden zu erzeugen.

»Stopp!« Er flehte sie förmlich an.

Die Macht war auf Leonas Seite. Die beste Ablenkung für Liebeskummer. Sie nickte, gab ihm mit einer Handgeste zu verstehen, dass er warten solle, klickte sich durch die Bilder und löschte jedes einzelne. *Ich sehe ja grässlich aus*, schoss es ihr durch den Kopf, als sie die Bilder von sich betrachtete. Über ihre Wangen erstreckte sich ein Wimpermascara-Massaker, das sie wie einen weinenden Pandabären aussehen ließ.

»Hier, bitte schön«, sagte sie, als sie die Bilder vollständig und unwiderruflich gelöscht hatte und ihm die Kamera wieder entgegenstreckte. »Und ab jetzt halten Sie sich bitte aus meinem Privatleben raus. Auf dem Laufsteg können Sie so viele Bilder von mir schießen wie Sie möchten. Aber bitte aus einer besseren Perspektive als bei diesen Amateurbildern.« Bevor der Mann noch etwas sagen konnte, lief Leona davon.

Kurz darauf tauchte der Streit in ihren Gedanken auf. Wie auf Knopfdruck begann sie wieder zu weinen.

24.

»Rebecca, ich habe Mist gebaut!« Leona weinte in ihr Telefon, als sie wieder im Hotelzimmer auf dem Bett lag. Schon eine ganze Weile hatten sie nichtmehr miteinander telefoniert, aber in diesem Moment brauchte Leona das Verständnis ihrer älteren und weiseren Seelenschwester.

»Was ist denn los, meine Liebe? Wie kann ich dir helfen?«, fragte Rebecca besorgt durch den Hörer.

»Ich habe in Rom einen Typen kennengelernt, habe mit ihm geschlafen und nun ist alles vorbei!« Leona schluchzte.

»Das tut mir leid, Süße. Erzähl mir was passiert ist. Ich bin für dich da«, sagte Rebecca verständnisvoll und hörte sich die ganze Geschichte an.

»Ach, Kleines. Seine Reaktion war affig, da gebe ich dir recht. Aber irgendwie klingt das alles für mich so, als hätte er einfach nur Angst. Ich glaube nicht, dass er mit dir gespielt hat«, sagte sie sanft. »Jeder andere hätte dieses Magazin gar nicht erst gekauft und dich im Glauben gelassen, dass alles in Ordnung sei. Ein anderer hätte nicht nur einmal mit dir geschlafen, sondern deine gesamte Zeit ausgenutzt und dann wäre er ohne ein Wort zu sagen gegangen, glaube mir. Alex hatte wenigstens den Mut die Probleme anzusprechen.«

»Dann bin ich die Dumme?«, fragte Leona empört.

»Das sagte ich doch nicht, Süße. Deine Reaktion war gerechtfertigt. Schließlich empfindest du etwas für ihn und dann reagiert man nun mal sensibler auf solch heikle Themen. Und vielleicht hast du dir diese Fragen auch schon selbst gestellt und er hat es nun mal ausgesprochen«, erklärte Rebecca ruhig.

Leona seufzte. »Du liegst mit deiner Annahme wahrscheinlich richtig. Aber was mache ich jetzt? Das ist doch peinlich, wenn ich wieder angekrochen komme.«

»So wie es scheint, muss aber jemand von euch den ersten Schritt machen. Und ich glaube nicht, dass er das sein wird. Er wird denken, dass du etwas Besseres verdient hast.«

»Und du meinst, das mit ihm könnte wirklich funktionieren?«, fragte Leona nachdenklich.

Rebecca lachte. »Siehst du? Nun stellst du dir genau dieselbe Frage, die er dir gestellt hat. Geh zu ihm. Folge deinem Herzen.«

»Folge deinem Herzen …«, nuschelte Leona. Sie dachte an all die unzähligen Male, in denen sie diesen Satz in ihrem Leben gehört hatte. War das ein Zeichen?

»Du hast recht, Rebecca, du bist die Beste! Ich muss Schluss machen. Wir hören uns!«

Gerade wollte sich Rebecca noch verabschieden, da hatte Leona bereits den Anruf beendet. Sie schlüpfte in ein trockenes Kleid, packte ihr Handy, ihre Tasche und rannte aus dem Hotel. Gerade wollte sie die Straße überqueren, als am Himmel etwas knallte.

Erschrocken blieb sie stehen und blickte nach oben. Ein oranger Lichtkreis breitete sich über die Erdatmosphäre aus.

Was ist das?

Clemens

Auf dem gesamten Weg zur Erde, konnte Clemens seinem Bruder unauffällig folgen. Er nahm bewusst nicht dieselbe Route und hielt genügend Abstand zur Armee vor ihm. Er flitzte in Lichtgeschwindigkeit durch das Universum - flog vorbei an farbigen Galaxien, leuchtenden Sonnen und rasenden Kometen. So schön das Universum auch war, so erschütternd war es zugleich, dass jeder belebte Planet, an dem Clemens vorbeiflitzte und dadurch auf seinem Display erschien, genauso trist wie der nächste war.

Der Fluch von Aaron hatte niemanden verschont - außer die Erde. Wie konnte es sein, dass genau dieser eine Planet nicht davon betroffen war? Immer wieder stellte sich Clemens dieselben Fragen: *Wie geht es Liv und Otis? Wie können sie diesen Fluch beenden? Was meinte Ava mit »Folge deinem Herzen«?*

Clemens hing in seinen Gedanken fest und realisierte daher einen Moment lang nicht, was sich vor ihm abspielte. Plötzlich tauchte ein Raumschiff vor seiner Frontscheibe auf und er blickte einem Beola direkt in seine düsteren, braunen Augen.

Es war Aaron.

Hinter dessen Raumschiff tauchten langsam fünf weitere Maschinen auf. Clemens war umzingelt, wie eine Antilope von einem Rudel Löwen.

»Clemens, was in aller Welt machst du hier draußen?«, brummte Aaron über den Funkspruch. Er hatte Verbindung zu Clemens' Raumschiff aufgenommen.

»Was, du bist auch hier?«, fragte Clemens naiv.

»Verkaufe mich nicht für dumm. Ich weiß, was du vorhast«, knurrte Aaron.

»Ach ja?«, fragte Clemens und hielt nach einem Fluchtweg Ausschau.

»Du widersetzt dich meinen Regeln. Du respektierst mich nicht. Du wirst mich niemals aufhalten können«, sagte Aaron herrisch.

»Siehst du nicht, was für ein emotionsloses Monster aus dir geworden ist? Ava wäre enttäuscht von dir«, zischte Clemens, ohne auch nur eine Emotion dabei zu fühlen.

»Wag es nicht, ihren Namen in deinen Mund zu nehmen. Ava ist tot. Das Universum hat sie mir genommen. Dafür muss es büßen!«, brüllte Aaron.

Clemens starrte in seine dunklen Augen, griff unauffällig mit seiner rechten Hand zu dem Steuerknüppel und drückte ihn abrupt nach vorne. Seine Maschine flog im Sturzflug nach unten. Kurz darauf steuerte Clemens das Raumschiff wieder geradeaus und flog unter den sechs Maschinen durch.

»Verfolgt ihn!«, befahl Aaron seiner Armee.

Clemens flog so schnell er konnte, doch die Armee von Aaron klebte ihm am Hintern.

»Schießt auf ihn!«, brüllte Aaron in den Funk, worauf Clemens von hinten einem Schusshagel aus blauen Lichtströmen ausgesetzt wurde. Er versuchte, den Schüssen auszuweichen, doch sie donnerten auf ihn ein. Er fuhr die Waffen aus dem Bug seiner Maschine und änderte deren Richtung nach hinten ab. Er ballerte blind darauf los, wobei er noch immer auf Höchstgeschwindigkeit flog.

Je näher ihm die Armee kam, umso lauter wurden die Schüsse, die auf sein Schiff einschlugen.

Gerade überlegte sich Clemens, wie er sich wehren könnte, als ihm plötzlich ein kleiner, blauer Punkt auffiel. Je näher er auf ihn zuraste, umso besser konnte er erkennen, was dieser blaue Punkt war. Er sah die Erde.

Sofort drückte er auf die Bremse, worauf ein Schiff beinahe von hinten in ihn hineinknallte. Zum Glück konnte Clemens noch im letzten Moment ausweichen. Er wendete sein Raumschiff abrupt um hundertachtzig Grad, lenkte die Waffen so, dass sie nach vorne zeigten, und raste auf das Raumschiff seines Bruders zu.

Er schoss auf dessen Frontscheibe, während er ihm immer näherkam. Aaron brüllte vor Zorn und ballerte auf seinen Bruder ein. Die Schüsse prallten von den Scheiben ab. Abgesehen von ein paar Kratzern blieben die Scheiben unversehrt.

Aaron flog in einer enorm hohen Geschwindigkeit auf die Maschine von Clemens zu und streifte ihn von der Seite, da dieser zu spät reagiert hatte. Clemens wurde zur Seite geschleudert, während Aaron auf die Erde zuraste und oberhalb der Atmosphäre, von seiner Armee umzingelt, abbremste. Er schaute auf den farbenfrohen Planeten hinunter und ballte seine Fäuste.

»Du widersetzt dich meiner Macht!«, brüllte er. »Bald werden deine Bewohner dasselbe durchmachen, was ich seit Jahren ertragen muss. Du hast kein Recht, dich gegen mich zu stellen!« Er schlug sich impulsiv mit seinen Fäusten auf die Brust. Es bildete sich ein oranger Lichtkreis, der sich über die Erdatmosphäre ausbreitete.

Gerade wollte er erneut ausholen, als Clemens auf ihn zuraste und sein Raumschiff rammte. Aaron fluchte und rüttelte an seiner Steuerzentrale herum. Die Begleitschiffe ballerten auf Clemens ein, welcher erneut Kurs auf Aarons Maschine aufnahm.

Aaron konnte sein Schiff knapp wieder geraderichten, als Clemens erneut auf ihn einprallte. Es knallte. Beide rasten mit unfassbar hoher Geschwindigkeit auf die Erde zu.

Auf der Erde

Das Ereignis vom Morgen schwirrte ständig in Alex' Kopf umher und er hatte sich kaum aufrappeln können, um sich auf den Weg zur Arbeit zu machen. Am liebsten hätte er sich für den restlichen Tag einfach nicht blicken lassen.

Er stand auf der Straße und wollte gerade anfangen zu singen, als plötzlich ein lauter Knall ertönte und sich ein oranger Lichtkreis am Himmel ausbreitete. Erschrocken blickte Alex hoch, während die einen Menschen um ihn herum vor Schreck schrien und andere wiederum ihre Telefone zückten, um beeindruckt Bilder von dem Ereignis zu schießen.

Was war das eben, fragte sich Alex, während er immer noch ungläubig zum Himmel hinauf starrte.

Plötzlich legte sich ein riesiger Schatten über die Stadt, was in seinem Magen ein mulmiges Gefühl entfachte. Er packte seine Gitarre in den Koffer und starrte erneut zum Himmel hinauf, als er erkannte, dass etwas auf die Erde zuraste. Er konnte nicht erkennen, was es war, doch er rannte instinktiv so schnell er konnte los und ließ den Rest an Ort und Stelle stehen.

Menschen schrien vor Angst und stürmten in die Häuser. Alex rannte auf der Straße, als ihm plötzlich etwas entgegenflog. Gerade konnte er noch ausweichen, denn neben ihm prallte es in den Steinboden. Eine riesige Kerbe entstand. Wie versteinert blieb er stehen und starrte auf das silberne Teil, das ihm fast sein Leben gekostet hätte. Er machte einen Schritt darauf zu, um zu erkennen um was es sich handelte. Es war ein Stück Blech, das ihn an das Dach seines Busses erinnerte. Irritiert runzelte er die Stirn und hob seinen Blick. Erschrocken zuckte er zusammen, als er entdeckte, dass unzählige dieser Teile auf den Boden zurasten. Manche davon glühten. Alex rannte los und floh in ein Restaurant, in dem sich bereits unzählige andere Menschen tummelten.

»Alex!«, schrie Leona, während sie auf den Park zu rannte, in dem der blaue VW-Bus stand. Ihre Lungen brannten. »Es tut mir leid! Ich wollte nicht, dass wir streiten!« Sie hämmerte an die Tür seines Busses, doch es regte sich nichts. »Alex?« Sie drückte die Türklinke nach unten, doch die Tür war verschlossen. Durch ein kleines Fenster spähte sie in den Bus hinein.

Er war leer.

Verzweifelt sah sie sich um, denn die großen Teile aus Blech prallten wie Hagelkörner auf den Boden. Leona legte die Stoffjacke von Alex, die sie ihm zurückbringen wollte, auf die oberste Treppenstufe vor der Eingangstür und rannte davon, um sich in Sicherheit zu bringen.

Zwei riesige, glühende Raumschiffe rasten auf die Stadt Rom zu. Die Menschen schrien, während Feuerwehrwagen mit heulenden Sirenen durch die Straßen flitzten, um die Brände einzudämmen. Mit einem riesigen Knall landeten die löchrigen Raumschiffe im Fluss. Eine Wasserflut spritzte in alle Richtungen. Es zischte, als die glühenden Maschinen im Fluss zum Stillstand kamen.

Gerade als einen Moment lang eine gespenstische Stille eingekehrt war, wurde diese von einem Brummen durchbrochen. Weitere fünf Raumschiffe rasten auf die Stadt zu und landeten am Rande des Tibers. Aus jedem der Maschinen stiegen zwei Beolas, welche ihre Waffen zückten. Menschen, die das

Geschehen beobachteten, zuckten vor Schreck zusammen, als sie diese blauen Gestalten sahen.

Im Wasser regte sich etwas.

Es rumpelte und zwei goldene Hände hielten sich an der löchrigen Wand des Raumschiffes fest. Das Schiff lag seitlich im Wasser und Aaron hievte sich mühevoll aus der Maschine heraus. Als er auf dem Raumschiff stand, nahm er eine herrische Pose ein und schaute sich breitschultrig in seiner Umgebung um.

»Wer wagt es, meinen Fluch durchbrechen zu wollen? Es mögen sich diejenigen Beolas zeigen, welche nicht gehorchen!«, brüllte er kraftvoll, sodass seine Stimme durch die ganze Stadt hallte.

Die Menschen zitterten vor Angst, als sie diese goldene Gestalt mit den Erhebungen auf der Stirn und den Schultern sahen.

Während sich Aaron noch immer umschaute und sich seine Armee um den Fluss herum bewaffnet verteilte, blubberte es unbemerkt im Wasser. Clemens konnte sich aus seinem Raumschiff befreien und schwamm unauffällig mit Hilfe der Strömung vom Ort des Geschehens davon. Hundert Meter weiter hatte er den Drang zu atmen. Er tauchte auf und kletterte aus dem Wasser.

Von weitem sah er seinen Bruder von dem Raumschiff auf die große Brücke springen.

Mit einem mächtigen Knall prallte Aaron auf den steinigen Boden und ballte seine Fäuste. »Ihr werdet mir gehorchen!«, brüllte er und knallte seine Fäuste wuchtig auf die Brust. Ein weiterer orangener Lichtkreis breitete sich um ihn herum aus und raste über die Stadt. Die Menschen wurden nach hinten geschleudert und mussten gegen den tobenden Wind ankämpfen.

»Nein!«, brüllte Clemens und rannte auf seinen Bruder zu. Schon von weitem schoss er aus seinen Händen einen breiten, weißen Lichtstrom auf Aaron. »Ich lasse dies nicht ein zweites Mal zu!« Aaron wurde von Clemens' Lichtstrom getroffen, worauf der orange Lichtkreis in sich zusammenbrach. Aaron musste seine Kräfte dafür aufwenden, um sich zu verteidigen und feuerte einen gelben Lichtstrom auf seinen Bruder ab.

Die beiden Ströme prallten aufeinander. Eine Art Schild bildete sich an der Stelle, wo sich die beiden Lichter trafen. Clemens setzte alles daran, um seinen Bruder zu stoppen, während Aaron brüllte und seine Halsadern nach außen gedrückt wurden. Er wendete seine gesamte Kraft auf. Der Lichtstrom von Clemens verlor an Intensität, während der von Aaron an Energie gewann.

Die Kraft von Clemens ließ nach, wodurch er im hohen Bogen über unzählige Häuser katapultiert wurde. Er spürte, wie die Luft zwischen seinen nackten Zehen hindurchzischte und kurz darauf prallte er auf steinigen Boden. Eine Kerbe entstand an der Stelle, an der er landete. Clemens rieb sich am Kopf, denn der Schmerz brachte seinen Schädel zum Pochen. Benommen versuchte er sich aufzurichten, um wieder zu Aaron zurückzukehren, doch dann öffnete er seine Augen und starrte in ein versteinertes Gesicht.

»Wer bist du?«, fragte der Mensch mit zittriger Stimme. Dessen Haut war kreideweiß. Clemens musterte ihn von oben bis unten. Noch nie zuvor hatte er einen Menschen gesehen. Er fand, dass er irgendwie nackt aussah mit dieser hellen Haut und der flachen Stirn.

Er räusperte sich und sagte monoton: »Ich bin Clemens und wer bist du?« Da Beolas von jeder Spezies im gesamten Universum verstanden wurden, konnten sie ungehemmt miteinander kommunizieren.

»Clemens«, stotterte der Mensch. »Ich habe von dir geträumt. Aber ich verstehe nicht …«

»Otis? Bist du das?«

»Wer ist Otis? Nein, ich bin Alex. Was um alles in der Welt geht hier vor sich?«, fragte Alex verwirrt.

»Ich kann es nicht fassen. Ava hat gesagt, dass ihr euch an nichts erinnern werdet. Wo ist Liv? Habt ihr einen Weg gefunden, um den Fluch zu beenden? Ihr seid vor zwei Tagen auf die Erde gekommen …«

Alex wurde nervös und fragte: »Vor zwei Tagen? Ich bin zwanzig Jahren alt. Und wer um alles in der Welt ist Liv?«

Clemens schluckte leer und fragte monoton, da er noch immer keine Emotionen empfangen konnte: »Zwanzig Jahre? Merkwürdig. Liv, die kleine, violette Beola mit den großen, braunen Augen.«

Alex schoss die Erinnerung von seinem Traum der letzten Nacht durch den Kopf. Erschrocken zuckte er zusammen. *War das Mädchen etwa Leona? Aber, was sollte das Ganze nur bedeuten?*

»Ava sagte, ihr sollt euren Herzen Folgen. So solltet ihr den Fluch beenden können. Ich weiß aber nicht, was dies zu bedeuten hat. Habt ihr das herausgefunden?«

Plötzlich ertönte ein lauter, verzweifelter Hilfeschrei. Alex zuckte zusammen. Das Blut gefror ihm in den Adern, denn er erkannte diese Stimme.

»Das ist Leona!«, schrie Alex. Sofort schaute er sich um, um zu erkennen, woher der Schrei kam.

»Du meinst Liv?«, fragte Clemens.

Alex warf ihm einen mürrischen Blick zu und zischte: »Ob Liv, Leona oder wie sie auch sonst noch genannt wird, ist mir eigentlich total egal. Was ich weiß, ist, dass sie mir etwas bedeutet und dass sie auf meine Hilfe angewiesen ist!«

Clemens rannte sofort los und rief Alex zu: »Folge mir, ich vermute zu wissen, wo sie sich befindet!«

Alex zögerte nicht und rannte der blauen Gestalt mit den durchnässten, roten Haaren hinterher. Er traute seinen Augen noch immer nicht und konnte nicht glauben, dass all das wirklich real war.

25.

Keuchend kamen sie beim Fluss an, wo die Schreie immer lauter wurden. Alex zuckte zusammen, als er erkannte, wo sich Leona befand.

»Nie hätte ich gedacht, dass ausgerechnet du mich eines Tages verraten würdest. Sag mir wo Otis ist!«, brüllte Aaron Leona an. Er hatte sie erkannt. Nicht aufgrund ihres Aussehens, sondern an ihren Augen.

Er kannte diesen Blick. Es war derselbe, den er vor vielen Jahren auf der Feier vor seinem Palast gesehen hatte - bei dieser kleinen Beola mit den haselnussbraunen Augen. Er hatte das Gefühl, durch ihre Augen in ihr Herz sehen zu können. Das Aussehen konnte sich ändern, doch ihr Wesen war noch das gleiche - das Einzige, was sich nicht verändern konnte.

Leona wurde von einem der Soldaten in die Knie gedrängt. Die restlichen Soldaten hatten die Waffen auf sie gerichtet.

»Ich kenne keinen Otis!«, schrie sie ängstlich. »Ich weiß nicht, was du von mir willst!«

»Du und dein Freund sind von meinem Planeten geflüchtet, um meinen Fluch zu beenden und du willst mir weis machen, dass du den Beola nicht kennst, mit dem du geflohen bist? Glaubst du eigentlich, ich bin dumm?«, brüllte Aaron in ihr verängstigtes Gesicht.

Gerade wollte Leona etwas sagen, als jemand rief: »Ich bin hier! Komm und hol mich, wenn du kannst!«

»Sei still!«, zischte Clemens, als es schon zu spät war.

Leona horchte auf und spähte zwischen den Beinen von Aaron hindurch, die ihr wie Baumstämme vorkamen. Als sie Alex am Ende der Brücke erkannte, pochte ihr Herz schneller.

»Du mickriges Wesen glaubst im Ernst, dass du mir entkommen kannst?«, knurrte Aaron rachsüchtig.

Alex zuckte mit den Schultern und sagte mutig, während er sich insgeheim vor Angst fast in die Hosen machte: »Ich glaube es nicht nur, ich weiß es!«

»Na gut, du hast es nicht anders gewollt«, knurrte Aaron, während er Leona langsam den Rücken zukehrte und auf Alex zulief. Er atmete ruhig, da auf der Erde ein viel höherer Sauerstoffgehalt als auf Beolania vorhanden war. Seine Kiemen hoben sich langsamer als sonst, wenn er einatmete.

Aaron streckte seine Arme aus und stieß einen herrischen Schrei aus, als er einen gelben Lichtstrahl auf ihn abfeuerte. Flink sprang Alex mit einer Hechtrolle zur Seite und rannte so schnell er konnte davon. Aaron folgte ihm und schoss einen Lichtstrahl nach dem anderen auf ihn ab.

Während Aaron ihn verfolgte, sprang Clemens mit mächtig viel Schwung auf den steinigen Rand der Brücke und rannte auf die Soldaten zu, welche noch immer ihre Waffen auf Leona gerichtet hatten. Er feuerte seinen weißen Lichtstrahl auf einen der Soldaten ab. Dieser wurde durch den scharfen Schuss auf den Boden geschleudert und prallte mit seinem Kopf auf. Durch den heftigen Aufprall blieb er blutend am Boden liegen.

Er war tot.

Clemens war innerlich zerrissen. Beolas sollten sich nicht töten. Das war eines der obersten Gebote. Doch wie sonst hätte er Leona beschützen können? Die Soldaten kannten im emotionslosen Zustand keine Gnade. Wie vermutet, richteten die anderen Soldaten abrupt ihre Waffen auf Clemens und feuerten auf ihn. Grüne Lichtströme schossen aus den schwarzen, kugelförmigen Waffen.

Clemens sprang vom Rand der Brücke und rannte gradewegs auf sie zu. »Verschwinde, Leona. Lauf los!«, rief er ihr zu, während er einen Lichtstrahl nach dem anderen auf die Beolas abfeuerte. Er traf einen weiteren, der Leona gerade zu Boden reißen wollte. Sie rannte davon.

Was Clemens im Kampf nicht bemerkte, war, dass Leona von einem der Soldaten verfolgt wurde.

Leona rannte um ihr Leben. Sie keuchte und nahm jede Abkürzung durch die Gassen, die sich ihr anbot. Der Beola in der schwarzen Uniform war unermüdlich. Sie wich seinen Schüssen aus, welche an den Häuserfassaden abprallten.

Ihre Beine schmerzten und die pralle Sonne brannte sich in ihre Kopfhaut. Atmen konnte sie nur schwer, doch das Adrenalin schoss durch ihre Adern und ließ sie durchhalten.

Plötzlich kam ihr eine Idee.

Durch die Schüsse lösten sich Steine von den alten Fassaden. Deshalb schnappte sie sich beim Vorbeirennen einzelne Steine, formte aus ihrem Kleid vorne eine kleine Tasche und legte diese hinein.

Sie beschleunigte so schnell sie konnte und bog dann in eine enge, schattige Gasse ab, als sie den Beola hinter sich gerade nicht sah. Sie stellte sich flach an die kühle Wand eines Hauses und versuchte ihren Puls herunterzubringen, indem sie tief und ruhig atmete.

Plötzlich hörte sie etwas. Sie spähte vorsichtig um das Eck des Hauses und versteckte sich wieder abrupt dahinter, als sie den Beola in die Gasse kommen sah.

Ihr Herz pumpte vor Aufregung, als sie mit ihrer rechten Hand nach einem kantigen Stein griff. Mit ihrer linken Hand hielt sie das Kleid fest.

»Eins«, flüsterte sie, als sie hörte, dass der Beola immer näherkam. »Zwei ... drei!«, schrie sie, als sie vor den Beola sprang und den Stein auf ihn schleuderte. Sie zielte zwar auf den Kopf, doch der Stein landete direkt in seinen Weichteilen. Der Beola ließ vor Schmerzen seine Waffe fallen und starrte Leona gerade noch an, als sie den zweiten Stein zückte und ihm diesen mitten in sein Gesicht schmetterte.

Dem Beola triefte weißes Blut aus der Nase, seine Augen verdrehten sich und er fiel zu Boden.

»Du Mistkerl!«, rief sie ihm zu und rannte davon.

»Nun habe ich dich«, zischte Aaron, als Alex aus einer Seitengasse gerannt kam und gegen dessen harten Brustkorb prallte. Diese Wendung hatte Alex nicht vorhersehen können. Er war der festen Überzeugung gewesen, dass Aaron eine andere Route eingeschlagen hatte.

Alex zuckte vor Schreck zusammen. »Was willst du von mir? Ich habe dir doch nichts getan!« Alex keuchte, denn er wurde von Aaron grob am Nacken gepackt.

»Du hast mir nichts getan, meinst du?«, knurrte Aaron. Er packte Alex unter den Armen und sprang mit ihm auf ein Hausdach. Das Haus bebte, als er aufprallte, und Teile der alten Fassade bröckelten zu Boden.

»Er sagt, er hätte mir nichts getan!«, brüllte Aaron, sodass ihn alle Menschen hören konnten. Sie waren wieder in der Nähe der Brücke, bei der alles begonnen hatte. »Verraten hat er mich! Zusammen mit seiner kleinen Freundin. Die beiden sind schuld daran, dass eure Stadt verwüstet wurde. Wären diese beiden Parasiten hier nicht aufgetaucht, hätte ich nie erfahren, dass ihr von meinem Fluch nicht betroffen seid!«, schrie Aaron über die Dächer. »Ich schlage euch einen Deal vor!«, sprach er nach einer kurzen Schweigepause weiter. »Entweder ich beende euer friedliches Dasein auf der Stelle und ihr werdet von meinem Fluch heimgesucht oder ihr bringt mir die Frau, ich beseitige diese beiden Störenfriede und lasse euch in Frieden.«

Ein Raunen ging durch die Menschenmenge.

»Bringt sie ihm!«, schrie ein junger Mann, der sich zusammengekauert unter einer Straßenbank in Sicherheit gebracht hatte.

»Das können wir nicht gutheißen«, erwiderte eine Dame, die ihre beiden bellenden Hunde versuchte zu beruhigen. »Diese jungen Menschen haben doch noch ihr ganzes Leben vor sich!«

»Aber wenn wir sie leben lassen, leiden wir alle darunter. Lieber zwei, als wir alle!«, rief eine weitere Stimme.

»Seid still!«, brüllte Clemens, der erhobenen Hauptes auf das Gebäude zulief, auf welchem Aaron stand. »Seid ihr wirklich so naiv? Er wird euch so oder so mit seinem Fluch heimsuchen. Nur deshalb ist er hierhergekommen!«

Die Menschen flüsterten untereinander und waren entsetzt, diese Nachricht zu erhalten.

»Glaubt diesem Lügner kein Wort! Ihr entscheidet!«, brüllte Aaron, packte Alex am Hals und hielt ihn mit einem Arm über den Abgrund.

»Hilfe!«, keuchte Alex. Sein Gesicht lief rot an.

»Ihr entscheidet, oder er stirbt umsonst!«, drohte Aaron.

Die Menschen schauten hilflos hin und her, als sie plötzlich jemanden rufen hörten: »Ich habe sie!« Die Menschen wichen erschrocken zur Seite, als ein breitschultriger Beola mit blutender Nase triumphierend auf sie zu schritt. Er hatte Leona an den Haaren gepackt und stieß sie rücksichtslos vor sich her.

»Fast hätte ich sie verloren, doch da ist sie!«, rief dieser zu Aaron hoch.

»Das, meine lieben Menschen, ist Loyalität. Seht ihr? Es ist ganz einfach!«

»Leona!«, keuchte Alex, welcher seine Hände um jene von Aaron klammerte, in der Hoffnung, ein bisschen mehr Luft zu erhalten. Doch ohne Erfolg.

Der Soldat stieß Leona zu Boden. Sie prallte auf ihre Knie, die aufplatzten und zu bluten begannen. Sie blickte mit einem schmerzverzehrten Gesichtsausdruck zu Alex hoch, während der Soldat ihr seine Waffe an den Hinterkopf setzte. Sie spürte den harten Gegenstand an ihrer Schädelwand und sah ihr bisheriges Leben vor dem inneren Auge an sich vorbeiziehen.

Sie hätte noch so viel erleben können und für den Tod war sie noch viel zu jung. Sie bereute den Streit mit Alex und dass sie einfach gegangen war. So gerne hätte sie erfahren, wie es gewesen wäre, jemanden zu lieben und die Herausforderungen des Lebens miteinander meistern zu können. Doch diese Erfahrungen würde sie nie sammeln dürfen. Ihre Familie würde um sie trauern und nie verstehen, warum sie sterben musste.

»Es tut mir leid, Alex! Ich hätte nicht gehen dürfen!«, schrie sie verzweifelt zu ihm hoch. Tränen flossen über ihre Wangen und ihre Schultern zuckten. Ihr Herz hämmerte, sie schrie verzweifelt und schnappte hysterisch nach Luft. Der Soldat schaute zu Aaron hoch. Dieser nickte. Der Soldat bewegte seinen Finger langsam zum Abzug.

»Mir muss es leidtun, Leona!«, krächzte Alex mit trockener Kehle. »Ich wollte dich nicht verletzen!«

»Ach wie rührend«, spottete Aaron und blickte zu dem Soldaten. »Na mach schon!«

»Neeeeein!«, schrie Alex, worauf ihn Aaron am Hals umso stärker packte. Sterne tanzten vor seinen Augen umher und seine Gesichtsfarbe schwappte in ein dunkles Violett über.

Er schaute zu Leona. Tränen schossen aus seinen Augen. Zu wissen, dass sein Leben in wenigen Sekunden zu Ende war und die Frau, die ihm so viel bedeutete, nicht wusste, was er für sie empfand – so durfte es nicht enden. Wenn es schon endete, dann sollte sie wenigstens eines wissen.

Er sammelte seine letzte Kraft und schrie so laut er konnte: »Ich liebe dich!«

Leona horchte auf. Ein warmes Gefühl durchströmte ihren Körper. Sie war sich sicher, dass es das Letzte sein werde, was sie spüren würde.

Sie blickte zu ihm hoch und rief, während der Finger des Soldaten langsam den Abzug nach hinten zog: »Ich liebe dich auch, Alex!« Eine Träne kullerte über ihre Wange, dann schloss sie ihre Augen. Sie versuchte ruhig zu atmen, doch es gelang ihr nicht. Es war nicht leicht, tiefenentspannt zu sein, wenn man wusste, dass man in wenigen Sekunden regungslos auf dem Boden liegen würde.

Gerade hätte der Soldat den Abzug gedrückt, als etwas knallte und sich in der Hälfte der Distanz zwischen Leona und Alex eine helle Lichtkugel bildete. Vorsichtig öffnete Leona ihre mit Tränen getränkten Augen und erkannte, wie das Licht unfassbar schnell in der Kugel umherwirbelte. Sie traute ihren Augen kaum. *Bin ich tot?* Es war atemberaubend schön und surreal zugleich. *Was geht hier vor?*

Aaron zuckte zusammen und starrte irritiert auf das Licht. Aus Alex' und Leonas Brust wuchs ein kleiner, zarter Stil mit feinem, rotem Flaum an der Spitze. Leona beobachtete, wie diese langsam auf die Lichtkugel zu schwebten. Es war fast so, als würden diese vom Licht magisch angezogen werden. Als der Flaum die Lichtkugel zart berührte, wirbelten in ihr farbene Lichter umher und wurden immer schneller, bis die Lichtkugel explodierte und ein heller Lichtkreis mit voller Wucht über die Stadt raste.

Einen Moment lang waren alle Lebewesen geblendet – konnten nichts sehen, außer diesem grellen Licht. Beinahe eine halbe Minute hielt die Überblendung an, bis das Licht allmählich verblasste. Die Menschen starrten erschrocken zum Himmel empor, da sie es aus weiter Entfernung knallen hörten.

»Was ist passiert?«, brüllte Aaron verzweifelt, der nun allein auf dem Dach stand.

Wo war Alex?

»Töte sie!«, schrie Aaron dem Soldaten zu, welcher noch immer hinter Leona stand und die Waffe auf sie gerichtet hatte.

Als Leona keine Regung verspürte, drehte sie ihren Kopf langsam zu dem Beola um und schaute ihm verängstigt in die Augen.

Einen Moment lang starrte er sie schweigend an.

Plötzlich - wie auf Knopfdruck - schossen ihm Tränen in die Augen. »Ich kann wieder fühlen«, flüsterte er leise und ließ seine Waffe erschöpft zu Boden fallen. »Der Fluch ist zu Ende.«

Er ließ sich neben Leona zu Boden fallen. »Es tut mir ja so leid. Ich war gefühlskalt und wusste nicht, was ich dir antun würde«, schluchzte er und konnte Leona vor Scham nicht in die Augen schauen. Sie war verwirrt und konnte nicht glauben, was soeben passiert war.

Einen Moment lang schaute sie den schluchzenden Beola an, bis sie zusammenzuckte und ihren Kopf abrupt nach links drehte »Alex?«, schrie sie zum Dach hinauf, wo sie ihn nichtmehr sah. Besorgt rannte sie zum Haus und blickte sich panisch suchend um.

»Alex, wo bist du?«, schrie sie verängstigt. Ihr Herz pochte. Sie hatte sich ausgemalt, wie er blutend auf dem Steinboden liegen würde. Ohne Regung. Tot. Und sie nichts dagegen unternehmen könnte.

»Leona!«, rief plötzlich eine warme Stimme neben ihr. Ihr Herz machte ein Sprung und sie schnappte erleichtert nach Luft. Sie drehte ihren Kopf zur Seite, wo Alex auf sie zu gerannt kam.

»Gott sei Dank! Alex, ich dachte ja schon … du wärst …«, sie konnte und wollte es nicht aussprechen.

Er blieb vor ihr stehen und nahm ihren Kopf sanft in seine Hände. »Alles ist gut. Ich bin bei dir. Ich lasse dich nie mehr allein. Versprochen«, flüsterte er.

Leona flossen Tränen über die Wangen und ihre Schultern zuckten. Die ganze Anspannung fiel von ihr ab. Sie ließ sich fallen, spürte seine kräftigen Arme, die sie festhielten – ihr Sicherheit gaben.

»Es tut mir ja so leid, Alex.«

»Mir muss es leidtun«, flüsterte er, beugte sich zu ihren Lippen hinunter und küsste sie zärtlich. Sie griff in sein lockiges Haar und erwiderte den Kuss sehnsüchtig.

»Ich liebe dich so sehr. Mit jeder Faser meines Körpers«, schluchzte sie, als sie sich wieder in die Augen sahen.

»Ich liebe dich auch von ganzem Herzen, Leona. Du bist das Wundervollste, was mir je widerfahren ist«, hauchte er.

Gerade schlossen beide ihre Augen, um sich erneut zu küssen, als Leona von zwei kräftigen Händen an den Schultern gepackt wurde.

Sie schrie auf: »Was soll das? Hilfe!«

»Verdammt, lass sie los Aaron!«, brüllte Alex, sprang auf ihn und schlug mit geballten Fäusten auf ihn ein. Aaron war stärker und stieß Alex zu Boden.

»Was habt ihr nur getan? Wie konntet ihr meinen Fluch beenden?«, brüllte Aaron zornig.

»Ich weiß es nicht!«, schrie Leona, welche von seinem kräftigen Arm am Hals umschlungen wurde.

Ihre Atemwege waren wie zugeschnürt.

26.

Leona rang nach Luft. Sie zappelte mit ihren Beinen und wollte sich aus dem schmerzhaften Griff lösen.

Plötzlich tauchte jemand aus der Menschenmenge auf. Es war eine alte, vitale Frau mit weißem, schulterlangem Haar und strahlend grünen Augen. Leona runzelte die Stirn, denn sie kannte diese Frau. Es war dieselbe, welche sie vor einigen Tagen auf dem Markt angerempelt hatte.

Zielsicher lief die Frau auf Aaron zu und blieb neben Alex stehen. »Lass sie runter, Aaron!«

»Ich weiß nicht, weshalb eine alte Frau denkt, mir Befehle erteilen zu können«, sagte Aaron herabschätzend.

»Aaron, ich sag es kein weiteres Mal. Lass Leona runter, sie erstickt sonst noch!«

Aaron zuckte zusammen. Die Art, wie sie die Wörter aussprach, kam ihm irgendwie bekannt vor. Ihre Stimme klang kraftvoll und obwohl sie schrie, strahlte sie Wärme und eine innere Ruhe aus.

Langsam ließ er Leona zu Boden sinken und ging auf die Frau zu. Er starrte sie eine Weile an, bis er zögerlich fragte: »Ava? Bist du das?«

Die Frau blickte ihm tief in die Augen. »Natürlich bin ich es. Aaron, was hast du unserem Volk und dem Universum nur angetan?« Sie hatte gläserne Augen.

Einen Moment lang stand er wie versteinert vor ihr. Konnte das wirklich wahr sein? War das Ava?

Seine Haltung veränderte sich – die ganze Anspannung in seinem Körper fiel von ihm ab und seine Schultern sanken nach unten. »Ava, du wurdest mir genommen. Ich hatte alles verloren, was ich besaß. Ich sah keinen Sinn mehr in meinem Leben.« Zögerlich ging er auf seine Frau zu.

»Das entschuldigt dein Handeln nicht«, sagte sie streng. »Hat es dich erfüllt, dass dein Volk mit dir gelitten hat?«

»Du weißt ja nicht, wie ich mich gefühlt habe. Du hast mich verlassen«, knurrte er.

»Ich habe dich nie verlassen. Ich war im Herzen immer bei dir. Weißt du nicht mehr, was wir uns versprochen haben?«, fragte sie mit wässrigen Augen. Sie suchte in den Augen von Aaron nach dem Mann, der er einst gewesen war – derjenige mit diesem guten Herz – jener, der seinem Volk nie etwas hätte antun können.

Aaron runzelte die Stirn. Seine Stimme zitterte »Die Liebe überdauert alles. Sie ist die stärkste Kraft im Universum.« Er blickte Ava tief in die Augen, die von Lachfalten umgeben waren. Auch wenn sie anders aussah, als damals, erkannte er seine Frau. Dieses Gefühl von Vertrautheit und Verbundenheit konnte nur sie ihm geben. Ava nickte und deutete mit einer Kopfbewegung zu Alex und Leona.

Aaron starrte in zwei verängstigte Gesichter. Alex hielt Leona in seinen Armen und warf Aaron einen misstrauischen Blick zu.

»Aber … wie ist das möglich?«, fragte Aaron irritiert und wandte den Blick wieder Ava zu.

»Die Blume«, flüsterte sie sanft.

Aaron verstand nicht. »Du meinst, die Patunia? Die, welche dir dein Leben genommen hat?«

Sie nickte. »Ich habe das auch lange nicht verstanden, doch die Blume zerstört nicht nur. Sobald die Patunia in Kontakt mit göttlichem Blut kommt, sucht sie sich einen neuen Gott aus. Diesmal waren es jedoch zwei.« Ava bat Alex und Leona zu sich. Beide waren sichtlich irritiert. »Ihr werdet euch nicht mehr an das Leben auf Beolania erinnern können«, sprach Ava zu ihnen. »Nach dem Fluch von Aaron waren alle Bewohner von Beolania dazu verdammt, nichts zu fühlen. Doch ihr wart anders - ihr hattet Emotionen. Jedoch hatte jeder von euch nur einen gewissen Teil auf die Gefühle Zugriff - weil ihr sie euch geteilt habt.«

Leona runzelte die Stirn und sah Alex in seine braunen Augen. »Ich habe von dir geträumt, Alex. Du hast mir gesagt, dass wir eine Aufgabe hätten.«

»Ich hatte auch solche Träume. Es lag die ganze Zeit vor unseren Augen«, sagte Alex verblüfft und fasste sich an die Stirn.

»Hätten wir mal lieber über unsere Träume gesprochen als gestritten. Dann wäre es nicht zu solch einem Chaos gekommen«, sagte Leona mit einem schwachen Lächeln auf den Lippen.

Ava schmunzelte. »Manchmal ist die Lösung viel näher, als man denkt. Menschen sind hervorragend darin, sich auf etwas zu versteifen und sich über alles Gedanken zu machen, statt auf ihr Herz zu hören. Denn das Herz ist der Schlüssel.«

»Aber, wie bist du hier auf die Erde gekommen?«, fragte Aaron, der noch immer nicht alles verstand. Ava erklärte ihm, dass nach ihrer Beerdigung die Samen der Patunia zusammen mit ihrer Seele in die Luft gestiegen und auf die Erde gewandert waren. Durch die Patunia war die Erde geschützt und konnte nicht von dem Fluch befallen werden. Ava war tausende Jahre Teil der Patunia gewesen, bis die Blume gediehen war, sich ihre Seele gelöst und einen neuen Ort zu leben gesucht hatte. Sie wuchs in einem menschlichen Körper heran und im Alter von 35 Jahren hatte sie ihren Geist so weit entwickelt, dass sie sich an ihr früheres Leben auf Beolania erinnern konnte. »Und dann habe ich Clemens kontaktiert, welcher die beiden auserwählten Beolas auf die Erde geschickt hat.«

Gerade als sie seinen Namen nannte, tauchte Clemens neben ihr auf. »Ich habe dich ja so vermisst«, schluchzte er und umarmte Ava. Er war dankbar, endlich wieder fühlen zu können. Ava erwiderte die Umarmung und drückte ihn fest an sich.

»Clemens … Ich wusste ja nicht«, Aaron hielt kurz inne. »Ava, warum hast du mich nicht kontaktiert? Warum Clemens?«

»Du hast mich aus deinen Träumen verbannt, weißt du nicht mehr?« Sie löste sich aus der Umarmung mit Clemens.

Plötzlich schossen Aaron wie auf Knopfdruck Tränen in die Augen. »Es tut mir leid. Ich habe dich ja so vermisst, mein Miovit«, schluchzte er. »Wie kannst du mir nur jemals verzeihen?«

»Das habe ich doch bereits«, flüsterte sie sanft und machte einen Schritt auf ihn zu. Sie legte ihre Hand auf seine Brust. »Du musst dir selbst verzeihen.«

Aaron legte seine Hand auf ihre und strich sanft über ihre zarte Haut. Tränen der Erleichterung kullerten über seine Wangen. »Kommst du wieder Nachhause? Der Palast ist so leer ohne dich«, hauchte er.

»Das geht nicht. Ich kann nicht zurück. Und außerdem hast du dein Volk verraten, sie werden dir nicht mehr gehorchen.«

»Aber ich kann dich nicht noch einmal verlieren, Ava.« Es war verblüffend Aaron dabei zuzusehen, wie er immer welcher wurde. Es war fast so, als würde seine Mauer Stück für Stück einreißen, die er sich in den letzten Jahren aufgebaut hatte.

»Dann komm zu mir«, flüsterte Ava ihrem Mann zu. Langsam ließ sie ihre Hand in die Tasche ihres farbenfrohen, weiten Kleides gleiten und zog etwas heraus. Ein kleines Fläschchen mit einem wässrigen Inhalt. Ava streckte es ihrem Mann entgegen und forderte ihn auf, die Flüssigkeit zu trinken.

»Was ist das?«, fragte Aaron irritiert, während er den Inhalt studierte. In der sonst so klaren Lösung schwamm ein feiner, goldener Staub, der sich langsam hin und her bewegte.

»Trink«, sagte sie sanft, ohne Aaron eine Erklärung zu geben. Zögerlich nahm er das Gefäß in seine goldenen Hände, zog den Korken aus der Flasche und führte die Öffnung langsam zu seinem Mund. Er überlegte ein letztes Mal und schaute Ava an. Sie nickte, worauf er die gesamte Flüssigkeit austrank.

Alle Anwesenden um ihn herum starrten ihn an und warteten gespannt darauf, dass etwas passieren würde. Viele Menschen zückten ihre Smartphones und filmten das Geschehen.

Plötzlich veränderte sich etwas an Aaron. Die Hörner auf seiner Stirn schrumpften, bis keine mehr zu sehen waren. Erschrocken fasste er sich an die Stelle, wo es sich auf einmal kahl anfühlte.

Ängstlich sah er seine Frau an. »Was hast du getan? Was passiert mit mir?«

»Vertraue mir«, hauchte sie, worauf auch die Erhebungen auf den Schultern verschwanden.

Sein Gesicht veränderte sich. Die straffe Haut wurde schlaffer, seine vollen Lippen schmaler, seine Stirn runzelte sich und die Kiemen auf seinem Brustkorb verschmolzen mit seiner Haut. Aaron schrumpfte von seinen zwei Metern auf einen Meter siebzig, sodass er nur noch einen Hauch größer als Ava war.

Erschrocken schaute er an sich hinunter. Sein Blick blieb bei seiner rechten Hand hängen, welche er verängstigt anstarrte. Die goldene Farbe verblasste, der Schimmer verschwand und was zurückblieb, war eine helle Hautfarbe.

Sein Gesicht sah verzweifelt aus. »In was habe ich mich verwandelt?«, fragte Aaron und tastete nervös seinen gesamten Körper ab.

»Schau dir dein Spiegelbild an«, sagte Ava und deutete mit ihrem Zeigefinger auf ein Schaufenster, knapp zehn Meter von ihnen entfernt. Aaron rannte sofort auf das Fenster zu und starrte auf die Glasscheibe, in welcher er sich spiegelte.

Er starrte sich an, fuhr sich mit den Händen über das Gesicht und zog an der schlaffen Haut. Er war ein siebzigjähriger Mann. Ein Mensch.

Hastig drehte er sich zu Ava um. »Wieso, Ava? Was hast du getan?«

Langsam ging sie auf ihn zu und strich ihm mit ihren Fingern sorgfältig eine graue, lange Haarsträhne aus dem Gesicht. »Du siehst gut aus«, flüsterte sie sanft. »Ich habe die Patunia lange studiert. In der richtigen Dosierung nimmt sie nicht das Leben eines Gottes, sondern nur dessen Kraft.« Aaron warf ihr einen mürrischen Blick zu und fragte verärgert: »Das heißt, du hast mir meine göttliche Kraft genommen?«

»Du hast sie dir nicht mehr verdient, Aaron. Du hast unserem Universum so viel Leid angetan. Verbringe mit mir dein restliches Leben auf der Erde. Vertraue mir, es tut gut zu wissen, dass man sterblich ist.«

»Wie kann es gut sein, zu sterben?«

Ava lächelte und neigte ihren Kopf zur Seite. »Du wirst schon sehen. Dankbar für jeden einzelnen Tag zu sein, wird deine Seele heilen.«

»Das ist ja alles schön und gut«, warf Clemens plötzlich ein. »Natürlich hat mein Bruder diese Konsequenzen verdient, aber was passiert nun mit Beolania? Die Beolas brauchen einen Gott, der sie beschützt.«

Ava lächelte und nickte gelassen, als hätte sie gewusst, dass er diese Frage stellen würde. Sie ging auf Alex und Leona zu, die das ganze Geschehen wie versteinert verfolgten und sich an den Händen hielten.

»Ich habe dich auf dem Markt gesehen«, stotterte Leona und brachte kein weiteres Wort aus ihrer trockenen Kehle.

»Ich weiß, Liebes«, sagte Ava und strich ihr über die Wange. »Manchmal muss man dem Schicksal etwas auf die Sprünge helfen«, flüsterte sie und zwinkerte ihr zu.

Leona lächelte und schaute zu Alex hoch, der ihr sanft über den Rücken strich.

»Ihr seid die neuen Götter von Beolania. Die Patunia hat euch auserwählt. Sobald ihr auf euren Heimatplaneten zurückkehrt, werdet ihr für das Wohl der Beolas verantwortlich sein und sie beschützen.«

»Aber Ava, wir sind hier zu Hause. Wir haben Menschen, die uns lieben und die wir nicht einfach verlassen können«, erwiderte Alex. Er dachte an Isaak, Claudio und seine Großeltern. Er konnte sie nicht für immer verlassen, nicht nach all dem, was sie für ihn getan hatten.

Ava lächelte. »Alex, weißt du, dass du auf Beolania Eltern hast, die verzweifelt nach dir suchen?«

»Ich habe ... Eltern?«

Ava nickte. »Sie lieben dich.«

Er konnte sein Glück nicht fassen und schaute Leona mit Tränen in den Augen an. »Hast du das gehört, Leona?« Alex wusste zwar, dass Mandy und Brad niemals ersetzt werden konnten, doch zu wissen, dass da draußen zwei Eltern auf ihren Sohn warteten, war unbeschreiblich schön.

»Ich freue mich für dich«, schluchzte Leona. »Ich will meine Familie aber auch nicht zurücklassen.«

Ava nahm Leonas Hände in ihre und sagte tröstend: »Du wirst sie nicht verlieren. Es gibt eine Lösung. Versprochen.« Leona sah sie verwundert an und strich sich die Tränen aus ihrem Gesicht.

»Soldaten«, rief Ava plötzlich. »Kommt zu mir!«

Die drei überlebenden Soldaten schritten auf Ava zu, knieten sich hin und verneigten sich, um ihr Respekt zu erweisen.

»Bringt Alex und Leona zurück auf Beolania. Beschützt sie, als wären sie euer eigenes Fleisch und Blut und helft ihnen, Beolania wieder zu dem Ort zu machen, der er einst war.«

»Natürlich, Ava. Du hast unser Versprechen«, antworteten die drei Soldaten gleichzeitig. Ava lächelte dankend und wandte ihnen dann den Rücken zu. Sie stellte sich breitbeinig auf den steinigen Boden. Sie hielt einen türkisfarbenen Stein in ihrer rechten Hand und begann ihren Arm im Kreis zu schwingen.

Immer schneller und energetischer wurden ihre Bewegungen, bis sie rief: »Portal, öffne dich!« Durch die Kreisbewegung entstand ein türkisfarbenes Portal, in dem Lichter umherrasten. Ein Raunen ertönte in der Menschenmenge. Ava ging auf Leona zu und legte ihr den Stein in die Hand.

»Mit diesem Stein könnt ihr jederzeit ein Portal zur Erde öffnen. Ihr müsst euch bloß vor Augen führen, wo ihr hinreisen wollt. So könnt ihr eure Familien immerzu besuchen«, flüsterte sie. »Passt gut auf den Stein auf.«

Alex sah Leona an. »Sollen wir es wagen?«

»Ich weiß nicht. Ich habe Angst«, flüsterte sie.

»Ich doch auch. Nimm meine Hand. Hauptsache wir sind zusammen.« Sie griff nach seiner warmen Hand und drückte diese ganz fest.

»Auf drei?«, fragte Alex. Er war nervös und atmete tief durch.

Leona nickte. »Eins«, sagte sie zögerlich und machte mit Alex zusammen einen Schritt auf das leuchtende Portal zu. »Zwei.«

»Wartet!«, rief Aaron.

Erschrocken schauten sie über ihre Schultern zurück.

»Macht es besser als ich«, brummte er leise. Er schämte sich, was sie als sehr ungewöhnlich empfanden.

»Das wird nicht schwer«, zischte Alex.

Aaron nickte und räusperte sich. »Da hast du wohl recht. Und … es tut mir leid, dass ich euch umbringen wollte.«

»Ach du wolltest uns umbringen? Hast es anscheinend nicht geschafft, was?« Alex konnte den frechen Kommentar nicht verkneifen.

»Du gefällst mir.« Die Mundwinkel von Aaron zuckten nach oben und er wippte mit seinem schrumpeligen Zeigefinger vor Alex' Nase umher.

»So, Schluss mit den Späßchen, wir müssen los!«, sagte Clemens und klopfte seinem Bruder beim Vorbeigehen auf die Schulter.

»Mach's gut, Bruder«, knurrte Aaron. Beschämt schaute er zu Boden.

»Schön, dass du langsam wieder etwas normaler wirst. Achte gut auf Ava. Sie hat einen besseren Aaron verdient, als ich ihn in den letzten Jahren ertragen musste«, sagte Clemens ernst.

»Du hast mein Versprechen, Bruder. Ich danke dir für alles.«

»Endlich krieg ich mal ein Dankeschön!«, jauchzte Clemens auf und winkte seinem Bruder zu. Ava schloss er in eine dicke Umarmung und stellte sich dann neben Alex und Leona. Die Soldaten standen hinter ihnen.

»Bereit, ihr zwei Turteltauben?«, fragte Clemens.

Alex nickte und nahm Leona an die Hand.

Gemeinsam zählten sie auf drei und traten mit zusammengekniffenen Augen durch das Portal. Es wurde dunkel.

Auf Beolania

Die Beolas schlurften wie jeden Tag mit hängenden Schultern durch die Straßen. Sie gingen zur Arbeit, kochten etwas zu essen oder schliefen. Der Nebel hing wie eine dicke Decke über der Stadt und ließ keine Sonnenstrahlen durch - doch dann knallte es plötzlich. Die Beolas zuckten zusammen und starrten zum Himmel empor. Sie konnten nichts erkennen, weshalb sie ihre Augen zusammenkniffen.

Auf einmal durchstießen einige Sonnenstrahlen den dichten Nebel. Die Beolas schauten nach links und rechts, doch niemand wusste, was vor sich ging. Langsam schob sich die Nebeldecke zur Seite, immer heller wurde es auf dem Planeten, bis wie durch ein Wunder ein strahlend blauer Himmel über ihnen zu sehen war. Die Sonne schien auf die Wälder und an den kargen Bäumen begannen wieder Blätter zu wachsen. Der blaue Vogel flog über die Wälder und gab den *Gesang der Götter* von sich. Schon so lange hatten sie seinen Gesang nicht mehr gehört. Ein warmer Wind zog zwischen den Häusern hindurch, der die Beolas an den Nasen kitzelte. Sie atmeten die energiereiche Luft in ihre Lungen ein.

»Ist das schön!«, jauchzte ein kleiner, hellblauer Beola und rannte fröhlich über die grüne Wiese in seinem Garten. Immer mehr Beolas begannen zu lächeln und atmeten erleichtert auf, als sie bemerkten, dass sie wieder Emotionen empfinden konnten.

Einige brachen in Tränen aus und andere schrien ihren Schmerz aus dem Leib. Jeder reagierte anders auf die zurückgewonnenen Gefühle und konnte endlich den vergangenen fünf Jahren Ausdruck verleihen. Die Beolas lächelten sich gegenseitig an und umarmten sich. Schon lange war es nicht mehr so lebendig auf dem Planeten gewesen.

Gerade waren die Beolas in lebhafte Gespräche vertieft, als vor dem Palast ein Portal erschien. Erschrocken zuckten die Beolas zusammen und starrten auf die türkisfarbenen Lichter, die wie wild im Kreis umher geschleudert wurden. Die Beolas waren von dem grellen Licht stark geblendet, weshalb sie ihre Augen zusammenkniffen.

Auf einmal konnten sie Umrisse zweier Gestalten erkennen, die langsam auf sie zuschritten. Die Intensität des Lichts ließ nach, worauf zwei goldene Gestalten zu erkennen waren, die vor dem Volk stehen blieben.

Rechts war eine zwanzigjährige, wunderschöne, große Beola, mit seidenem, dunkelblondem Haar und haselnussbraunen Augen zu sehen. Sie trug ein langes, weißes Seidenkleid, welches im Wind wehte. Links von ihr stand ein gleichaltriger, kräftiger Beola mit kurzem, blondem Haar, das sich an den Spitzen leicht kräuselte. Er hatte saftige, hellgrüne Augen und sein weißes Seidenhemd war über seiner Brust leicht aufgeknöpft.

»Wer seid ihr?«, fragte ein alter Beola, welcher so etwas noch nie zuvor erlebt hatte. Seine Haltung war leicht gekrümmt und seine Haut war schlaffer als jene der anderen Beolas, wodurch seine Hörner auf der Stirn leicht zur Seite gekippt waren. Hinter den beiden goldenen Gestalten tauchten Clemens und die drei Soldaten auf.

»Wir sind Liv und Otis, eure neuen Götter. Der Fluch ist vorbei, ihr müsst euch keine Sorgen mehr machen!«, verkündete Otis mit einem breiten Lächeln im Gesicht.

»Aber was ist mit Aaron? Wird er uns bestrafen?«, rief eine verängstigte Beola aus der Menge.

»Aaron ist an einem Ort, an dem er uns nichts mehr anhaben kann. Ihr seid in Sicherheit«, sagte Liv beruhigend.

Einen Moment lang schauten sich die Beolas gegenseitig verblüfft an, bis sie plötzlich anfingen zu jubeln und zu klatschen. Freude sprühte aus ihren Herzen und sie hüpften fröhlich umher.

Auf einmal regte sich etwas in der Menge. »Entschuldigung«, sagte eine feine Stimme. »Darf ich mal durch?« Eine zierliche, weibliche Beola drängte sich zwischen den vielen jubelnden Beolas durch, bis sie ganz vorne angekommen war und Liv in die Augen schaute. In Liv regte sich etwas. Sie hatte das starke Gefühl, diese Beola zu kennen.

Plötzlich lief ihr ein Schaudern über den Rücken und sie zuckte zusammen. »Mama, bist du das?«, fragte Liv zögerlich. Sie kniff ihre Augen zusammen und ging langsam auf die Beola mit den braunen, geflochtenen Haaren zu.

Der Beola liefen Tränen über die Wangen, ihre Schultern zuckten und sie nickte. »Du bist ja so wunderschön, meine Liv. Was ist nur passiert? Vor zwei Tagen warst du doch noch mein kleines Mädchen.« Sie schluchzte.

Liv strich ihr sanft über ihren dürren Rücken und flüsterte ihr ins Ohr: »Ich erkläre dir alles später, Mama. Es ist so schön, dich zu sehen. Wie geht es dir?« Sie löste sich aus der Umarmung und sah in ihre wässrigen Augen.

»Es tut mir ja so leid, dass ich dich im Stich gelassen habe. Der Tod deines Vaters hat mich verändert. Nun kann ich endlich meine Trauer zum Ausdruck bringen. Ich werde für dich sorgen, mein Kind. Ich verspreche es dir«, sprudelte es aus ihrer Mutter heraus.

»Du musst dich nicht mehr um mich sorgen. Ich sorge nun für dich«, flüsterte ihr Liv zu und streichelte ihr sanft über ihren kleinen Kopf.

Liv spürte an ihrem Rücken eine warme Hand. Für einen Moment schloss sie zufrieden ihre Augen und drehte sich dann zu Otis um. »Blond steht dir gut«, flüsterte sie ihm so leise zu, dass es niemand außer ihnen beiden hören konnte.

»Und du bist immer noch genauso wunderschön.«

»Wir lagen gar nicht so falsch mit der Annahme, dass wir uns vielleicht aus einem früheren Leben kennen.«

»Da hast du wohl recht. Und ich habe eine Antwort auf deine Frage. Du bist mein Sinn im Leben«, hauchte Otis und blickte tief in ihre haselnussbraunen Augen. Ihr Herz wurde von einer wohligen Wärme umhüllt und sie lächelte verlegen. Sie drehte sich wieder zu ihrer Mutter um, welche die beiden beobachtete.

»Otis, das ist meine Mutter Suri. Mama, das ist Otis, mein …«, Liv zögerte. Was war er denn jetzt eigentlich? Ihr Freund?

Otis vervollständigte kurzerhand ihren Satz: »Ich bin ihr Mann. Sie haben eine wundervolle Tochter.« Liv schaute Otis wohl genauso verdutzt an, wie ihre Mutter.

»Ihr seid verheiratet?«, fragte Suri ganz verwirrt.

Liv lachte. »Nein, wir sind nicht verheiratet. Streng genommen haben wir uns eigentlich erst vor sechs Tagen kennengelernt.« Liv räusperte sich.

Ihre Mutter war noch irritierter als zuvor. »Sechs Tage? Aber vor zwei Tagen warst du doch noch hier … Wie ist das alles möglich?«

»Wie gesagt Mama, ich erklär dir alles später«, sagte Liv hastig und tätschelte Suri sanft auf die Schulter. Kopfschüttelnd stellte sie sich neben ihre Tochter.

Liv bat Clemens zu sich heran und verkündete: »Das alles haben wir ihm zu verdanken. Ohne seine Hilfe hätten wir diesen Fluch niemals beenden können. Er wird für immer bei all unseren Entscheidungen mitwirken dürfen. Er gehört zur göttlichen Familie und ist genauso zu behandeln!«

Clemens sah sie dankend an. Er machte einen Schritt nach vorne und sagte: »Ich habe es euch versprochen und werde mein Versprechen auch für immer halten. Gemeinsam schaffen wir alles!«

Die Beolas gingen in die Knie, hielten sich gegenseitig an den Händen und hoben sie dann alle gleichzeitig in die Luft.

Im Chor riefen sie: »Gemeinsam!«

27.

»Hier habe ich dich gefunden, Otis«, sagte Clemens, als er gemeinsam mit ihm und Liv auf ein gelbes Haus zulief.

»Ich weiß«, sagte Otis aufgeregt. »Ich kann mich wieder an alles erinnern! Und mit *alles* meine ich auch unseren Absturz.« Otis warf Clemens einen neckischen Blick zu.

»Jetzt habe ich schon gedacht, ich wäre wenigstens aus dieser Nummer fein raus.« Clemens zwinkerte Otis zu.

»Ach ihr mit eurem Abenteuer. Erfahre ich dann irgendwann auch noch die ganze Geschichte?«, fragte Liv lachend.

»Bestimmt.« Otis griff nach ihrer Hand und öffnete das quietschende Gartentor.

Langsam gingen sie über den gepflasterten Weg auf das gelbe Haus mit den runden Fenstern zu und blieben vor der Tür stehen. Otis atmete aufgeregt, als er mit seinem zittrigen Zeigefinger die Klingel drückte. Eine wundervolle, vertraute Melodie ertönte im Haus - doch es regte sich nichts.

»Nicht schon wieder«, schnaubte Clemens, der das Gefühl hatte, denselben Moment wieder zu erleben.

Gerade wollte Otis erneut klingeln, als die Stimme eines männlichen Beolas ertönte: »Clemens? Wer sind diese Beolas?« Ohne zu zögern, wandte sich Otis um und beobachtete, wie der blonde Beola das blaue Gartentor öffnete und auf ihn zulief.

Verdattert blieb dieser stehen. »Almina, komm sofort her, du glaubst nicht wer hier ist!«, rief er ganz außer sich, als er seinen

Sohn erkannte. Er stürmte auf Otis zu und fiel ihm um den Hals.

»Was ist denn los, Miko?«, rief Almina, die sofort keuchend angerannt kam. Wohl waren sie schon eine ganze Weile unterwegs gewesen.

Als sie ihren Mann und Otis entdeckte, blieb sie wie versteinert stehen. »Otis?«, fragte sie weinend und rannte dann auf ihn zu.

Otis löste sich aus der Umarmung mit seinem Vater und fiel Almina in die Arme. »Ja, ich bin es«, schluchzte er.

»Du siehst so gut aus, mein Junge. Warum bist du denn auf einmal erwachsen? Warum ist deine Haut golden? Und wer ist diese schöne Beola?«, fragte sie verwirrt, ohne auch nur einmal nach Luft zu schnappen.

»Wir haben überall nach dir gesucht. Wo warst du?«, fragte sein Vater. Ihm flossen Tränen der Erleichterung über die Wangen. Er hatte dieselben blond gekrausten Haare wie Otis.

Otis löste sich aus der Umarmung mit seiner Mutter und bat Liv zu sich. »Das ist Liv. Clemens hat uns durch ein Portal auf einen Planeten namens Erde geschickt, um den Fluch von Aaron zu beenden. Für euch waren es nur zwei Tage, aber auf der Erde lebten wir zwanzig Jahre. Deshalb sind wir nun wohl auch mit zwanzig Jahren hierher zurückgekommen. Durch die Erklärung unserer gegenseitigen Liebe konnten wir den Fluch beenden - denn die Liebe ist die stärkste Kraft im Universum«, erklärte Otis, während er Liv in seine Arme nahm und sie liebevoll auf die Stirn küsste.

»Ach, wie schön«, schwärmte Almina und neigte ihren Kopf gerührt zur Seite.

»Es freut uns dich kennen zu lernen, Liv«, sagte Miko und streckte ihr seine Hand entgegen.

»Die Freude ist ganz meinerseits«, sagte Liv lächelnd und schüttelte seine Hand. Ihre Kiemen flatterten aufgeregt.

»Und ihr seid jetzt Götter?«, fragte Almina zögerlich. Ihre violette Haut schimmerte im Sonnenlicht und ihre türkisfarbenen Augen strahlten.

»Ach ja genau, das Wichtigste haben wir euch ja noch gar nicht erzählt.« Otis lachte auf.

Almina lud die drei Gäste zu ihnen in den Garten ein, servierte ihnen einen magentafarbenen Blütencrèmekuchen und einen frischen Kräutertee.

Während sie sich die Bäuche vollschlugen, versuchten ihnen Clemens, Otis und Liv umständlich zu erklären, wie das alles genau funktionierte, bis es die Eltern von Otis irgendwann halbwegs begriffen hatten.

Otis und Liv reisten um den ganzen Planeten. Sie besuchten jede einzelne Stadt, um eine Verbindung zu ihrem Volk aufzubauen. Sie waren sich bewusst, dass es noch einige Zeit dauern würde, bis sie vollkommen als neue Götter angesehen würden, doch Beolas waren dankbare Wesen und vergötterten die beiden ab dem ersten Tag. Endlich hatten sie wieder Götter, die für sie sorgten und sie beschützten.

Ihr Personal im Palast behandelten Liv und Otis mit Respekt und für ihr Volk hatten sie von Anfang an ein offenes Ohr. Sie planten, im Garten hinter dem Palast in Gedenken an Ava und Aaron eine goldene Skulptur zu errichten. Sie wollten, dass Aaron ihrem Volk so in Erinnerung blieb, wie er tausende Jahre lang gewesen war. Sie empfanden es für falsch, ihn für die letzten fünf Jahre zu verurteilen.

Während sich Liv bemühte, so engagiert wie Ava zu sein, setzte Otis alles daran, besser als Aaron in den letzten Jahren zu herrschen. Schließlich hatte er ihm dies versprochen.

»Meine wunderschöne Liv, es ist wieder so weit«, flüsterte Otis sanft in ihr Ohr, als sie Arm in Arm auf dem Balkon des Palasts standen und über ihr lebhaftes Land schauten. Die Sonne stand schon tief und die Vögel zwitscherten eine fröhliche Melodie.

»Ich weiß«, sagte sie zufrieden, schloss ihre Augen und atmete einen tiefen Zug frische Luft ein. Sie drehte sich um und zog die Halskette unter ihrem Kleid hervor, an welcher der türkisfarbene Stein hing.

In diesem Moment schritt Clemens auf den Balkon. »Ich warte so lange auf euch.«

»Danke. Wir sind ja nicht lange fort«, sagte Otis.

Clemens lächelte und stützte sich an die sonnengewärmte Fassade. »Richtet liebe Grüße aus.«

Otis nickte. »Über Grüße von einem fernen Planeten werden sie sich freuen.«

Clemens zwinkerte ihm zu. »Nun geht schon. Sonst kommt ihr noch zu spät. Die Uhr tickt.«

Liv lachte und begann den Stein in der Luft im Kreis zu bewegen. »Er hat recht. Wir müssen den richtigen Moment erwischen. Bist du bereit?«

Otis nickte und griff nach ihrer Hand. Gemeinsam gingen sie durch das Portal hindurch.

Auf der Erde

»Da seid ihr ja endlich!«, begrüßte Tom die beiden, als er sie beim Hauseingang empfing.

»Sind wir zu spät?«, fragte Leona irritiert.

»Nein, ihr kommt genau richtig. Ich bin gerade mit kochen fertig geworden. Kommt herein!« Tom umarmte seine Tochter.

»Alles Gute zu deinem 65. Geburtstag, Dad«, gratulierte Leona und drückte ihm einen dicken Kuss auf seine stoppelige, grau melierte Wange. Dankend strich er ihr über ihr gewelltes, blondes Haar und lächelte.

»Hallo Alex, schön dich wieder zu sehen!«, begrüßte er ihn mit einem Handschlag, als er sich aus der Umarmung mit seiner Tochter gelöst hatte. Während sie Tom den langen Flur entlang bis in den Garten folgten, sprachen die beiden Männer über Nachhaltigkeit in der Autobranche. »Und auf Beolania sind alle Raumschiffe mit Sonnenenergie angetrieben?«, fragte Tom verwundert.

»Ja, wir passen uns der Natur an und beziehen die Kraft von dort, wo sie natürlich entsteht. Sei es vom Wind, Wasser oder eben der Sonne«, erklärte Alex.

»Verblüffend. Wie gerne würde ich einmal auf euren Planeten kommen und mir das alles genauer ansehen. Das würde mir eine große Inspiration für die nächste *Heaven* Kollektion sein. Ich möchte nämlich auch auf reine Sonnenenergie umsteigen.«

»Dad, du glaubst nicht wie gerne ich euch allen diesen wundervollen Planeten zeigen würde. Aber ihr würdet dort nun mal leider ersticken«, sagte Leona und zuckte mit ihren Schultern.

»Wow. Unglaublich wie einfühlsam und sanft du einem gewisse Dinge beibringen kannst, meine liebe Tochter.« Tom zwinkerte ihr zu, während sie frech lachte.

Unterdessen kamen sie im großen Garten des Hauses an, wo bereits die anderen Gäste warteten. »Da sind sie ja!«, jubelte Amanda. Unterdessen waren sie und Tom seit mehreren Jahren glücklich verheiratet. Lächelnd und mit offenen Armen kam sie auf die beiden zugelaufen. Zwischen ihren dunkelbraunen Haaren blitzten einige graue Strähnchen durch. »Schön, euch zu sehen. Unglaublich, dass ihr wirklich keinen Tag älter ausseht«, sagte sie staunend, während sie Alex und Leona mit einem Kuss auf die Wange begrüßte.

»Das ist wirklich gemein. Unterdessen könnte man meinen, dass ich die Ältere bin«, seufzte Lexi, die hinter ihrer Mutter auftauchte.

»Ihr seht alle so gut aus!«, schwärmte Leona, als sie ihre Stiefschwester ansah. Lexi trug ein langes, gelbes Wickelkleid, in welchem ihre dunkle Hautfarbe wunderschön zur Geltung kam. Ihr gekraustes Haar trug sie offen. Unterdessen war Lexi 36 Jahre alt und in ihren Armen hielt sie ein Baby, das friedlich schlief.

»Ach, sie ist so süß! Endlich kann ich sie mal sehen. Wie heißt sie?«, fragte Leona entzückt und streichelte dem Baby sanft über die zarten Wangen.

Lexi lächelte stolz, als sie sagte: »Wir nennen sie Liv. Wie meine göttliche Halbschwester.«

Überrascht hielt Leona ihre Hände vor den Mund und stieß einen erfreuten Jauchzer aus. »Ihr seid so lieb! Hast du das gehört, Alex?«

»Das ist wirklich entzückend. Sie ist wunderschön«, sagte er mit einem verzauberten Lächeln im Gesicht.

»Kommt, setzt euch, sonst wird das Essen noch kalt!«, rief Tom und winkte alle zu Tisch. An dem großen Holztisch im blühenden Garten saßen außerdem Sam mit seiner Frau, den eineiigen Zwillingen und eine hübsche Brünette mit knalligen, pinken Lippen.

»Tiff?«, jauchzte Leona auf, als sie ihre Freundin entdeckte und fiel ihr vor Freude schreiend um den Hals. Sie setzte sich neben sie.

»Ich musste dich sehen, es ging nicht anders!«, quietschte Tiffany, als wäre sie noch ein Teenager.

»Du bist älter geworden, meine Liebe«, stichelte Leona ihre Freundin an.

»Du bist so gemein! Die Vierzig erreicht zu haben ist nicht leicht. Aber das sage ich ja zur falschen Person. Ich würde auch gerne noch immer wie eine Zwanzigjährige aussehen.«

»Ich kann dich beruhigen, auf Beolania hören wir Götter erst ab dreißig Jahren auf zu altern«, schoss Alex dazwischen, welcher neben Leona saß und frech lachte.

»Ihr seid so nervig!« Tiffany lachte und versetzte Leona einen leichten Seitenhieb mit ihrem Ellbogen. Beide kicherten und fühlten sich wieder wie damals - wie kleine Kinder in der Shoppingmall.

»Es freut mich, dass wir heute alle hier sein und gemeinsam speisen können. Es ist schön, wenn die Familie beisammen ist«, sprach Tom, als jeder sein Essen auf dem Tisch hatte. »Auf dass es noch viele weitere solche Abende geben wird. Und nun, wünsche ich euch einen guten Appetit!« Alle lächelten zufrieden und schoben ihre Gabeln hungrig in das farbenfrohe Essen.

»Wie viel Zeit ist auf Beolania schon vergangen, seit ihr dort angekommen seid?«, fragte Sam neugierig und nahm einen großen Bissen vom Risotto.

Leona lächelte, als sie antwortete: »Ihr werdet es uns nicht glauben, aber das waren gerade mal zwei Tage.«

Fortsetzung folgt

Danksagung

Ich bin unbeschreiblich dankbar, von so vielen lieben Menschen bei meinem ersten Buchprojekt unterstützt worden zu sein. Mir ist bewusst, dass es nicht selbstverständlich ist, freiwillig so viele Stunden ins Probe- und Korrekturlesen zu stecken und mir ein ehrliches Feedback zu geben. Bei dieser Gelegenheit möchte ich gerne einigen Menschen besonders danke sagen:

Ich danke meinem Lebenspartner Marco, der mich stärkt, unterstützt und mir jeden Tag aufs Neue zeigt, wie einfach Liebe sein darf. Ich liebe dich von ganzem Herzen!

Ich danke meiner Mutter Renate für das stundenlange Probelesen. Danke, für deine herzliche Unterstützung und das immer ehrliche Feedback. Ich habe dich lieb.

Danke an meinen Vater Christoph, der ebenfalls sehr viele Stunden in meinen Roman investiert hat und immer von Herzen an mich glaubt. Fühl dich geknuddelt.

Meine liebe Schwester Jana hat mich dabei unterstützt meine Perspektive zu erweitern. Das hat mir sehr geholfen. Danke, dass es dich gibt. Du bist die beste Schwester der Welt.

Herzlichen Dank an meine erste Leserin Francesca. Du warst sofort Feuer und Flamme und hast mich motiviert, immer weiterzumachen. Und ich danke meinem schnellsten Leser Roland, der mir innert 48h ein umfangreiches Feedback geschrieben hat. Ich bewundere dich noch immer dafür.

Ein großes Dankeschön geht an meine Lektorin Nicole. Du hast mein komplettes Manuskript nochmals unter die Lupe genommen und Stunden deiner kostbaren Zeit investiert. Du bist großartig!

Juli, ich bin dir unendlich dankbar für deine herzliche Unterstützung und dass du dir so viel Zeit für mein Werk genommen hast. Ich möchte an dieser Stelle auch Dani und Martin dafür danken, dass ihr meine Passion unterstützt!

Außerdem richte ich ein großes Dankeschön an Lilly C. Zwetsch. Du hast meine Fantasie eingefangen und auf dieses magische Cover projiziert. Du bist eine Künstlerin. Danke für dieses wunderschöne Design und deine Unterstützung beim Klappentext.

Danke auch an alle anderen Testleser/innen. Dank eurem Feedback durfte dieser Roman wachsen.

Und zum guten Schluss bedanke ich mich bei jedem meiner Leser. Es ist ein riesiges Geschenk, dass du ein Teil deiner wertvollen Lebenszeit meinem Werk widmest. Wenn du meinem Werk eine Sternebewertung und / oder Rezension hinterlässt, freue ich mich sehr darüber.

Leseprobe:

Beolania 2
Es gibt (k)einen Planeten B

Ausschnitt aus Kapitel 2

Am nächsten Morgen erwachte Leona wegen lauten Stimmen, die durch das offene Fenster zu ihr hindurchdrangen. Genervt kämpfte sie sich aus dem Bett, um das Fenster zu schließen.

Gerade wollte sie auch die Gardinen zuziehen, als etwas aufblitzte. Sofort riss sie ihre Augen auf und starrte auf den Vorplatz runter, wo sich unzählige Paparazzi tummelten, um ein Foto nach dem anderen zu schießen, nachdem sie Leona entdeckt hatten. Hastig zog sie die Gardinen mit einem Ruck zu und atmete schnell.

»Was ist das für ein Lärm, mein Schatz?«, knurrte Alex, rieb sich die Augen und sah Leona verschlafen an.

»Sie sind da. So viele! Wie konnten die wissen, dass wir hier sind?«, Leona war sichtlich aufgewühlt.

»Ganz ruhig. Wer ist hier?«

»Die Paparazzi, Alex!«

»Ach so. Dann lass die doch. Die verschwinden schon wieder.« Er drehte sich zur Seite und kuschelte sich wieder in das dicke Kopfkissen.

Als er jedoch spürte, dass Leona noch immer wie versteinert im Raum stand, drehte er sich zu ihr um. »Leg dich zu mir.«

»Du verstehst nicht, Alex. Die werden nicht verschwinden. Bis jetzt konnten wir den Medien immer ausweichen. Doch die wollen mehr erfahren. Mehr über uns, mehr über Beolania. Wir sind verpflichtet, unseren Planeten zu schützen. Ich kenne die

Medien. Die geben keine Ruhe, bis sie Antworten haben, die sie befriedigen.« Verzweifelt griff sie sich in ihr zerzaustes, blondes Haar und ließ sich auf die Bettkante sinken.

Alex richtete sich auf, robbte sich neben sie und nahm sie in die Arme. »Wir finden schon einen Weg. Mach dir keinen Kopf, ja?«, liebevoll lächelte er sie an. »Wie hast du geschlafen?«

Leonas Gesichtsausdruck entspannte sich. Noch immer fand sie es faszinierend, wie schnell er sie beruhigen konnte. Er war ihr Ruhepol. »Du hast ja recht. Ich reagiere wahrscheinlich etwas über.« Sie sah ihm in die Augen und schmolz innerlich dahin. »Ich habe geschlafen wie ein Baby. Es war so schön gestern Abend.«

Er strich ihr eine Haarsträhne aus dem Gesicht. »Das war es.«

Leona lächelte. »Hast du Hunger?«

»Ich sterbe vor Hunger«, sagte Alex, wie aus der Pistole geschossen. Beide hüpften aus dem Bett, zogen sich etwas Lockeres über und verließen das Zimmer.

»Ihr seid auch schon wach?«, fragte Tom verwundert, der am Küchentisch saß und seinen Laptop vor sich aufgeklappt hatte. Unzählige Dokumente türmten sich neben ihm. Er nahm seine Computerbrille von der Nase, legte sie auf den Tisch und rieb sich die Augen.

»Bei diesem Krach kann man ja auch nicht schlafen. Seit wann sind die hier?«, fragte Leona.

»Ungefähr seit sechs Uhr morgens«, sagte Tom, rollte mit den Augen und klappte den Laptop zu.

»Dad, arbeitest du sogar in deinen Ferien?«

»Natürlich, du kennst mich. Aber nun essen wir erst einmal in Ruhe Frühstück.«

»In Ruhe wäre wirklich schön.« Amanda torkelte seufzend die Treppe runter. Ihr krauses Haar stand in alle Richtungen, vergebens versuchte sie das Desaster mit einem Haargummi zu zähmen.

»Na schön. Ich werde mit ihnen sprechen.«

»Das kannst du schön lassen, Tom. Du weißt was passiert, sobald du diese Tür öffnest«, sagte Amanda in bestimmendem Tonfall.

»Das ist mir unter diesen Umständen völlig egal.«

»Tom …«, Amanda wollte ihn aufhalten, doch da öffnete er bereits im Morgenmantel die Haustür.

»Mr. Parker stimmt es, dass Ihre Tochter mit dem Straßenmusiker durch ein Portal auf einen anderen Planeten geflohen ist, oder waren diese Aufnahmen vor zwanzig Jahren ein Fake?«

»Wie sieht dieser Planet aus, weshalb genau Ihre Tochter? Waren Sie auch schon auf diesem Planeten?«

»Können wir mit Ihrer Tochter sprechen?« Eine laute Stimme nach der anderen stellte Fragen und Tom wurde einem Blitzgewitter der Kameras ausgesetzt.

»Dazu geben wir keine Aussagen. Bitte verlassen Sie auf der Stelle mein Anwesen oder ich muss zu härteren Maßnahmen greifen!«, rief Tom bestimmt.

»Wissen Sie in dem Fall mehr über den Planeten?«

»Verschwinden Sie auf der Stelle!«, schrie Tom, verschwand wieder im Haus und schleuderte die Tür vor den unzähligen Paparazzi zu.

»Meinst du, das hat etwas gebracht?«, fragte Amanda mit hochgezogenen Augenbrauen, als der Lärm nicht geringer wurde.

»Einen Versuch war es Wert«, brummte Tom, ging genervt in die Küche und bereitete Kaffee zu.

Die Autorin

Ramona Zürcher, geboren im Jahr 1996, lebt mit ihrem Partner und zwei Katzen am Zürichsee. Sie ist gelernte Augenoptikerin und Ernährungsberaterin. Schon seit sie denken kann schreibt sie Geschichten und verliert sich gerne in selbstkreierten Welten.